tredition

Heike Kunzendorf

Geld – du bittersüße Pleite!

Was Macht aus Menschen macht

© 2020 Heike Kunzendorf

Autorin: Heike Kunzendorf

Verlag & Druck: tredition GmbH, Halenreie 40-44,
22359 Ham-burg

ISBN: 978-3-347-13422-5 (Paperback)
ISBN: 978-3-347-13423-2 (Hardcover)
ISBN: 978-3-347-13424-9 (e-Book)

Bibliografische Information der Deutschen Nationalbibliothek: Die
Deutsche Nationalbibliothek verzeichnet diese
Publikation in der Deutschen Nationalbibliografie; detaillierte bibliografische Daten sind im Internet über http://dnb.d- nb.de abruf-
bar.

Inhaltsverzeichnis:

Geld - du bittersüße Pleite

Kapitel 1: die Ankunft

Die Nacht ist schwarz. Schwärzer als je zuvor. Da wo einst das Licht die Welt erhellen sollte, wirft der Mond einen Schatten über sich.
Irgendwo in Amerika schläft selig ein Afrikaner mittleren Alters. Sein Körper weich gebettet auf einem schneeweißen Bettlaken ohne Matratze. Der Boden darunter ist hart, aber noch ist er ahnungslos, noch ist es ihm egal. Es ist ruhig- keine Menschenseele zu hören, kein Vogel der singt, keine Flugzeug- oder Autogeräusche die diese himmlische Ruhe stören könnten.
Dann passiert es der Traum ist vorbei.
Kurz bevor die Sonne aufgehen sollte wird er wach.
Nur langsam kommt er allmählich zu Bewusstsein. Er öffnet vorsichtig seine Augen, so als ahnte er was ihm passierte. Sein noch getrübter Blick wandert durch den Raum. Aber dieser Raum hatte nichts mit dem Gemeinsam in welchem er in gewohnter Weise aufwacht. Noch bevor er wirklich registriert wo er ist und vor allem nicht ist, beginnt sein Herz wie ein Presslufthammer zu schlagen.
Sofort reißt er seine Augen auf und will aufspringen, im gleichen Augenblick aber bemerkt er panisch, dass seine Hände und Füße hinter dem Rücken gefesselt wurden.
Hysterisch ruft er nach Hilfe. Nach einer kurzen Weile verzweifelter Angstschreie hört er viele aggressive Stimmen die ihn ermahnen umgehend leise zu sein, aber auch solche die verzweifelt klingen und ebenfalls Halt suchen, sowie anschließende unverständlich durcheinander sprechende Menschenlaute die in Aufruhr versetzt wurden.
Einerseits erfüllt es ihm mit Angst aber auf der anderen Seite verleiht es ihm Kraft und Hoffnung- er ist nicht alleine!
Wie viel er auch brüllt um Antworten auf einige seiner im Kopf umherschwirrenden Fragen zu erfahren, die wirren Worte der Meute

kommen unverschlüsselt bei ihm an.

Nach einer ganzen Weile, als seine Kehle schmerzt vor lauter Geschrei und seine Hilferufe offenbar sinnlos scheinen, wird er langsam ruhiger bis er schließlich ganz verstummt und mit ihm nach und nach die Geräuschkulisse.

Angestrengt beginnt er intensiver die Umgebung zu erkunden; der Boden, die Wände und die Decke sind nicht aus Lehm und Stroh, sondern aus Beton.

Es gibt keine Fenster nur ein Lüftungsschacht, die Größe des Raumes die ca.6 m² umfasst, empfindet er nicht als beengend und auch so vermisst er eigentlich nichts.

Immer wieder fällt sein Blick auf ein kleines orange gelblich schimmerndes

Notlicht an seiner Wandseite in welches er für eine Weile tranceartig verschmilzt, es hat etwas beruhigendes, wärmendes.

Leider offenbart dieses Licht auch ein gewisses Detail, was besser im verborgenen Dunkeln geblieben wäre, denn als er sich genauer betrachtet bemerkt er auf seinem Kaki- und okkafarbenem Gewand verdächtige rote Flecken und Spritzer; auch seine Hände, soweit er sie sehen kann, sind durch und durch rotverschmiert.

Was war passiert? War es von ihm? Er weiß nicht wie ihm geschieht heiße und kalte Wellen wechseln sich im Sekundentakt ab.

Im gleichen Augenblick spürt er wie ein Anflug aus Panik seinen gesamten Körper von Kopf bis Fuß durchbohrt.

Sein Atem und Herzschlag beschleunigt sich rasant.

Er ist nicht mehr in der Lage auch nur einen klaren Gedanken zu fassen.

Sein einziger Wunsch ist es endlich aus diesem nicht enden wollenden Alptraum zu erwachen und seine liebe Familie wieder in die Arme zu schließen.

Überflutet von Emotionen schießen die Tränen nur so aus seinen verzweifelten Augen und vermischen sich mit einem purpurroten Tropfen auf dem sonst so unbeflecktem reinen weißen Kissen.

Mittlerweile breiten sich die Schmerzen von seiner Kehle aus in Nase und Rachen, das Schlucken wird zunehmend unerträglicher.

Zusätzlich stellt sich eine unangenehme Übelkeit ein die sich rasant steigert bis er sich schließlich mehrmals übergeben muss.

Vor lauter Erschöpfung schläft er schließlich wieder ein.

Die Sonne erhellt inzwischen die Außenwelt, nur erreichen ihre kraftvollen Strahlen nicht den Raum des Afrikaners und auch ebenso wenig die der anderen dort lebenden Mitmenschen.

Unsanft wird er von einer dunklen, sehr rauen Männerstimme, begleitend von einer an seiner Schulter schüttelnden eiskalten Hand geweckt:

„Aufstehen! Sind sie Ikem Akintola?"

„Für einen Traum fühlt sich das alles viel zu real an", dachte er sich.

Er reißt seine dunkelbraunen Augen auf; vor ihm steht ein großer breitgebauter, glatzköpfiger Amerikaner, komplett in Schwarz gekleidet.

Seine hellen Augenbrauen sind ernst zusammengezogen, die auffällig schmalen Lippen zusammengepresst, dabei zeigen seine Mundwinkel tief nach unten.

Abgerundet wird sein abschreckendes Erscheinungsbild durch einen breiten Ledergürtel an welchem sich ein großer Schlüsselbund, Handschellen sowie ein Schlagstock und zwei Pistolen befinden.

Auf seinem Namensschild steht "Rooney Patterson", sein Blick scheint leer aber sehr ernst, bestimmt und angsteinflößend, seine Hände hat er fest in die Hüften gepresst.

Als er registriert, dass das was hier passiert echt ist zuckt er augenblicklich zusammen und ist hellwach, so als hätte man ihm gerade einen Eimer eiskaltes Wasser über seinen Kopf geschüttet.

„Ja, der bin ich, woher wissen sie meinen Namen? Was geht hier vor sich?"

Der Mann scheint nicht auf Ikem zu reagieren er schaut ihn bloß mit heruntergezogener Miene an, als er bemerkt, dass er im Erbrochenen steht schaut er angewidert darauf.

Unmittelbar danach läuft er zu einem kleinen unscheinbaren Wasserhahn in einer Ecke.

Ikem ist fasziniert von dem klaren Wasser was austritt und in ein Loch hinunterfließt

„Es tut mir sehr leid, konnte es nicht mehr zurückhalten", erklärte sich Ikem vorsichtig.

„Wo bin ich hier, Warum halten sie mich hier fest? Was ist passiert?" Noch bevor Ikem weiterreden kann wird er von Rooney unterbrochen.

Dieser entgegnet mit scharfem Ton:„ Ich bin nicht befugt ihnen Auskünfte zu erteilen."

So sehr Ikem auch versucht ihm doch noch brauchbares aus seinem Munde zu entlocken, Rooney hüllt sich in Schweigen.

Er beugt sich über Ikem und entfesselt ihn, bringt ihm jedoch fast gleichzeitig Handschellen an.

Ikem versucht sich dabei konzentriert die Schmerzen zu verbeißen. Seine Hand- und Fußgelenke sind mit roten Riemen durchzogen, an manchen Stellen blutig. Er muss eine ganze Weile gefesselt gewesen sein.

Rooney geht zur Gittertür vor, die Ikem aus seiner vorigen zusammengekauerten Position nicht so recht wahrnehmen konnte und fordert ihn mit dominanter Stimme auf ihm zu folgen.

Mit wackeligen Knien und langsamen Schrittes geht Ikem der Anweisung nach.

Rooney schließt die Tür auf und packt Ikem unmittelbar danach am Arm.

Sie passieren einen sehr langen, schmalen Gang, der durch flackernde Lichter an der Decke beleuchtet wird.

Um sie herum ist es leise- nur ein Gehuste, Geflüster und Gesäusel ist zu vernehmen.

Der Duft von Moder liegt in der Luft gepaart mit Angstschweiß und Schuld.

Beidseitig von ihnen befinden sich aneinander gereihte schwere, große schwarze Gittertüren, die von einer dicken massiven Betonschicht getrennt sind.

Es erinnert an ein Gefängnis oder Tierheim.

Neugierig schaut Ikem auf die sich dahinter befindenden Menschen, wobei jeder von Ihnen seine eigene "Zelle" besitzt.

Er blickt in helle sowie dunkele Gesichter, junge und alte, weibliche sowie männliche.

Es scheint zunächst eine größere Vielfalt zu geben, wobei relativ schnell erkennbar wird, dass hauptsächlich Menschen seiner Hautfarbe vertreten sind.

Zunächst widerstrebt er sich genauer hinzuschauen und versucht sich auf Rooney zu fixieren:

Dieser schreitet zielstrebig voran mit seinen schwarzen frisch polierten Lackschuhen, während er den leicht gebückt Barfuß gehenden Ikem beinahe am Arm hinter sich her schleift. „Wo sind eigentlich meine Schuhe?", überlegt er.

Rooneys Gesichtsausdruck bleibt unverändert starr, wie in Stein gemeißelt.

Der Boden unter Ikem fühlt sich kalt, hart und befremdlich an. Plötzlich hört er links von ihm eine kindliche Stimme: „Mama komm zu mir, bitte"
wimmern.

Als er hinschaut sieht er ein kleines blondes Mädchen mit rosafarbenem, zerknitterten, schmutzigen Kleid - schätzungsweise gerade mal 5 Jahre, am Boden in sitzender Embryonalstellung, dabei umklammert sie fest ihren Teddybären. Ihr Kopf liegt auf ihren Knien, dann schaut sie hoch direkt in Ikems Gesicht. An ihrem Blick ist die gerade schwindende Hoffnung unverkennbar. Ihre Augen sind geschwollen und rot vor lauter weinen, frische Tränen kullern über die getrockneten auf ihrer Wange.

Wie versteinert bleibt er stehen, das was er sieht kann er einfach nicht glauben.

Sofort läuft ihm ein eiskalter Schauer über den Rücken so wie er noch keinen zuvor erlebte; fassungslos starrt er die Kleine an er ist zutiefst schockiert.

Reflexartig schießt ihm Wasser in seine Augen. Das kann unmöglich ein Gefängnis sein! Wo zum Teufel ist er hier?

Am liebsten würde er Rooney anschreien, dass er sie gehen lassen soll, doch er hat zu viel Angst vor dem was dann passieren würde. Dann könnte er auch nichts mehr für sie tun und vielleicht würde sie dann auch mit bestraft werden von denen. Also entscheidet er sich dafür nichts zu tun, erst mal.

Er wirft einen kurzen Blick zu Rooney dieser wirkt apathisch, fast emotionslos, so als hätten Beide gerade einen unterschiedlichen Film gesehen.

Im selben Augenblick spürt Ikem wie er weitergezerrt wird.

Von weitem wird eine graue Tür sichtbar auf die sie sich langsam zu bewegen.

Eine alte schreiende Frau die scheinbar denkt in ihrer Zelle würde es brennen, obwohl dies offensichtlich nicht stimmt, erlangt Ikems volle Aufmerksamkeit.

Nebenan spricht ein Mann mittleren Alters mit einem imaginären Vogel.

Nach einigen Metern erreichen sie ein beleuchtetes Schild, was knapp unter der Decke angebracht ist auf diesem steht "Neuankömmlinge" mit einem Pfeil in die Richtung, aus welcher sie gerade kommen. Ikem runzelt argwöhnisch die Stirn.

Nun sind bloß noch verschlossene weiße Türen an den Seiten zu sehen.

Geräusche sind kaum wahrnehmbar.

Einerseits ist Ikem erleichtert nicht noch mehr verstörende Bilder ertragen zu müssen, andererseits auch ziemlich besorgt was sich dahinter befinden könnte.

Die Tür auf die sie sich zu bewegen wird von Schritt zu Schritt größer, wobei der Gang dennoch unendlich lang erscheint.

Aber Ikem ist lange Strecken aus seiner Heimat gewohnt. Sein Kopf ist gefüllt mit absoluter Leere. Er denkt nichts, er will nichts mehr denken müssen. Diese Situation macht ihn krank, er betet dass ihn Irgendjemand da raus holt. Ihn und alle Anderen die dort womöglich unschuldig gefangen gehalten werden.

Auf einmal hören sie ein lautes grausiges Geschrei, was sogar den abgebrühten Rooney aufhorchen lässt.

Emsig prescht er auf eine der zahlreichen Türen zu, dabei wird Ikem stets mitgezogen.

Rooney schließt die verdächtige Tür auf;

unmittelbar danach befinden sie sich in einem ca. 9 m² großen Zimmer mit Matratze und zusammengeknüllter dünner Bettdecke. Hinter einem heruntergekommen aussehenden Duschvorhang ertönt ein schmerzerfülltes lautes Stöhnen.

Als er den Vorhang eilig zur Seite zieht liegt eine alte dunkelhäutige Frau hilflos auf dem Boden. Um ihren Kopf bildet sich eine Blutlache. Das Wasser aus der Duschbrause vermischt sich mit dem Blut und fließt schließlich in den Abfluss.

Ikem versucht sich reflexartig von Rooney loszureißen um ihr aufzuhelfen, bemerkt jedoch schnell, dass er noch Handschellen trägt. Rooney kontaktiert mit seinem Funkgerät die Sanitäter, die sofort zur Hilfe eilen und sie mit einer Krankenbahre abtransportieren.

Ikem schaut ihr mitfühlend hinterher.

Um nicht noch mehr Zeit zu verlieren gehen sie weiter und erreichen nun endlich die besagte Tür. Neben ihr befindet sich abermals ein leuchtendes Schild identisch positioniert mit der Aufschrift: „Nummer 0-5", wieder in entgegengesetzter Pfeilrichtung.

Rooney zückt einen seiner vielen Schlüssel und schließt auch diese Tür auf.

Erwartungsvoll schaut Ikem was sich dahinter befindet: Es sieht aus wie ein großer Vorraum mit einigen weißen Stühlen umzingelt von einigen grauen Türen.

Rooney stoppt an der 2. Tür und klopft.

„Ja, bitte" ertönt es durch die Tür. Rooney öffnet einen Spalt und steckt seinen Kopf durch.

„Ikem Akintola ist der nächste wurde mir berichtet" entgegnet er hörig.

„Dann bring ihn herein", antwortet die Stimme.

Rooney folgt der Anweisung und bringt Ikem rein, nimmt ihm die Handschellen ab und stellt sich direkt neben die Tür des Raumes.

Der Raum ist sehr hell beleuchtet. Ein älterer Mann im weißen Kittel, schätzungsweise 65 Jahre, mit grauem Bart, Brille und Halbglatze sitzt an seinem Schreibtisch. Ikem wartet auf eine Anweisung.

„Ich bin Dr. Matthew Walker, setzen sie sich bitte", fordert er auf und verweist mit einer Handbewegung auf den Stuhl gegenüber.

Ikem setzt sich zögerlich und schaut den Arzt fragend an. Dieser fügt schließlich hinzu: „Sie sind mein Patient und ich werde sie gleich untersuchen um ihren Gesundheitszustand zu überprüfen.
Zuvor möchte ich sie bitten mir diesen Fragebogen auszufüllen", mit einer kleinen Handbewegung möchte er Ikem ein blaues Klemmbrett mit einem Kugelschreiber anreichen, als er irritiert auf dessen rote Hände schaut und sich räuspert:„ möchten sie sich nicht erst einmal ihre Hände waschen, Mr. Akintola?" und deutet auf ein Waschbecken an der Wand.
Ohne zu zögern kommt Ikem der Empfehlung nach und wäscht sich gründlich Hände und Gesicht mit glasklarem fließenden Wasser und Seife, was für ein Segen! Dann trocknet er sich überwältigt ab setzt sich wieder hin, nimmt den Fragebogen entgegen aber schaut skeptisch darauf.
„Sie können doch lesen und schreiben?" Erkundigt er sich.
„Ja Sir, mein Vater hat es mir gelehrt er ist ein weiser Mann" antwortet Ikem stolz, denn es ist ein Privileg in seiner Heimat nicht üblich- 750 Millionen Erwachsene sind Analphabeten, durch zu wenig Schulen und Budget für Schulausstattung, Lehrermangel und Armut.
„Sehr gut" freut sich Dr. Walker und tippt während dessen etwas in seinen Computer.
Ikem nimmt den Kugelschreiber in die Hand und beginnt den Fragebogen auszufüllen.
Zunächst soll er seine persönlichen Daten wie Name, Geschlecht, Geburtsort und Adresse angeben. Anschließend wird nach Allergien, Blutgruppe, Operationen, Krankheiten und Medikamenten gefragt.
Es ist so leise, dass man eine Stecknadel hörte fiele sie auf den Boden.
Ikem ist sich unsicher er weiß nicht auf alles eine Antwort, dies bemerkt der Arzt und beruhigt „Das was sie nicht wissen lassen sie einfach offen und wir stellen es gemeinsam fest."
Ikem willigt ein und wollte ihm gerade den fast vollständig ausgefüllten Bogen zurückgeben.
„Halt, ich bekomme da unten noch eine Unterschrift von ihnen" verweist der Arzt.
Unsicher signiert er das Papier, was bleibt ihm auch anderes übrig?

„So da hätten wir´s, darf ich sie dann bitten sich bis auf die Unterhose zu entkleiden und auf die Untersuchungsliege zu begeben." Dr. Walker zeigt währenddessen auf eine schwarze Liege mit strahlend weißem Krepp, passend zu den Wänden sowie der Decke.

Misstrauisch begibt sich Ikem zu der Liege und beginnt sich auszuziehen, nun wird sein knochiger Körper sichtbar, er schämt sich, besonders vor Rooney.

Jedoch scheint es diesen nicht zu interessieren, er sieht gelangweilt aus und schaut weg.

Er setzt sich darauf mit einer weißen Unterhose aus Baumwolle die er, so wie alles andere was er zuvor trug, selbst hergestellt hat.

Dr. Walker tippt noch einen Satz zu Ende, dann erhebt er sich vom Stuhl, geht rüber zu Ikem, platziert sich neben ihn und horcht ihn mit einem roten Stetoskop ab, während Ikem tief ein- und ausatmen soll, kritisch behält er jede Handbewegung von dem Arzt im Auge.

Anschließend nimmt er ein Otoskop und schaut in beide Ohren.

Das Rhinoskop kommt danach zu Einsatz, beide Nasenlöcher werden ausgiebig erkundet. Ikem zuckt dabei zusammen, die Instrumente stets im Blick.

„Öffnen sie jetzt bitte weit ihren Mund und strecken dabei ihre Zunge raus," befiehlt der Arzt, holt den Zungen Spatel hervor um seine Zunge damit herunterzudrücken während er gleichzeitig mit dem Kehlkopf Spiegel schaut.

„Aua"- nun kann Ikem seinen Schmerz nicht mehr zurückhalten.

„Wir machen nun ein Belastungs- EKG" verlangt Dr. Walker und führt Ikem zu einem schwarz-weißen Fahrradergometer, zunächst bringt er ihm Elektroden auf der Haut an, welche mit Kabel an einem EKG- Gerät verbunden sind.

Während er fleißig in die Pedalen tritt, schaut er sich beeindruckt im Zimmer um, alles ist so sauber und rein, die Gerätschaften und Instrumente glänzen tadellos um die Wette, da erinnert er sich an seinen letzten Arztbesuch vor etlichen Jahren: Es war ein weiter Weg dorthin, lange hatte seine Familie für die Bustickets in die Stadt gespart. Er kam in ein großes weißes Zeltlager mit eng aneinander gereihten Eisenbetten und westlichen Medizinprodukten.

Dort wurde seine Malaria erfolgreich und schnell behandelt.

Nach 20 Minuten ist er nass- geschwitzt und wird abgestöpselt.

„Nun zapf ich ihnen noch ein wenig Blut ab." Fast im selben Moment hält er eine mittelgroße Spritze in der Hand und sticht in seine Vene. Ikem verbeißt den Schmerz.

„Abschließend messen und wiegen wir sie noch," erklärt der Arzt.

Ikem stellt sich auf die Waage und an ein Stadiometer:„ 62 kg und 175 cm" stellt der Arzt besorgt fest.

„Mr. Patterson, sorgen sie für ausreichend Nahrung meines Patienten, des Weiteren muss er ausreichend trinken er ist leicht dehydriert." Besorgt gibt er Ikem sein Wasserglas, dieser trinkt es blitzartig aus.

„Jawohl, Sir" bestätigt Rooney dabei wirkt er ein wenig teilnahmslos.

„Sie können sich nun wieder anziehen, hier haben sie etwas gegen die gereizten Schleimhäute, bitte 3 mal täglich mit ein wenig Flüssigkeit einnehmen." Der Arzt drückt ihm eine Packung mit Tabletten in die Hand.

Ikem nimmt all seinen Mut zusammen: „ warum bin ich hier?", dabei schaut er Dr. Walker direkt in die Augen. Der sonst so teilnahmslose Rooney starrt zuerst Ikem überrascht mit großen Augen und leicht geöffnetem Mund an, sogleich wandert sein Blick gespannt auf Dr. Walker. Die Beiden sehen einander verwundert an, würdigen Ikem dabei keines Blickes.

Ziemlich schnell erlangt Dr. Walker wieder seine Fassung:

„ Ich darf ihnen dazu leider keine Auskunft geben, dies unterliegt nicht meinem Aufgabenbereich, meine Kollegin wird ihnen diesbezüglich gleich sicher weiterhelfen, auf Wiedersehen."

Selbst noch ein wenig ungläubig über seine gerade erbrachte Courage verabschiedet sich Ikem und wird von Rooney wieder hinaus begleitet, der ihm unverzüglich wieder Handschellen anlegt.

Sie gehen direkt auf eine andere Tür zu, abermals klopft Rooney an.

Keine Reaktion. Dann klopft er erneut, diesmal mit noch kräftigeren und weiter ausgeholten Klopfbewegungen, so dass es im gesamten Eingangsbereich schallte.

„Ich bin gerade im Gespräch noch 5 Minuten, bitte", ertönt eine weibliche Stimme aus dem Zimmer.

„Darf ich mich bitte solange setzen, ich fühle mich schwach," bittet Ikem höflich.

Rooney schaut ihn ein wenig fragwürdig an, zuckt kurz mit den Schultern und bringt ein unfreundlich klingendes „meinetwegen" heraus.

Ikem nimmt auf einen der leeren Stühle Platz: „solche tollen Stühle gibt es in meinem Heimatort nicht", überlegt er. Wenn es dort welche gibt sind sie meist schlecht verarbeitet und sehen nicht so chic aus.

Rooney bleibt auffallend dicht neben ihm stehen und lässt ihn nicht aus den Augen.

Die nicht enden wollenden Gedanken kreisen in Ikems Kopf umher: Was wenn er etwas Schlimmes getan hat?

Wie wird seine Mutter dies in ihrem hohen Alter auffassen? Was seine Geschwister denken? Wie würden sie sich ihm gegenüber Verhalten? Es gelingt ihm nicht dieses Gedanken Karussell anzuhalten.

Überrumpelt von seinen Gefühlen kann Ikem die Tränen nur schwer zurückhalten. „Jetzt nur nicht weinen nicht vor Rooney", betet er. Nur gelingt es ihm nicht. Rooney allerdings hat es nicht einmal bemerkt- er scheint gerade in sein Handy vertieft zu sein.

Nach einer gefühlten Ewigkeit öffnet sich die Tür und heraus kommt eine junge attraktive Frau mit langen Blonden Haaren, vollen Lippen und blauen Augen deren Blick getrübt erscheint.

Sie wird von einem anderen Mann, der die gleiche Bekleidung und Utensilien trägt wie Rooney, durch die gegenüberliegende Tür aus dem Ikem und Rooney anfangs kamen hinausbegleitet.

Rooney schaut der perfekt proportionierten Blondine solange nach wie es geht, dabei wandert sein Blick immer zwischen ihrem Po und den ellenlangen Beinen
hin und her.

Ihr eng anliegender Rock schwingt bei jedem Schritt auf ihren High-Heels mit, bis schließlich die Tür zufällt.

Im selben Augenblick öffnet sich die Tür, worauf Ikem schon mit kontroversen Empfindungen gewartet hat und im Türrahmen steht eine Frau mittleren Alters, mit dunkel Braunen Haaren, locker zu einem Dutt gesteckt.

Aus ihrem knallrot geschminkten Mund erklingt eine wohlwollende freundliche Stimme, die ihn zu sich hinein bittet.

Als Rooney Anstalten macht ihn zu begleiten, sagt die Frau schließlich höflich aber bestimmt:

„Mr. Patterson, das wird nicht nötig sein, ich verfüge über eine ausgezeichnete Menschenkenntnis." Widerwillig und beinahe trotzig setzt sich Rooney mit verschränkten Armen hin.

Wieder tritt er in einen maximal ausgeleuchteten Raum, wieder weiß. Automatisch fällt sein Blick auf eine pompöse Couch mit samtig rotem Stoffüberzug, welcher durch das helle Ambiente noch roter wirkt.

Ikem ist geblendet und kann es kaum erwarten von der netten Frau zum Sitzen aufgefordert zu werden.

Noch nie zuvor in seinem Leben genoss er so viel Komfort.

Sie setzt sich auf einen zu der Couch identischen roten Sessel gegenüber von ihm und schlägt mit Schwung ihre Beine übereinander. In Ihren Händen hält sie einen Notizblock mit Kugelschreiber:

„Es tut mir aufrichtig leid für diese Unannehmlichkeiten, denen sie ausgesetzt wurden, aber sie waren vollkommen außer sich und um sich und andere nicht zu gefährden mussten wir sie fesseln. Mr. Akintola. Ich bin übrigens Lawrence Cunningham, Psychiaterin", dabei zeigt sie auf ein weißes Schild an ihrem roten Designeranzug, farblich abgestimmt zu den Möbeln im Raum.

„Wie geht es Ihnen, sie haben sicher sehr viele Fragen mitgebracht nehme ich an" erwartungsvoll schaut sie in sein Gesicht.

Ikem überlegt eine Weile dann antwortet er besorgt: „wo soll ich anfangen? Es ist so viel passiert aber ich kann mich kaum an etwas erinnern."

„An was genau erinnern sie sich denn noch?", erkundigt sich Dr. Cunningham.

„Ich bin zuletzt durch mein Dorf gegangen, zuvor hatte ich einiges mit meinem Freund getrunken, hatten an dem Tag mehr Einnahmen gemacht als sonst." Nach einer kurzen Atempause fügte er noch hinzu: „Wir arbeiten auf einer Baumwollplantage und fertigen Kleidungund

Schuhe für die Dorfbewohner an, es hilft aber gerade mal zum Überleben..."

„Und sie können sich sonst an wirklich nichts mehr erinnern?", fällt ihm Cunnigham ins Wort.

„Nein, an gar nichts, ich muss wohl sehr betrunken gewesen sein...", versucht sich Ikem zu erklären.

„Aber was ist denn nun passiert? Dr. Walker meinte, sie könnten mir weiterhelfen."

„Also gut", sie atmet tief ein und aus, dann fährt sie fort:„ einige unserer Mitarbeiter arbeiten in Afrika, da wir uns dort intensiv um Not leidende Menschen kümmern. In der besagten Nacht waren 3 von ihnen in Nigeria, genauer genommen in ihrem Heimatort Abagolou unterwegs, als sie zwei lautstark miteinander streitenden Männer sahen. Einer von ihnen waren sie..."

„Beschreiben sie mir bitte den anderen Mann", unterbricht Ikem ungeduldig.

„Hmmm" überlegt die Psychiaterin, sehr groß und dünn, auffallend bunt gekleidet, mit bunten Bändern in die Haare geflochten..."

„Ajdin"! Ruft er aufgebracht und setzt sich kerzengerade hin. „Ja, ich glaube genauso hieß er", Dr.Cunningham wollte gerade weitererzählen, da sprudelt es aus Ikem raus: „Was ist passiert? Habe ich ihm etwas angetan? Da war Blut an meinen Händen ist es von ihm? Wie geht es ihm? Wo ist er?" Ikems wird immer lauter sein Puls steigt aufs unermessliche, einerseits möchte er gerne wissen wie es weitergeht, aber andererseits hat er auch sehr viel Angst davor.

„Bitte beruhigen sie sich, Mr. Akintola. Sie haben schon genug Strapazen erlitten."

Er starrt sie mit aufgerissenen ängstlichen Augen an.

Sie schaut zum Boden und gibt mit belegter Stimme zu:

„Ja es war sein Blut, sie waren außer sich und haben ihn mit einer zerbrochenen Glasflasche tödlich verletzt, wir haben versucht ihn zu retten, aber er ist leider verblutet."

„Neeeeeiiiin!" In dem Moment springt Ikem schockiert auf er schafft gerade noch „bitte niiiiiicht" zu schluchzen, nachdem er weinend zusammenbricht, während er immer tiefer und tiefer zu Boden sinkt.

Sofort nimmt sie Ikem in den Arm, während er zusammengekauert am Boden sitzt. Zunächst drückt er sie mit aller Kraft weg, dann lässt er es zu umarmt zu werden.

Nach einer langen Weile, als er sich langsam beruhigt, nimmt sie liebevoll seine Hände und streichelt ihm über die Wange: „Du kannst nichts dafür, du warst

betrunken, es warst nicht du der es getan hat. Das habe ich dir sofort angesehen. Menschen die schuldig sind haben nicht diesen Blick den du hast.

Außerdem war er sehr gemein zu dir er hat dich beleidigt und aufs äußerste provoziert. Unter anderen Umständen wärst du ruhig und gefasst geblieben.

„Ich habe meinen besten Freund getötet und sie spielen das herunter? Wissen sie eigentlich wie ich mich fühle? Ich bin ein Mörder! Unberechenbar! Mit dieser Schuld kann ich nicht weiterleben! Was soll meine Familie und die Dorfbewohner von mir denken?

Ich kann ihnen nie mehr unter die Augen treten- ich bin unberechenbar! Eine Schande!"

Ruft Ikem entsetzt. „Jetzt versteh ich es! ich bin verrückt daher bin ich hier, nicht wahr?" Mutmaßt Ikem.

„Nein, ich halte sie für Zurechnungsfähig und ein Leben in der Geschlossenen das haben sie nicht verdient dafür sind sie zu aufrichtig." ermutigt die Psychiaterin.

„Weshalb sind sie so auf meiner Seite ich gehöre weggesperrt, allein schon damit mein Freund in Ruhe ruhen kann, ich werde meine Schuld begleichen, es muss eine harte Strafe für mich geben, für die Gerechtigkeit!" Ikem stellt sich erhobenen Hauptes hin und streckt ihr seine Hände entgegen, damit sie ihm Handschellen anlegen kann.

„Möchten sie das wirklich? Ins Gefängnis? Und dort ihr Leben wegwerfen? Sie haben immer sehr hart gearbeitet... für umsonst?" Sie schaut Ikem ungläubig an.

„Ja das ist es wo ich hingehöre, es war richtig von ihnen mich wie ein wildes Tier weg zu sperren eigentlich ist das Gefängnis noch viel zu mild, ich sollte sterben, töten und foltern sie mich, denn ich habe es verdient." Ikem steht da wie ein gebrochener Mann aber fest entschlossen, Dr. Cunningham setzt sich wieder auf ihren Stuhl und schlägt wieder gekonnt ihre Beinen übereinander.

„Verzeihen sie, aber ihr Tod wird ihren Freund auch nicht mehr lebendig machen und ihre Tat nicht rückgängig, lassen sie uns das Beste daraus machen", schlägt Dr. Cunningham vor.

„Wie bitte?" völlig fassungslos und empört sieht er sie mit strengem Blick an.

„Ich schlage ihnen einen Deal vor: wir verwischen Ihre Spuren und sie gehen nicht ins Gefängnis, dafür spielen sie ein Spiel mit uns.

Am Ende bekommen sie, sofern sie erfolgreich mitgespielt haben, 1000000 $ - das sind umgerechnet 387.500.000 Naira." Dabei kann sie sich ein hämisches Grinsen nicht verkneifen.

„Das ist ja völlig verrückt, sie bestechen mich!" Stellt Ikem entsetzt fest.

„Überlegen sie doch einmal was sie mit dem Geld alles anstellen könnten, stellen sie sich doch einmal die strahlenden Gesichter ihrer Familie und Dorfbewohner vor. Sie könnten etwas großes schaffen, ihr Dorf aufbauen, den Menschen dort mit ihren Babys und Kindern eine Perspektive schaffen! Das hätte ihren Freund sicher stolz gemacht, ich schätze er hätte es so gewollt.

Helfen sie ihm, indem sie seiner Familie helfen. Dann ist er wenigstens nicht umsonst gestorben."

Beherzt sieht sie ihn an.

Überrumpelt, schockiert und nachdenklich erwidert er ihren Blick.

„Was genau ist das denn für ein Spiel von dem sie vorhin berichteten?" Erkundigt sich Ikem nicht mehr ganz so abgeneigt.

Da kann sie sich das hämische grinsen nicht mehr verkneifen und erklärt ihm gerne die Spielregeln: „ Es gibt die Nummern 0-10, wobei die 0 die schlechteste und die 10 die beste Nummer darstellt.

Durch unsere Expertise wird die Nummer festgelegt, je höher die Nummer, desto größer der Aufenthaltskomfort."

„Was muss man denn tun um das Geld zu erreichen?" erkundigt sich Ikem interessiert.

„Sie kommen zu den Mitspielern nach Hause, wenn sie 100 Tage dort waren bekommen sie das Geld. Unsere Mitspieler möchten ebenfalls gewinnen, daher werden sie versuchen es ihnen so schwer wie möglich zu machen, denn wenn sie vorher abbrechen bekommen die das Geld und sie gehen leer aus."

„Und was wenn ich nicht gewinne? Werde ich dann trotzdem freigelassen?" Fragt Ikem misstrauisch.

„Sie werden dann zwar freigelassen, aber wir können dann nicht mehr ihre Spuren verwischen und Alibis stellen, weil dies mit hohen Kosten verbunden ist, die wir so nicht tragen können, ein verschwindend geringer Teil wird dazu von ihrem Gewinn abgezogen, verstehen sie?"

„Aber was wenn ich auffliege bevor ich gewinne und sie die Spuren verwischen können?" Dabei sieht er ziemlich skeptisch aus.

„Keine Sorge unser Team arbeitet professionell, es wird im Vorfeld grobe Beweise vernichten", erklärt Dr. Cunningham.

„Sehen sie wir möchten ihnen nicht schaden wir arbeiten für die Menschen, besonders für die Armen und Hilfsbedürftigen, es sind genau diese, die unsere Unterstützung dringend benötigen.

Daher tun wir alles in unserer Macht stehende ihnen eine zweite Chance im Leben zu bieten", dabei legt sie aufbauend ihre Hand auf Ikems Schulter.

„Und was ist mit den Kindern die ich gesehen habe? Müssen sie etwa auch spielen? Sie sind doch gar nicht Strafmündig", stellt Ikem fest.

„Natürlich nicht, wir möchten so vielen Menschen wie möglich in schwierigen Situationen helfen, einige Kinder haben sich verirrt und suchen ihre Eltern oder andere Angehörige dann nehmen wir sie schützend auf um diese ausfindig zu machen. Meistens gelingt uns dies sehr schnell."

Um Ikem eine weitere kritische Frage vorwegzunehmen, fügt sie abrundend hinzu:„ Ich gebe zu, dass es verstörend wirkt, wenn Kinder oder Unschuldige wie Gefangene gehalten werden, aber im offenen Bereich können wir sie dann besser beobachten und gegebenenfalls schneller eingreifen. Des Weiteren mangelt es ihnen an nichts, sie bekommen regelmäßig Essen und Trinken-

Apropos sie bekommen natürlich auch gleich erst mal eine ordentliche Stärkung. Sobald wir hier fertig sind bringen wir etwas auf ihr Zimmer.

„Meinen sie auf das gleiche in dem ich vorher war?", erkundigt er sich.
„Nein, sobald sich unsere Experten beraten haben, werden sie einer
Nummer zugeordnet und unverzüglich in ihren Bereich gebracht."
„Haben sie noch weitere Fragen, Mr. Akintola?"
„Ich weiß gerade gar nichts mehr", gibt Ikem verzweifelt mit leiser
belegter Stimme, zu dabei schüttelt er langsam seinen Kopf.
„Na schön, dann begleite ich sie noch zur Tür." Mit einem kühl
anmaßenden „Kopf hoch!" verabschiedet sie sich schließlich und zieht
eilig die Tür hinter ihm zu. Zurück bleibt ein völlig überrumpelter
Mann, der noch nicht mal annähernd registriert was hier gerade passiert ist.
„Setzen sie sich doch, es wird eine kleine Weile dauern", ach, ja sein
alter Freund Rooney, den hatte er schon ganz verdrängt. Wie automa-
tisiert streckt Ikem ihm seine Hände entgegen.
„Ach nein, die brauchen sie jetzt nicht mehr", winkt Rooney ab, dabei
wirkt er so, als würde er krampfhaft versuchen sein
freundlichstes Gesicht zum Vorschein zu bringen.
Was war mit Rooney los? Während er sich hinsetzt schaut er ihn
irritiert an, denkt aber nicht weiter darüber nach- schließlich hat er viel
größere Sorgen zu bewältigen. Negativ und positiv belastete Gefühle
wechseln sich in ziemlich gleich bleibender Sequenz ab zwischen
Schuldeingeständnis, Beschönigung sowie Resignation und durch-
wühlen seine Gedanken.
Nach und nach fällt ihm das Grübeln schwerer und das Grummeln in
seinem Bauch wird lauter und lauter. Es ist das erste Mal in seinem
Leben, dass ihm das Hungern zu Gute kommt.
Nun tritt das Essen vollkommen in den Fokus und um nichts anderes
mehr schaffen es seine Gedanken zu kreisen.
Es ist schon eine Weile her als er die letzte Nahrung zu sich nahm. Es
war eine Schüssel Egusi- Soup - Nigerias Nationalgericht, Hauptsächlich bestehend aus gemahlenen Melonenkernen (Egusi) aber so
lange sättigt sie nicht...
Was es wohl gleich zu Essen gibt? Eine Vorstellung davon hat er nicht
aber sein Magen ist gerade ziemlich kreativ.
Sein rumorender Magen wird durch das Öffnen einer Tür übertönt.

Aus einer der grauen Türen tritt ein sehr kleiner schmaler Mann in weißem Kittel hervor, mit einer zu seinem Gesicht überproportional wirkenden spitze Nase, was er durch voluminös geföhnte rötliche Haare, sowie einer großen Brille mit orangenem Gestell und seinem ausgeprägten Bart im selben Ton zu kaschieren versucht.

„Mr. Ikem Akintola?" Fragt er. „Jawohl, Sir", antwortet Ikem erwartungsvoll.

„Ich bin Joseph Ward, Professor für Neurologie und Sozialwissenschaften", stellt er sich vor.

Ikem schaut beeindruckt zu ihm rauf, das würde er auch gerne studieren, gäbe es dafür eine Möglichkeit.

„Nun denn, ich möchte dies nicht noch unnötig in die Länge ziehen, meine Expertise ergab, dass sie der Nr.6 zugehörig sind, herzlichen Glückwunsch Mr. Akintola. Der Kollege Patterson wird sie zu ihrem Habitat führen. Einen angenehmen Aufenthalt." So schnell wie die Tür sich öffnete geht sie hinter ihm zu.

Ikem springt sofort hoffnungsvoll auf. Rooney geht voran und öffnet die Tür, durch jene die attraktive Blondine ging.

Da ist es wieder das leuchtende Schild diesmal ist „Nummer 6-10", mit einem Pfeil in die Richtung, in welche sie sich gerade bewegen, angezeigt.

Dieser Trakt sieht genauso aus wie der vorige, allerdings scheint der Abstand zwischen den Türen größer und auch das Licht flackert scheinbar nicht so arg.

Wider Erwarten bleibt Rooney plötzlich stehen und schließt eine der vielen weißen Türen auf. Mit einem knappen „So, da wären wir", entlässt Rooney seinen Schützling und schließt wieder hinter ihm ab.

Unvorhergesehen befindet sich in seinem Zimmer eine weitere Person.

„Hallo, ich heiße Berhane Acheampong, du kannst mich Bene nennen, so nennen mich alle", begrüßt ein netter Mann mittleren Alters ihn freudestrahlend.

Er hat dieselbe Hautfarbe wie Ikem scheint ungefähr im selben Alter zu sein und hat auch kurze schwarze Haare, nur ist er größer und um einiges breiter gebaut wie dieser.

Sein gepflegtes westlich geprägtes Erscheinungsbild fällt Ikem sofort auf.

Am liebsten würde er jetzt auch so aussehen, doch er trägt immer noch dieses blutverschmierte Gewand, was Berhane anscheinend in keinster Weise irritiert.

„Mein Name ist Ikem Akintola", erwidert er mit deutlich skeptisch herausstechender Stimme und einem noch mehr verwunderten Gesichtsausdruck. Der Duft von Essen steigt ihm in die Nase.

Mittig des Raumes befindet sich ein Tisch mit einem üppig gefüllten Teller darauf die leckersten Dingen die er je gesehen hat:

Steak in Pfefferrahmsoße, Ofenkartoffel mit Sauerrahmsoße an karamellisierten Möhren dazu ein gemischter Salat mit Honig- Senf Dressing. Daneben steht eine Schale Panna Cotta sowie ein Glas randvoll Limonade.

„Ist das für mich?" Fragt Ikem ungeduldig, während seine Zunge über die Lippen fährt.

„Bitte, ich habe schon gegessen."

Unverzüglich setzt sich Ikem an den Tisch auf einen der zwei Stühle und schlingt fast ohne zu kauen in einem rasanten Tempo gierig das Essen runter, während er sich die Limonade in einem Zug einverleibt.

Mitfühlend beobachtet Berhane ihn und stellt ihm eine volle Wasserflasche dazu.

Zwischendrin kommentiert Ikem mit vollem Mund und lustvoll schmatzend seine Begeisterung über das köstliche Essen.

Satt und zufrieden wirft er seinen Oberkörper zurück an die Stuhllehne, wobei er lächelnd über seinen prallen Bauch reibt.

Nun kann er sich in Ruhe auf seine Umgebung konzentrieren.

Die Raumgröße beträgt ungefähr 15 m²; an der Wand steht ein Schrank, neugierig öffnet Ikem ihn: Darin sind Stapel gebügelter und gefalteter herrlich duftender Wäsche. Daneben steht ein Waschbecken, welches ihn nahezu einlädt sich die Hände zu waschen, er kann sich an dem glasklaren Wasser gar nicht mehr satt sehen. „Das Wasser ist so rein man kann sich ja beinahe darin spiegeln", schwärmt Ikem.

„Ja ich weiß, aber man gewöhnt sich viel zu schnell daran", philoso-phiert Berhane.

„Geh doch mal darein, dort gibt es noch mehr Wasser", schlägt er vor und verweist auf eine kleine Kabine am Eingang. Den Ratschlag nimmt Ikem gerne an und öffnet voller Vorfreude die Tür. Dort be-finden sich eine Toilette und eine Dusche.

Überwältigt steuert er auf die Toilette zu und betätigt die Klospülung, dabei beobachtet er fasziniert, wie das Wasser abfließt. Nun stellt er sich unter die Dusche, zieht seine Sachen aus und zieht vorsichtig den Hebel nach oben.

Beeindruckt beobachtet er wie das Wasser aus dem Duschkopf auf seine Haut fällt und an ihr prasselt bis es im Abfluss verschwindet.

Dann dreht er den Hebel ein wenig hin und her bis er schließlich die perfekte Temperatur gefunden hat.

„Was für ein Erlebnis!" Ikem genießt das wohlwollend warme Wasser was seine verschwitzte Haut reinigt, bis er bemerkt, dass sich auf dem hellen Boden das klare Wasser leicht ins Hellrote verfärbt.

Er nimmt zwei volle Hände Duschgel und schrubbt emsig und mit viel Druck seinen gesamten Körper mehrmals sauber, bis seine Haut ge-rötet ist und schmerzt. Irgendwie fühlt er sich immer noch schmutzig, am liebsten würde er nie wieder aufhören sich zu waschen. Berhane klopft nach einer langen Weile an die Tür, um Ikem ein weißes sau-beres Handtuch und neue Kleidung anzureichen.

Ikem streckt einen Arm heraus um es entgegenzunehmen, dabei entweicht eine Wolke warmer feuchter Luft die sich schnell im Raum ausbreitet und in

den Lüftungsschacht Emporsteigt.

Die Wasserperlen tropfen traurig an ihm hinab und verschwinden im Handtuch.

Seine Haut wirkt beim Abtrocknen noch dunkler durch das unschuldige Weiß.

Er hängt das durchnässte Handtuch über einen Bügel, dort kann es trocknen, so dass sich der Wasserdampf in der Welt verbreitet. Nichts geht wirklich verloren.

„Wohin kommt die schmutzige Wäsche?" Möchte Ikem wissen.

„Warte, ich nehm' sie dir ab", Berhane läuft zu einem Wäschekorb und wirft diese mit einem Schwung hinein, dann legt er den Deckel darauf. Ikem zieht sich derweil an er ist begeistert von seinem neuen Outfit, wobei er sich erstmal an diesen westlichen Kleidungsstil mit Jeans und Hemd gewöhnen muss.

„Bist du auch die Nr. 6?" Erkundigt sich Berhane bei seinem neuen Mitbewohner.

„Warum bist du hier Ikem?" Fragt er vorsichtig weiter.

Sofort spürt er wie sich sein Herzschlag beschleunigt und ihm abwechselnd heiß und kalt wird. Obwohl diese Frage irgendwann kommen musste war er doch ziemlich unvorbereitet.

„Ach, es ist eine lange Geschichte", verlegen schaut er weg.

„Ich würde sie gerne hören, du kannst mir ruhig alles anvertrauen," entgegnet er mit sanfter Stimme und fügt letztlich noch einen wichtigen Satz hinzu: „Wir sind alle keine Unschuldslämmer, ich habe auch schon sehr viel Mist im Leben gebaut, auf den ich sicher nicht stolz bin." Dabei klingt seine Stimme betroffen und bedrückt.

Ikem fasst seinen ganzen Mut zusammen, setzt sich auf eines der zwei sehr weichen Betten und erzählt ihm alles, denn Berhane ist auch ein Teilnehmer dieses Spieles und somit sitzen sie beide im selben Boot, außerdem lehrte seine Mutter ihm stets wie wichtig Ehrlichkeit sei.

Betroffen und sehr aufmerksam hört Berhane ihm zu.

Es fällt Ikem sichtlich schwer darüber zu reden, immer wieder muss er Pausen einlegen, seine Augen sind Tränen erfüllt, er hat Probleme dabei Töne herauszubringen, es fühlt sich so an, als würde ihm Jemand die Kehle zuschnüren.

„Ich bin mir sicher du bist ein guter Mensch, sonst würden sie dir nicht helfen", baut er ihn auf." Daraufhin platzt es aus ihm heraus und er bricht in Tränen aus.

Berhane setzt sich zu ihm und nimmt ihn ganz fest in die Arme.

„Jetzt wird alles besser, das Leben bietet dir eine zweite Chance, ergreife sie, schaue nach vorne, wie sehr dich auch die Vergangenheit quält. Lass sie los, sprenge deine Fesseln, zeige es denen da draußen erhobenen Hauptes! Du bist stark und liebenswert Nun hast du sogar die Möglichkeit mit dem Geld die Welt zu einer besseren zu machen!"

„Ikem hat sich ein wenig beruhigt, er sieht ihn mit verquollenen Augen an:„ Du hast recht ich bin ein Harmonie bedürftiger Mensch, nicht mal einer Fliege kann ich etwas zu leide tun.

Wir haben wirklich sehr viel getrunken, so viel, dass ich nicht mehr zurechnungsfähig war. Es war nicht ich, sondern der Alkohol." Gestärkt wischt er sich die Tränen aus dem Gesicht. „In Zukunft werde ich nie wieder einen Schluck davon trinken, dann werde ich dieses Spiel hier gewinnen und von dem Geld meine Heimat aufbauen, oft haben wir darüber philosophiert, was wir alles mit sehr viel Geld tun würden. Dabei war es immer sein Wunsch in unsere Wirtschaft zu investieren, Infrastrukturen aufzubauen und leicht zugängliche Bildung für alle zu gewährleisten. Darin waren wir uns immer einig." Überzeugt erhebt er sich und ergänzt:„ ich werde es alles nur für ihn tun, er hätte es so gewollt, denn er verdient es in Frieden zu ruhen." Seine Augen beginnen zu funkeln, eine gewisse Leichtigkeit stellt sich ein.

„Das ist eine sehr gute Einstellung", lobt Berhane.

„Darf ich denn auch deine Geschichte hören Bene? Aus welchem Ort in Afrika stammst du eigentlich?", erkundigt er sich.

„Aber natürlich." Bene freut sich Ikem ein wenig Hoffnung gegeben zu haben.

„ Ich stamme aus Kongo, wohnte in dem Dorf Bageanha, das ist schon eine Weile her." Bin nach Amerika ausgewandert um ein neues besseres Leben zu beginnen." Sein sonst so unbeschwertes Gesicht zieht sich ernst zusammen.

„Mir wurde an einem Tag alles genommen, mein Haus, meine Familie, mein Leben." Sein Blick ist gefüllt mit Leere.

Ikem schaut ihn entsetzt und emphatisch an.

„Ich war eines Nachts weg, hatte mit meiner Frau einen heftigen Streit, als ich zurückkam war unser Haus in Trümmern, alle waren dort, meine liebe Frau und unsere 2 kleinen süßen Kinder." Berhane versucht sich krampfhaft die Tränen zu unterdrücken. Sein Mund beginnt zu zittern, seine Atmung wird schwer.

„Oh nein das tut mir so schrecklich leid", stammelt Ikem schockiert und unbeholfen, dabei begleitet ihn das Gefühl, dass das egal was er nun sagte, unangebracht sei.

Berhane muss sich schwer konzentrieren um nicht die Fassung zu verlieren.

Ikem bringt ihm ein Glas Wasser, um nicht ganz so nutzlos zu erscheinen.

Nachdem er einige Schlucke getrunken hat, scheint es so, als hätte er sich wieder gefangen.

„Bin nach der ganzen Sache schwer abgestürzt, habe mir durch Drogengeschäfte das Geld zusammengespart... Jedenfalls, kam ich dann nach Georgia, bekam einen Job in einer Fast Food Kette, arbeitete fast genauso viel wie damals auf dem Feld aber kam dennoch kaum über die Runden. Den amerikanischen Traum hatte ich mir immer ganz anders vorgestellt.

Als Schwarzer werden dir viele Steine in den Weg gestellt, so dass der Hass deutlich spürbar ist. Die Trauer zog sich wie ein roter Faden durch mein Leben, nur die Drogen gaben mir Halt. Der Job wurde mir irgendwann gekündigt, weil ich high zur Arbeit erschien."

Ikem schaut Berhane bemitleidend an.

„Aber dann, als mein Leben den tiefsten Punkt erreichte, ich auf der Straße mit ner Nadel in der Vene lag, Schaum vorm Mund hatte und in meinem eigenen Urin und erbrochenem lag, kamen meine Engel in schwarz!," schwärmt er aufblickend.

„Sie beatmeten mich, nahmen mich in ihre Obhut und gaben mir Opiatantagonisten, sonst wäre ich heute nicht mehr hier.

Dank ihrer Hilfe bin ich heute clean und habe meine Lebensfreude zurück." Sein Gesicht nimmt allmählich wieder die bekannte fröhliche Miene an.

Ikem blickt bewundernd zu ihm rüber.

„Wow, das was du alles durchgemacht und bewältigt hast ist unglaublich, du bist mein absolutes Idol!" Bekennt er stolz zu ihm herauf blickend.

Auf einmal geht das Licht aus.

Kapitel 2

Die Rivalin

Sie schaltet das Licht ein, und den Wecker aus. Es ist 3 Uhr früh- gleich ist es soweit!

Ihr wahrscheinlich bedeutendster Dreh aller Zeiten startet in ein paar Stunden.

Wie aufgeregt sie ist! Schnell geht sie in die Küche um sich mit einem grünen Smoothie aus Spinat, Sellerie und Gurke für den bevorstehenden anstrengenden Tag zu stärken.

Einige Gurkenscheiben legt sie sich auf ihre wunderschönen strahlend blauen Augen.

Aus Honig Eigelb und Quark bereitet sie sich schnell eine

Gesichtsmaske zu, die sie gleichmäßig auf ihre von der Sonne gleichmäßig Braun gebrannte Haut verteilt. Es muss alles perfekt werden, immerhin ist dies ihre erste Hauptrolle eines großen Filmformates.

Nach exakt 30 Minuten erklingt der Timer ihres Smartphones.

Sie legt die Gurkenscheiben auf Seite und läuft ins Bad um sich frisch zu machen.

In einem rosafarbenen Bademantel mit einem Handtuch um den Kopf gewickelt

schreitet sie mit tadellosen langen Beinen ins Wohnzimmer um sich auf eine schwarze Ledercouch zu setzen und legt ihre Füße auf den Hocker.

Neben ihr auf einem Glastisch liegt ein dickes Drehbuch, was sie hochnimmt und zielgerichtet bis zu einer bestimmten Seite durchblättert.

Sehr viel Zeit hat es in Anspruch genommen, alles zu studieren.

Wie oft ist sie mit ihren Freundinnen die Texte durchgegangen, hatte Stundenlang vor dem Spiegel gestanden und am Ausdruck gefeilt.

Nun endlich ist es so weit das harte Schufen würde sich endlich ausgezahlt machen.

Es ist ihre Rolle wie auf sie zugeschnitten, schon immer hatte sie von so etwas geträumt, gleich muss sie glänzen!

Professionell konzentriert sie sich auf ihren Text und geht die Szenen noch einmal im Kopf durch, dann zieht sie sich einen rosafarbenen Damenrock Anzug an mit passenden High- Heels und kämmt ihre luftgetrockneten blonden schulterlangen Haare.

Sie schaut auf die Uhr nun wird es ernst; gleich wird sie die Hauptrolle für ein großes Format spielen!

Mit dem Drehbuch unter dem Arm geklemmt steigt sie in eines der Taxen, die vor ihrem Hotel in San Fernando Valley parken, um sich direkt nach Hollywood ins Filmstudio bringen zu lassen.

Dort angekommen läuft sie zielstrebig Richtung Kostüm.

„Guten Morgen Olivia," begrüßt sie ihre Kostümbildnerin freudestrahlend. „Hey wie geht's dir, Angelique? Bist du schon nervös?"

Lächelt diese zurück und zaubert einen Kleiderbügel mit einer langen silbern funkelnden Robe mit dazugehörenden Schuhen hervor. „Ich kann es kaum erwarten, dann werde ich mich mal umziehen." Angelique nimmt ihr Kostüm mit in eine der Umkleidekabinen und kommt als "Sophia Campbell" wieder heraus.

„Es sieht einfach fabelhaft an dir aus Liebes!" Bewundert sie Olivia.

„Dieses Kleid ist einfach nur ein Traum", strahlt Angelique mit ihm um die Wette, dabei schmiegt sich das Kleid an ihre wie im Katalog angeordneten Proportionen.

„Ja das ist es- aber für 80 Millionen Dollar sollte man das auch erwarten", zieht Olivia beeindruckt die Augenbrauen hoch während sich beide einig zunicken.

„Die nicht weniger wertvollen Accessoires dazu erhältst du dann in der Maske," fügt sie noch hinzu.

Dort angekommen wird sie schon von ihrer Visagistin sowie Stylistin erwartet. Angelique setzt sich vor sie auf einen Stuhl, sie blickt in einen sehr hell ausgeleuchteten großen Spiegel. Die Visagistin beginnt ihr Make- up aufzutragen, nebenbei kreiert die Stylistin eine glamouröse Frisur mit einem Lockenstab. Nach und nach verwandelt sie sich in eine andere Frau, deren Lebenslauf und Charakter ihr inzwischen genauso vertraut sind wie ihr eigener. "Sophia Campbell ist ihr in der ganzen Zeit sehr ans Herz gewachsen, besser gesagt haucht sie ihr Leben ein, sie verkörpert sie regelrecht.

Nach einer Stunde Verwandlung ist sie endlich fertig: Der glitzernde silberne Lidschatten harmoniert wunderbar mit Ihren blauen glänzenden Augen, die durch die langen schwarz getuschten Wimpern und perfekt gezogenen Lidstrich maximal hervorstechen. Ihre wohlgeformten vollen Lippen werden von einem rubinrot optimal betont, während ein Bronzeton ihre Haut umschmeichelt und sich ihre Haare glänzend um ihr Gesicht legen.

Um das Bild abzurunden, bekommt sie eine 35 Millionen Dollar Diamanten Kette mit dazu passenden 18 Millionen teuren Ohrringen angelegt. Ihre Erscheinung blendet förmlich in den Augen.

„Atemberaubend!" Haucht sie überwältigt und bedankt sich vielmals, dann schreitet sie stolz über die Schwelle geradewegs zum Set.

Ein breit aufgebautes Kamerateam, Schauspielkollegen sowie der Regisseur und andere Mitarbeiter empfangen sie beeindruckt.

Der Schauplatz befindet sich auf der Außenanlage. Der großzügig angelegte Rosengarten blüht, in dem dafür vorgesehenen Bereich, in seinen prächtigsten Farben.

Mittendrin befindet sich ein blau-schwarz auf Hochglanz polierter Rennwagen, der mit Abstand teuerste weltweit. Dahinter verbirgt sich eine atemberaubende Aussicht, die Anhand mittels Greenscreen Technik erzeugt wird, so dass der Eindruck entsteht, sie befänden sich auf einem hohen Berg.

Ihr Drehpartner tauscht sich bereits intensiv mit dem Regisseur aus.

„Angelique grüß dich! wir ziehen es durch wie gehabt, du steigst aus dem Auto und läufst auf die Markierung zu, dann bleibst du dort für einen Moment stehen, Jason folgt dir nach zwei Minuten, ihr redet , dann die Annäherung mit Kussszene. Soviel zum Ablauf. Achte darauf, dass du beim ersten Ablauf seitlich zum Scheinwerfer stehst und nicht direkt in die Kamera schaust- soweit alles klar?" Der Regisseur schaut sie fragend an mit einem Gesichtsausdruck, welcher kein Nein akzeptiert. Angelique nickt kurz und entschlossen.

„Wunderbar dann bitte alle mal auf ihre Plätze", befiehlt er bestimmt.
Angelique und Jason positionieren sich nach Plan, der Regisseur erscheint einverstanden und eröffnet den Dreh mit einem „und Action!"
Die beiden drehen ihre Szene, die in mehreren Einstellungen aufgelöst wird. „Und Cut, wir haben es im Kasten, das sah wirklich sehr gut aus!"
Beendet der Regisseur begeistert, begleitet von rasendem Applaus aller Anwesenden.
„Du warst wirklich herausragend! Die Rolle ist wie maßgeschneidert für dich, ich bin so überglücklich mit dir drehen zu können;" lobt sie Jason stolz. „ Ernsthaft du hast verdammt viel Talent- ich habe mit so vielen Schauspielern gedreht, doch du machst das mit einer Leichtigkeit... man spürt die Leidenschaft dahinter."
„Vielen Dank", freut sich Angelique verlegen, aber dennoch vollkommen zufrieden mit ihren erbrachten Leistungen. „Ja, das stimmt ich liebe das Schauspielern, seit ich denken kann war dies immer mein allergrößter Wunsch", entgegnet sie mit funkelnden Augen und übers ganze Gesicht strahlend. Das ganze Üben hat sich wahrhaftig ausgezahlt.
„Okay dann gehen wir in Pause, die Schauspieler der nächsten Szene begeben sich bitte ins Kostüm, wir sehen uns gleich wieder am Set."
weist der Regisseur das Team ein.
Angelique möchte sich gerade voller Vorfreude auf den Weg ins Kostüm machen, da trifft sie der Schlag:
Eine junge Frau Anfang 20 mit identischer Frisur, Haar und Augenfarbe in genau jenem Kostüm, welches sie eigentlich gleich anziehen wollte, kommt ihr entgegen.
Noch bevor sie etwas sagen kann, tritt die Frau näher.
„So kann es jetzt endlich losgehen?" Ruft sie scharfzüngig.
„Was ist hier los? Das muss ein Missverständnis sein, ICH spiele "Sophia Campbell!" betont sie selbstbewusst.
„Ich korrigiere du hast sie gespielt, nun bin ich dran, geh mir aus dem Weg!" überheblich stößt sie Angelique leicht zur Seite.
„David, ich habe für so etwas keine Nerven", duzt sie den Regisseuren.

„Erkläre dieser dummen Kuh hier endlich wer der Star ist," dabei wirft sie ihren Kopf zur Seite und streicht ihre Haare schwunghaft aus dem Gesicht. Angelique sieht sie entsetzt an sie versteht die Welt nicht mehr. Dann schaut sie irritiert zum Regisseur, der schnell wegguckt.

„Ja ähm, also da hat sie nicht ganz unrecht", stammelt der Regisseur verlegen und räuspert sich, dabei hält er Blickkontakt mit der unverschämten Frau.

„Ich bin Gina Smith und ich gewinne immer, merk dir das! Kapiert? Und jetzt verschwinde gefälligst! hier ist kein Platz für Verlierer!" Macht sie auf eine sehr herabwürdigende Art deutlich.

Völlig geschockt blickt sie in die Gesichter ihrer Kollegen, einige schauen sie verzweifelt und mitfühlend an, die meisten jedoch sehen verängstigt auf den Boden.

Keiner traut sich zu widersprechen. Niemand ist auf ihrer Seite um sie zu unterstützen.

Am Boden zerstört läuft sie davon. Und als wäre dies nicht schon genug schreit Gina ihr noch hinterher:„ Übrigens das Kleid was du trägst ziehst du gefälligst wieder aus! Es gehört mir! Außerdem steht es dir nicht du bist zu fett!

Wutentbrannt reißt sie sich den Schmuck und das Kleid vom Leib, zieht sich um und rennt hinaus.

Sie läuft den ganzen Weg zurück auf High- Heels um sich abzureagieren, vor lauter Erregtheit bemerkt sie gar nicht die Blasen an ihren Füßen, die sich allmählich bilden.

Was soll sie jetzt nur tun? Wo soll sie jetzt nur hin? Hier hält sie nichts mehr. Der Traum ist wie eine Seifenblase geplatzt.

Die Wimperntusche läuft wie ein verunreinigter Bach über ihr hübsches Gesicht und übertüncht ihre rosigen Wangen.

Überrumpelt von aufgewühlten Gefühlen läuft sie durch die Straßen von San Fernando Valley auf der Suche nach nichts.

Die sonst so belebten Straßen ebben mit zunehmender Stunde ab. Mittlerweile schmerzen ihre Füße so sehr, dass sie sie ausziehen muss. An ihren Händen baumeln sie wie leblos hin und her.

Vor ihr geht die Sonne langsam unter und wirft ihre trügerisch roten

Strahlen durch die Gegend, bis sie schließlich ganz verschwindet und eine abkühlende Atmosphäre hinterlässt, welche von Dunkelheit geprägt ist.

Der schönste Tag in ihrem Leben wurde zum Trauerspiel.

Nach einiger Zeit gelangt sie zu einer kleinen abgelegenen Bar nahe des Stadtrandes die gerade öffnet.

Die Außenbeleuchtung geht an und erhellt die junge Nacht um sie herum in einen grünen Schimmer.

Das ist jetzt genau das Richtige um seinen Kummer zu begraben.

Langsamen Schrittes und humpelnd tritt sie ein.

Noch war es leer und kühl, aber bald sollte sich der Raum mit Leben füllen. „Ist alles in Ordnung, Mrs.? Brauchen sie Hilfe?" Erkundigt sich der Barkeeper besorgt. „...Wenn sie ein paar Pflaster hätten...?" Bittet Angelique mit betrübter Stimme.

Er geht in einen Nebenraum und kommt mit einer ganzen Packung und Salbe zurück. „Danke, das ist sehr lieb von ihnen;" dabeientrinnt ihr ein kleines Lächeln. Zielgerichtet bewegt sie sich Richtung Damentoilette, um sich frisch zu machen.

Sie sieht in den Spiegel und erkennt eine gebrochene Frau die ihr irgendwie fremd erscheint. Grübelnd beobachtet sie eine Weile ihr Spiegelbild. Diese Traurigkeit steht ihr so gar nicht.

Die Tränen hatten ihr neues Gesicht ohnehin verschmiert, also kann sie es auch ganz abwaschen. Mit ein wenig Wasser Seife und einmal Tüchern war zumindest ein winziges Problem gelöst.

Sofort stellt sich in einem gewissen Maße ein angenehmes Wohlbefinden ein. Gut, dass sie in ihrer Handtasche immer Make- up bei sich trägt für den Notfall. Dies erscheint ihr wie solch einer.

Nachdem sie ihre Blasen verarztet hat geht sie mit frischem Teint und einem tadellosen Aussehen an die Bar, die sich inzwischen ordentlich gefüllt hat.

Etwas abseits setzt sie sich auf einen der hohen Hocker.

Die Stimmung dort ist durchwachsen, aber die Heiterkeit steht klar im Vordergrund- immer wieder ertönt lautes Gelächter, begleitet von einem mittel lauten Geräuschpegel.

Um ihre Frustration zu betäuben spült sie zunächst einige shots runter.

Immer noch genervt und wütend nippt sie nachdenklich an einem Drink.

„Das sieht schwer nach einem verzweifelten Versuch aus Kummer durch Alkohol loszuwerden", ertönt eine äußerst attraktiv klingende Stimme neben ihr.

Gedankenversunken hatte sie gar nicht bemerkt, wie sich Jemand neben sie gesetzt hat.

In Sekundenschnelle scant ihr Unterbewusstsein messerscharf ihren Sitznachbarn von oben bis unten ab.

Ein sehr gut aussehender Mann Anfang 30 mit dunkelbraunen adrett gestylten Haaren und stechend eisklar blauen Augen dreht sich mit offener Körpersprache zu ihr.

Der top gepflegte 3 Tage Bart umrandet die sinnlich geschwungenen Lippen und betonen die hohen maskulinen Wangenknochen.

Sein muskulöser Oberkörper zeichnet sich durch ein eng anliegendes Azurblaues Hemd ab, dazu ummantelt eine lässige Jeans seine starken Beine. Er sieht aus als wäre er aus einer Frauenzeitschrift entsprungen. Sie schaut ihn ertappt an.

„Da müssen sie aber noch um einiges schneller trinken sie legen deutlich zurück, aber es ist gut dass sie darin keine Übung haben", grinst er verschmitzt, während er sein Glas hebt um mit ihr anzustoßen. „Ach sie haben ja gar keine Ahnung," atmet sie schwer und stößt mit ihrem Glas zurück. „Von irgendwoher kenne ich sie, sie kommen mir sehr bekannt vor, das soll jetzt keine billige Anmache sein...", sieht er sie rätselnd an. Eigentlich wäre sie an solchen Tagen froh gewesen, man würde sie nicht erkennen aber bei so einem verdammt anziehenden Mann macht sie eine Ausnahme.

„Ich bin Angelique", lüftet sie das Geheimnis.

Fast im selben Augenblick fällt ihm ein: „Ach ja, sind sie nicht die Schauspielerin in "lost mind"? Sie nickt zustimmend.

„Ich finde sie haben hervorragend gespielt!"

„Dankeschön aber anscheinend sehen das nicht alle so...", erwidert sie bedrückt. „Lassen sie das nicht so an sich ran im Leben gibt es immer Leute die einen nicht mögen, meistens sind sie neidisch auf etwas was sie selbst nicht haben", baut er sie auf.

„Ja da haben sie wohl Recht aber es ist hart wenn die Mehrzahl gegen einen ist, schaut sie nachdenklich in ihr halb- leeres Glas.

„Das kann ich mir bei ihnen beim besten Willen gar nicht vorstellen, aber ich weiß genau wie sich so etwas anfühlt."

Sie schaut verwundert zu ihm hoch ihre Blicke treffen sich, schüchtern schaut sie weg.

„Wer sind sie eigentlich", fragt Angelique neugierig.

„Oh Verzeihung, ich habe mich ja noch gar nicht vorgestellt, ich bin Brendan Johnson", verrät er

„Und was machen sie so?" Möchte sie wissen.

„Sie meinen außer mit einer so schönen Frau wie mit ihnen zu sprechen? Ich arbeite als Privatdetektiv", sagt er mit leiser Stimme so als wäre es ihm peinlich. „Das klingt sehr spannend", kommentiert sie begeistert.

„Och ja es ist im Grunde fast eigentlich immer dasselbe, nichts Außergewöhnliches. Die Arbeit als Schauspielerin wirkt dagegen sehr aufregend und facettenreich, ein viel zu schöner Beruf und eine viel zu beeindruckende Frau um Trübsal zu blasen", lenkt Brendan ab. Kein Mensch und nichts auf der Welt sollte es schaffen sie nieder zu machen, glauben sie an sich. Sie müssen niemandem Beweisen was sie können und auch niemandem gefallen außer sich selbst. Wenndas was sie tun aus tiefstem Herzen kommt ist es das Richtige, lassen sie sich das nicht nehmen", baut er sie auf.

Fasziniert von den offenen gezeigten männlichen Gefühlen erzählt sie ihm schließlich was passiert war.

Brendan ist entsetzt, ermutigt sie allerdings auch dazu noch mal zum Set hinzugehen um Gina und die Anderen zur Rede zu stellen.

Angelique strotzt nach dem Mut machenden Gespräch nur so vor Selbstbewusstsein und ist fest dazu entschlossen die Situation zu klären. Endlich ist da Jemand an ihrer Seite der hinter ihr steht, was für ein überwältigendes Gefühl. Das war genau das was ihr gefehlt hat.

„Woher kommst du eigentlich?" Erkundigt sich Branden.

„Ich bin aus Fort Lauderdale, Florida."

„Nein! Das gibt's doch nicht! Ich komme aus North Miami – du bist ja quasi schon fast meine Nachbarin", freut sich Brendan.

„Wirklich? Wahnsinn einfach unglaublich, und da treffen wir uns auch noch in dem gleichen Bundesstaat, in derselben Stadt und der gleichen Bar", stellt Angelique erstaunt fest. „ Das ist…"

…„Schicksal!" Setzt er ihren Satz fort.

„Jetzt sag nicht du wohnst auch noch im selben Hotel, denn so ein attraktiver Mann wäre mir längst aufgefallen im Havering´s " flirtet sie ihn heftig an.

„Ach das Hotel kenne ich doch! Ist nur zwei Blocks von mir entfernt- habe mir hier in der Stadt ein Haus gemietet, wäre also in deiner Nähe", zwinkert er ihr zu.

„Wie lange bleibst du noch hier?" Fragen beide beinahe gleichzeitig. Sie müssen laut lachen und schauen sich dabei kurz aber intensiv an. Mit einer Handbewegung verdeutlicht er ihr, dass sie zuerst antworten soll. „Eigentlich wäre ich ja hier geblieben bis Drehende… es wird sich noch alles entscheiden, gleich morgen früh werde ich noch mal dahin fahren…", erklärt sie nachdenklich.

„Ich bleibe noch etwa für drei Monate- bin gerade an einem Fall dran, wäre sehr schön, wenn es mit deiner Karriere hier klappt", entgegnet er beinahe bittend.

Elektrizität liegt in der Luft.

Schließlich setzt Brendan alles auf eine Karte und fragt blitzartig nach ihrer Nummer.

„Na endlich ich dachte du würdest nie fragen", neckisch schaut sie ihn von der Seite an. Die beiden tauschen ihre Nummern aus und verbringen noch einen beschwingten Abend miteinander.

Als die Bar inzwischen schließt, bringt Brendan sie zu ihrem Hotel. Sie unterhalten sich angeregt und es fühlt sich so vertraut an, als kannten sie sich schon das ganze Leben. Straßenlaternen leuchten ihnen den Weg durch die dunkle Nacht.

Die Stille hat etwas beruhigendes, romantisches, sie ist nicht allein. Vor der Hoteltür bleiben sie schließlich stehen und wenden sich einander zu. Dabei schauen sich lange stillschweigend in die Augen. Brendan kommt langsam mit seinem Gesicht näher, streicht zärtlich mit seiner Hand über ihre Wange, bis seine Lippen sanft die ihren berühren. Sie lässt es zu und erwidert sinnlich seine wohlschmeckenden Küsse, die sie geradewegs in den siebten Himmel katapultieren. Ein heftiger Stromschlag durchzuckt ihre Körper auf eine sehr angenehme Weise. Am liebsten würde sie den Moment festhalten, die Welt um sie herum scheint stillzustehen. Es gibt nur noch sie beide. So muss sich das Paradies anfühlen- einfach unbeschwert, sorglos und frei in absoluter Liebe.

Sie werfen sich noch einen letzten verliebten Blick zu, dann verabschieden sie sich, mit einer Verabredung für den übernächsten Tag. Überglücklich schwebt sie förmlich zu ihrem Zimmer und schläft mit einem breiten Grinsen und seinen Duft in ihrer Nase ein.

Früh am Morgen macht sich Angelique direkt auf den Weg zum Filmstudio. Sie ist sehr nervös aber die ermutigenden Worte von Brendan geben ihr die nötige Kraft.

Mit kräftigen, fest entschlossen Schritten schreitet sie voran. Niemand kann sie aufhalten, sie ist eine herausragende Schauspielerin und Gina Smith... Wer ist sie überhaupt? Noch nie jemals zuvor hörte sie von ihr, so gut kann sie nicht sein. Sicher wird der Regisseur schnell ihre Unprofessionalität bemerken und sie unverzüglich wieder austauschen. Es ist niemand dort, als sie eintritt.

Plötzlich hört sie aus der Maske eine ihr nur zu gut vertraute, schrill klingende Stimme. Die Tür ist ein Spalt weit offen.

Neugierig schaut sie durchs Schlüsselloch:

Da sitzt Gina allein vor dem Spiegel und telefoniert.

Gerade möchte sie hereinplatzen, um sie so richtig zurechtzuweisen, da hört sie ein äußerst seltsam klingendes Gespräch. Angelique bleibt wie versteinert stehen und lauscht offenen Ohres.

„Was soll das bitte heißen, sie können ihn nicht finden?" Gina scheint sehr aufgebracht zu sein. „Wissen sie eigentlich was uns blüht, wenn das Alles heraus kommt?" Ihre Stimmlage wird böse und lauter. „Das ist mir egal, sie werden dafür sorgen, dass sich diese unangenehme Situation hier unverzüglich klärt, ansonsten werden sie dafür bluten, haben sie mich verstanden?" Droht Gina hoch aggressiv.

Wutentbrannt legt sie auf und schleudert ihr Handy weg. Eingeschüchtert verlässt Angelique schnell wieder das Filmstudio und
schließt leise die Tür hinter sich.

Kapitel 3

Die Flucht

Sie blicken zur Tür, das Geräusch eines sich umdrehenden Schlüssels ist zu vernehmen. Im selben Moment werden sie von einer Taschenlampe geblendet vor ihnen steht plötzlich Rooney.

„Wir haben gerade einen Stromausfall, keine Panik, wird gleich wieder behoben" versucht er zu beruhigen.

„Mr. Akintola das Spiel beginnt nun für sie, folgen sie mir!" Befiehlt Rooney abgeklärt.

„Herzlichen Glückwunsch mein Freund! Du schaffst das!" Ermutigt ihn Berhane, der ihn mit bewunderndem Blick anstrahlt.

Soll ich noch irgendwas mitnehmen?" erkundigt sich Ikem völlig unvorbereitet und überrumpelt. Dass es so schnell ginge hätte er nicht gedacht. „Nein, jetzt kommen sie" erwidert Rooney ungeduldig.

Ikem verabschiedet sich traurig von seinem lieb gewonnenen Mitbewohner und schreitet mit Rooney den Trakt entlang bis zu der grauen Tür von welcher sie kamen. Nun befinden sie sich wieder im Vorraum mit den vielen grauen Türen.

Unerwartet holt Rooney plötzlich Handschellen hervor und verbindet Ikem die Augen, während er erklärt, dass dies Teil des Spiels sei.

„Wo bringen sie mich denn jetzt hin?", Fragt er verunsichert und leicht ängstlich. „Das ist streng Geheim- auch das obliegt den Spielregeln." entgegnet er verhalten. Sie gehen eine kurze Zeit irgendwann bleiben sie stehen es erklingt eine seltsame Melodie und der Boden unter ihnen beginnt zu ruckeln, Ikem schreit angsterfüllt.

„Reg dich ab das ist nur n Aufzug", erklärt Rooney schroff.

Abrupt stoppt das Geruckel und wieder ertönt diese Melodie.

Einige Sekunden später verspürt Ikem einen kühlen Windhauch. Die Luft erscheint so frisch und prall gefüllt mit Sauerstoff, dass er sich gar nicht mehr daran satt riechen kann. Einige Vögel singen ihre schönsten Lieder, es ist wie eine Liebeserklärung der Natur.

Ansonsten ist es mucksmäuschenstill.

Schließlich vernimmt Ikem Männerstimmen aus der Ferne die sich langsam nähern.

„Ist das die Nr.6, Ikem Akintola", vergewissert sich einer.

„Na dann bring ihn mal her!" fordert eine andere Stimme auf.

Auf einmal spürt er wie er unsanft von einer Hand am Arm gerissen und in etwas hinein gehoben sowie in einen Sitz heruntergedrückt wird. Dann hört er Türen knallen und ein Motorgeräusch.

Die ganze Fahrt über ist nichts Weiteres hörbar.

Ikem versucht sich auszumalen, was auf ihn zukäme, dabei ärgert er sich, dass er Bene nicht ausgefragt hat bevor er gehen musste, dieser hatte sicherlich schon mindestens einmal gespielt. Aber Wahrscheinlich gehörte es auch zum Spiel nichts Weiteres zu verraten. Andererseits könnte es eigentlich keiner erfahren, wenn sich die Teilnehmer in ihren Zimmern unterhielten... oder vielleicht doch? Sein Vater hatte ihn einmal vor Spionen gewarnt, die sich ganz raffinierter moderner Tricks bedienen...doch was weiß er schon...? Das gleichmäßige Geruckel macht Ikem nach längerer Zeit sehr müde und er kann seine Augen nicht mehr offen halten.

Erneut wird er äußerst unsanft aus seinem Schlaf gerissen.

„Wir sind da", ruft die gleiche Männerstimme von vorhin direkt in sein Ohr, so dass sich Ikem fürchterlich erschreckt.

Gleichzeitig wird er wieder grob am Arm angefasst, heruntergehoben und einen Weg entlang geführt.

Der Wind pustet ihm erneut durchs Gesicht, Grillen zirpen als auch Nachtvogelgesang schallt durch die Gegend.

Nach einigen Metern bleiben sie stehen und ein Klingeln ertönt wieder. Eine Tür öffnet sich.

„Die Nr.6, Ikem Akintola, Sir", stellt ihn die Stimme vor.

„Ausgezeichnet, schön dass alles so schnell und reibungslos funktioniert hat, auf euch ist wirklich Verlass!" Freut sich eine dunkle kräftige Stimme. Im selben Moment werden ihm seine Handschellen abgenommen und er spürt eine Hand im Rücken die ihn nach vorne schubst, sofort fällt die Tür hinter ihm zu.

„Mr. Akintola, ich heiße sie herzlich in unserem Anwesen willkommen! Ich bin ihr Mitspieler. Sie nennen mich „Master" und ich nenne sie "Nr.6", begrüßt ihn diese dunkle kräftige Stimme herrisch, während er seine Augenbinde abgenommen bekommt.

Ein Mann Mitte 50 steht vor ihm, sehr groß und kräftig gebaut mit grauem maßgeschneidertem Anzug und roter Krawatte. Seine blaugrauen Augen wirken unter den blondierten buschigen Augenbrauen auffallend klein. Sein Toupet wird von dem künstlichen UV Licht matt reflektiert und sticht klar hervor.

„Unser Servant wird sie auf ihr Zimmer begleiten, sie sind sicher sehr müde." Ohne eine Antwort zu erwarten verabschiedet er sich, zeitgleich kommt ein kleiner schmaler leicht gebückt gehender Butler auf Ikem zu.

„Hallo Nr. 6, ich bin der Servant, folgen sie mir bitte", empfängt er ihn abgestumpft, ohne ihm dabei in die Augen zu schauen.

Sie laufen durch einen riesengroßen Empfangssaal, deren Mittelpunkt ein prächtig funkelnder Kronleuchter aus Edelsteinen bildet. Ikem schaut ihn beeindruckt an.

Der Boden die Wände, als auch die Decke sind aus glänzendem Calacatta Marmor, in üppigen teuren Blumentöpfen aus Muscheln wachsen die seltensten Pflanzen aus aller Welt. Ein handgeknüpfter Berberteppich ziert den Boden, sowie mittig 4 lange Treppen- jeweils 2 nach unten und oben führend. Ein bekannter seines Vaters hatte solche hergestellt, die im Verkauf umgerechnet Zehntausende von Dollars kosten können. Leider sah dieser niemals auch nur annähernd so viel Geld durch die Anfertigung- teilweise nur einen Dollar. Beidseits befinden sich hochwertige Türen aus Echt Holz mit Goldtürklinken. Sie laufen geradewegs auf die nach oben führenden Treppen zu und steigen sie hinauf. Das Geländer ist aus purem Gold Ikem streicht fasziniert mit seinen Händen darüber, es fühlt sich unglaublich an. In Afrika gibt es sehr viel Gold, Diamanten, Platin, Erdöl, Erdgas und viele andere nicht erneuerbaren Rohstoffe sowie natürliche Ressourcen, trotzdem Hungern über 250 Millionen Menschen dort an Hunger, während diejenigen die es erhalten in Wohlstand leben! Als sie oben vor einer der luxuriösen Türen stehen, verabschiedet sich der Servant mit dem Verweis, dass dies Ikems Zimmer sei. Er tritt schließlich hinein, doch dort sollte er nicht alleine sein: Eine junge sehr attraktive Frau mit schwarzer langer Perücke, in schwarzem Leder Dessous liegt auf dem Bett mit übereinander geschlagenen Beinen, abgestützt auf ihren Ellbogen und sieht ihn gierig an. Peinlich berührt dreht sich Ikem wieder um, augenscheinlich hatte sich der Servant in der Tür geirrt.

Gerade will er wieder hinaustreten da ruft eine verruchte Frauenstimme: „Nr.6" zu mir", dabei lockt sie ihn mit dem Zeigefinger und klopft mit der anderen Hand auf die noch freie linke Bettseite. Zaghaft nähert sich Ikem der Frau.

Es war schon eine ganze Weile her, seit er das letzte Mal etwas mit einer Frau hatte, im Allgemeinen stellt er sich auch nie sonderlich geschickt im Umgang mit Ihnen an, das liegt allerdings nicht an mangelnder Erfahrung, als vielmehr der Angst ein Kind zu zeugen, was in Armut leben muss, denn er hatte sich schon immer geschworen, dass es seine Kinder einmal besser haben sollten.

Wie viele Kinder hatte er gesehen, mit dürren Armen und Beinen, aufgeblähtem Bauch, der Körper durchzogen von dominant hervorstechenden Rippen. Sehr viele Kinder haben ihren 5. Geburtstag nicht mehr erleben können. Diese realen Bilder prägen und brennen sich aufdringlich ins Bewusstsein, vor allem wenn man fast täglich damit konfrontiert wird. Sie einen direkt etwas angehen und man sie nicht nur aus den Medien, aus sicherer Entfernung von der Couch aus, mit Chips Tüte in der Hand ansieht, um sie in Sekundenschnelle wieder verdrängen zu können. Aber nun ist er offensichtlich nicht in Afrika und lebt in Armut, ohnehin ist dies Teil eines Spiels, mit welchem er die Welt ein Stück weit verbessern kann, mit diesem Grundgedanken setzt er sich neben die anziehende Frau. „Ich habe wirklich Glück bei diesem Spiel Madam, in so einer atemberaubenden Villa zu hausen, solch einen Luxus bin ich nicht gewohnt und dann dieses sehr weiche bequeme Bett mit einer Decke aus Satin...was Besseres hätte ich mir nicht vorstellen können. Zunächst hatte ich wirklich bedenken mit Handschellen und Augenbinde, vielleicht ein klein bisschen Angst..."

„Psssst", unterbricht ihn die Unbekannte und hält ihm dabei ihren Zeigefinger an den Mund, der in der nächsten Sekunde über seine Lippen fährt, bis er schließlich in seinem Mund verschwindet.

Mit einem Schwung setzt sie sich auf seinen Schoß, presst seine Hände auf ihren Po und mit der nächsten Bewegung zieht sie ihm das Hemd vom Oberkörper. Ikem schaut sie überrascht an, so ein offensives Verhalten war er von den Frauen die er kannte nicht gewohnt. Er versucht sie zu Küssen und streicheln, doch sie drückt ihn zurück und hält seine Hände fest. Irgendwie gefällt Ikem die Dominanz der Schönen, sodass er begeistert und erwartungsvoll mitmacht. Sie greift kurz neben sich zum Designernachttisch und zieht rote Plüsch Handschellen hervor, mit denen sie ihn gekonnt an das goldenen Gitter am Kopfteil des Bettes befestigt.

Dann reißt sie seine Hose runter und setzt sich auf ihn.

Während des Aktes beginnt sie ihn leicht zu Ohrfeigen, aber so sanft, dass es für Ikem sogar erregend ist. Allmählich werden ihre Ohrfeigen fester und Ikem bittet sie damit aufzuhören, doch je mehr er sie anfleht, desto kräftiger werden ihre Schläge. Inzwischen sind seine Wangen Feuerrot wie das Licht im Raum und angeschwollen, so dass er vor lauter Schmerzen schreien muss.

„Nenn mich Mistress," befiehlt sie ihm in einem herrischen Ton. Ikem macht was sie sagt, in der Hoffnung dann würde sie aufhören. Doch ganz im Gegenteil, es scheint als käme sie jetzt erst so richtig in Fahrt. Anschließend befiehlt sie ihm sich an ein Holzkreuz an der Wand zu stellen. Sichtlich irritiert davon, dass sich so etwas in ihrem Zimmer befindet, führt er gehorsam ihre Befehle aus.

Sie stellt sich vor ihn und bindet ihn an zwei Lederschnallen fest, holt eine lange Riemenpeitsche hervor mit neun geflochtenen Tauenden und beginnt ihn auszupeitschen.

Erst beginnt sie ganz langsam und eher zurückhaltend doch schnell nimmt sie an Kraft und Tempo auf, dabei scheint sie es besonders zu genießen, wenn Ikem zusammenzuckt. Zunächst versucht Ikem den Schmerz zu verbeißen und stark zu wirken, doch mit steigender Hieb Anzahl und aggressiveren Peitsch Verhaltens gelingt es ihm nicht mehr und elende Schmerzerfüllte Schreie preschen aus seinem Mund, was sie mit vollkommener Befriedigung erfüllt.

Immer wieder verlangt sie dabei von ihm sich zu demütigen indem er ihr erzählt, was für ein armseliger verlogener Schwächling er ist.

Nach einer halben Stunde ist Ikems Körper mit blutigen Striemen verstümmelt.

Noch nie in seinem Leben hat er sich so benutzt gefühlt.

„So nun darfst du schlafen Nr.6", gebietet sie schroff während sie ihn abschnallt und sich schließlich ins Bett legt.

Gerade möchte er sich zu ihr legen da fährt sie ihn an, er solle sich gefälligst vor sie auf den Boden legen und das Licht ausschalten.

Enttäuscht geht er ihrer Aufforderung nach.

Schmerzerfüllt legt er sich vorsichtig auf den Boden. Der Berberteppich darauf ist zwar weich, kratzt allerdings unangenehm an seinen wunden und reißt sie immer wieder auf. Alles tut ihm weh, egal wie er sich dreht und wendet, schlafen kann er nicht.

Immer wenn er vor Müdigkeit wegknickt wird er sofort wieder aus seinem Schlaf gerissen. Unfreiwillig schaltet sich sein Gedankenkarussell wieder ein. Vielleicht war das die Strafe für seine abscheuliche Tat. Eigentlich war dies noch viel zu harmlos.

Schließlich soll er ja auch das befriedigende Gefühl haben sich das Geld am Ende verdient zu haben und somit seine Schuld Ehrenhaft auszuharren. Außerdem hatte Dr. Cunningham ja vorgewarnt, dass seine Mitspieler ebenfalls das Geld gewinnen möchten, somit würden sie natürlich versuchen ihm so viel Steine in den Weg zu legen wie es nur geht. Anfangs hatte es ihm sogar Spaß gemacht.

Sehr früh am Morgen klingelt der Wecker er schaut sie mit dunklen Augenringen an. „Guten Morgen, gut geschlafen?" Erkundigt er sich zaghaft. Doch sie verdreht nur die Augen und schaut genervt weg.

„Wie ich sehe hast du auch gut geschlafen", verspottet sie ihn lachend, dabei scheint sich ihre Laune leicht zu heben.

„Wir haben heute noch eine Menge vor Nr.6", sagt sie mit finsterem Gesicht. Aus ihrem Nachttisch holt sie ein Stachelhalsband mit einer Leine hervor und zwingt ihn alles anzulegen. Dann befiehlt sie ihm sich ab sofort nur noch auf vier Beinen fortzubewegen und sein Geschäft im Freien zu verrichten. Auch das macht Ikem widerstandslos mit, dabei lässt er nie sein Ziel aus den Augen. Solange sie sich anzieht muss er nackt in der Ecke hocken und sichumdrehen. Anschließend trägt sie eine halblange rubinrote Perücke mit schwarzen Lederstiefeln und Knielangem Morgenmantel, in demselben Farbton ihrer Perücke. Dann führt sie ihn unbekleidet nach draußen in den Hof. Ikem ist schamerfüllt. Sie gehen durch einen wunderschönen Rosenbogen mit roten Rosen in einen beeindruckenden Garten mit akkurat in Form geschnittenen Hecken und Bäumen. Auch das Blumenbeet ist wie mit Zirkel und Lineal kunstvoll zwischen der frisch gemähten sattgrünen Wiese angelegt. Hier wurde nichts dem Zufall überlassen. Alles hat seine genau festgelegte Ordnung, sowie ein weißer nostalgischer Springbrunnen im Barockstil mittig des Gartens.

Obwohl sie sich in der Natur befinden, fühlt es sich dennoch künstlich an. Da wird er wieder von einer leichten Windböe angehaucht, es ist der leise Atem von Freiheit der ihn umgibt.

Versetzte Granitsteinplatten ebnen den langen Weg zu einem großen hohen schwarzen Tor, hinter dem sich die Eigenständigkeit befindet. Sie führt ihn an einen Baum dort soll er sein Bein anheben und das Revier auf Anweisung markieren. Tatsächlich ist seine Blase randvoll, doch seine Scham verhindert das Urinieren, die Mistress starrt ihn dabei an und beginnt laut zu lachen, besteht aber weiterhin darauf ihrem Befehl Folge zu leisten, dabei wartet sie geduldig. Irgendwann kann Ikem nicht mehr einhalten und verschafft ihr Genugtuung. Ausgefüllt, in höchster Zufriedenheit führt sie ihn wieder herein, dabei spricht sie stets in Hundesprache mit ihm.

In einem großen Speisesaal empfängt sie ein reichhaltig gedeckter Tisch mit jeweils 2 Goldenen Tellern mit kunstvoll gefalteten Stoffservietten Besteck und Kelchen, sowie den edelsten Leckereien Weltweit. Ikem läuft das Wasser
im Mund zusammen bei dem Anblick, doch noch bevor er sich setzen kann wird er von der Mistress am Arm zurückgehalten. Unmissverständlich macht sie ihm deutlich, dass sein Platz auf dem Boden ist. Vor einer braunen alten Wolldecke stehen zwei Näpfe einer ist mit Wasser gefüllt, der andere leer. Ikem wartet auf die weitere

Anweisung der Mistress doch diese lässt ihn erstmal warten, während sie sich gemütlich auf einen der weich gepolsterten antiken Designerstühle setzt.

Nach einer kurzen Weile kommt der Master hinein und setzt sich mit prüfendem Blick an den Tisch.

„Essen und Trinken darfst du ausschließlich mit deinem Mund, benutzt du deine Hände, nehmen wir dir das Essen ab. Sobald wir fertig sind bekommst du unsere Reste, verstanden?" Instruiert sie ihn bevormundend.

„Jawohl Mistress," antwortet er hörig.

„Ich hoffe du hattest die Nacht viel Vergnügen mit Nr.6", erkundigt sich der Master bei der Mistress.

„Ging so war in Ordnung...", entgegnet sie mittelmäßig begeistert.

„Wenn dir die Nr. nicht gefällt kann ich dir auch schnell ne andere raussuchen", schlägt der Master vor.

„Ne schon in Ordnung gleich amüsieren wir uns noch was im Keller," dabei zwinkert sie Ikem zu. „Sehr schön", freut sich der Master und lacht hinterhältig. Dieser nickt verhalten, da er sich bereits denken kann, dass das was auf ihn zukommen wird nicht angenehm sein wird. „Wann bin ich eigentlich an der Reihe?" Erkundigt sich Ikem. Die beiden schauen ihn fragend an.

„Wobei an der Reihe?" Hakt der Master nach. Der Servant der in diesem Moment eintritt hält kurz den Atem an.

„Na es ist doch immer einer am Zug, nicht wahr? Sie sind ja schon dran, wann wechseln wir uns ab?" Nach einem kurzen Moment der Stille platzt es schließlich aus ihnen heraus und sie können sich vor Lachen nicht mehr halten. Der Servant sieht Ikem schockiert an.

Als sich die Beiden wieder beruhigt haben, erläutert der Master:„ Du bist hier bei uns wir sind die ganze Zeit am Zug!" Dabei spuckt er das Essen in gesprenkelter Tröpfchen Form durch die Gegend.

„Aber das ist doch unfair, ich möchte die gleichen Chancen haben wie sie, wenn alle so egoistisch spielen wie sie dann hat nur einer die Möglichkeit das Geld zu gewinnen!" Beschwert er sich aufgebracht.

Die Beiden sehen sich entsetzt an und können es nicht fassen, dass sich Jemand gegen sie stellt.

Doch sie versuchen die Haltung zu bewahren. „Irgendwann bist du auch mal am Zug aber nicht bei uns, kapiert?" Macht der Master mit vollem Mund deutlich.

„Läuft das bei allen Spielern so, dass einer dominiert und der andere gehorchen muss?" Bohrt Ikem weiter. Der Master muss sich zunehmend anstrengen um Ruhe zu bewahren.

„So möchte ich das Spiel nicht spielen, das gefällt mir nicht! Was ist wenn die nächsten Mitspieler auch so teamlos sind? Oder darf ich Demnächst in diesem tollen Haus wohnen und andere werden erniedrigt? Vielleicht sie?"

Schlagartig springt der Master auf, rammt vor Wut seine Gabel in den Tisch und schleudert das Geschirr mit voller Wucht direkt an Ikems Kopf, dieser fällt für einen kurzen Moment in Ohnmacht.

Als er langsam zu sich kommt ist das ganze Esszimmer verwüstet, überall liegen Scherben und Essensreste herum.

Nur noch der Servant ist bei ihm und verarztet seine Platzwunde.

„Das war ganz schön mutig von dir, so was hat sich hier noch keiner getraut," lobt er ihn flüsternd.

„Ich kann Ungerechtigkeit nun mal nicht leiden und wenn man spielt, muss man fair bleiben, das hat uns unser Vater immer beigebracht." „Ihr Vater ist ein weiser Mann", stimmt der Servant zu.

„War... er ist vor 10 Jahren an Malaria gestorben", korrigiert ihn Ikem traurig.

„Das tut mir sehr leid, das muss sehr schlimm für dich gewesen sein...", schaut er ihn mitfühlend an. „Ich habe meine Frau und unseren kleinen Sohn auch jahrelang nicht mehr gesehen. Es ist das aller schlimmste wenn das wofür du gelebt hast nicht mehr Teil deines Lebens ist", während dieses Satzes sieht man ihm deutlich an, wie sehr er leidet. „Ja aber weißt du was noch grausamer ist?" Die permanenten Schuldgefühle:" Damals hatte ich auch Malaria, es sah für uns beide nicht gut aus, aber da wir nicht genug Geld hatten, mussten wir uns für einen entscheiden. Meine Eltern waren sich einig, dass ich mein Leben noch vor mir hatte, obwohl ich das nicht wollte, brachten sie mich zum Arzt," erklärt Ikem mit zittrigen Lippen und Tränen in den Augen. „Und nun befinde ich mich wieder in so einer Situation, diesmal ist es sogar noch viel furchtbarer- ich bin ein Mörder und bekomme vielleicht sogar noch Geld dafür", erklärt Ikem mit heftigen Gewissensbissen.

„Bei mir war es Diebstahl. Wir hatten ebenfalls nicht genug Geld für eine wichtige Operation- meine Tochter leidet unter einem angeborenen Herzfehler, also überfiel ich eine Bank, wobei ich niemanden verletzt habe", erklärt der Servant rechtfertigend.

„Nicht genug Geld für eine Operation? Ihr seid doch ein sehr reiches Land", stellt Ikem ungläubig fest. „Ach das bedeutet bedauerlicherweise nichts, auch in reichen Ländern gibt es Armut, es liegt am System, die einen haben die Möglichkeit mühelos viel Geld zu verdienen und andere schuften sich ihr Leben lang ab und gehen dennoch beinahe leer aus. So ist das nun mal, ändern kann man eh nichts", beschwert sich der Servant.

„Dagegen muss man sich doch wehren, es muss doch eine Möglichkeit geben", überlegt er.

„Wie ist eigentlich ihr richtiger Name?" Möchte Ikem wissen

„Ich darf eigentlich nicht mit ihnen reden, wenn das hier Jemand mitbekommt bekommen wir beide unfassbar großen Ärger!" Warnt er.

„Ist mir egal Etikette gehört sich und sie scheinen mir schwer in Ordnung, zumal sie sich ja auch in der Opferrolle des Spieles befinden," mahnt er ihn eindringlich. Ikem stellt sich vor und streckt ihm seine Hand entgegen. „Peter Jones, du kannst mich auch duzen," erwidert er mit zurückhaltendem Lächeln und fügt noch ein eindringliches: „Aber sprich mich bloß nicht mit diesem Namen hier an!" Hinzu. „Wie lange bist du schon hier Peter?" Fragt Ikem neugierig. „Keine Ahnung schon sehr lange- ich habe jegliches Zeitgefühl verloren, die anderen Spieler kommen und gehen und ich sitze hier fest" antwortet er mit trauriger Stimme.

„Das darf doch nicht wahr sein!" Ruft Ikem entsetzt und muss sich dabei mächtig anstrengen im Flüsterton zu bleiben...

„Die Psychologin hat mir das Spiel anders erklärt", fügt er kritisch hinzu. „Na ja mir wurde erklärt, dass ich dienen muss, damit ich lerne gehorsam zu sein und mich zu fügen", entgegnet Peter schulterzuckend. Plötzlich öffnet sich die Tür und die Mistress ruft

Ikem zu sich in einem sehr strengen Befehlston. Peter warnt Ikem noch schnell leise und unauffällig auf die Herren des Hauses zu hören, dann verstummt er augenblicklich und Ikem geht langsamen in Richtung Tür, wo er schon ungeduldig erwartet wird.

„Das sollte dir eine Lehre sein so Vorlaut zu sein!" Faucht sie ihn an während sie triumphierend auf die Platzwunde zeigt.

„Doch deine Strafe hat gerade erst begonnen...", mahnt sie ihn mit fiesem Grinsen im Gesicht. „Du folgst mir jetzt kommentarlos auf 4 Beinen!" Befiehlt sie Ikem in aggressiven, schrillen Ton. Kurz Darauf steigen sie eine der hinabführenden Treppen hinab und befinden sich schließlich im Keller. Der Vorraum ist deutlich kleiner als der Obere und es gibt dort mehr Türen. Zwei stechen dabei deutlich heraus, denn sie sind aus Stahl und mit Codeschloss versehen. Die Mistress führt Ikem zu einer dieser Stahltüren und befiehlt ihm sich umzudrehen, damit sie den Zahlencode eingeben kann. Schließlich öffnet sich die Tür, sie schaltet das Licht ein und die Beiden betreten den Raum. Sofort schließt die Tür hinter ihnen automatisch. Ikem traut seinen Augen kaum, darin stehen ganz seltsame, angsteinflößende Geräte, die er noch nie zuvor gesehen hat.

„Das ist unsere Folterkammer!" Präsentiert die Mistress stolz.

Ikem ist erschaudert, ihm gefriert das Blut in den Adern bei der Vorstellung, was sie mit ihm da drin gleich alles anstellen könnte.

Sie geht an einen schwarz lackierten Schrank und zieht schwarze Plüschhandschuhe aus einer Schublade heraus, die sie ihm anlegt.

„Leck meine Schuhe sauber!" Verlangt sie von Ikem, wobei sie zusätzlich darauf spuckt.

Die Schuhe sehen schmutzig aus, doch er führt aus was sie von ihm verlangt und ekelt sich in hohem Maße, dann dreht sie sich um und streckt ihm die Sohlen entgegen, unter denen sich dicke Dreckklumpen befinden.

Angewidert leckt er alles ab, wer weiß wo sie überall hineingetreten ist. Er hat den Geschmack von Erde im Mund, Sandkörner knirschen zwischen seinen Zähnen.

Er muss sich stark anstrengen um sich nicht zu übergeben, weil sie ihm damit droht, auch dies wieder aufzulecken.

Zu gerne würde er sich nun gründlich den Mund ausspülen und mit etwas deutlich angenehmeren den Geschmack übertünchen.

Sie führt ihn schließlich zu einer Metallplatte mit spitzen Stacheln, welche an der Wand befestigt ist, dann entfernt sie Ikems Handschellen und schnallt seine Hände und Füße fest. Zielstrebig holt sie einen Bunsenbrenner aus der Schublade und erhitzt damit eine Zange bis diese vor Hitze glüht.

Langsam nähert sie sich ihm um seine Angst noch länger genießen zu können, bleibt vor ihm stehen und gleitet gemächlich mit der orangerötlich leuchtenden Zange knapp über seiner Haut, der Geruch abgesenkter Haare steigt in die Luft.

Immer näher führt die Mistress die heiße Stange zu seinem Körper, bis diese ihn schließlich berührt. Ikem schreit laut auf, entschuldigt sich mehrmals für sein rüpelhaftes Benehmen und fleht sie an aufzuhören. Doch die Mistress ignoriert sein Rufe, sie scheint es in vollen Zügen zu genießen und bittet ihn vergnügt weiter zu schreien, dabei übt sie zunehmend Druck aus.

Lusterfüllt führt sie die glühende Zange über seinen gesamten Körper, begleitet von rauem grell klingendem Geschrei.

Kurz bevor Ikem sein Bewusstsein verliert, lässt sie von ihm ab, läuft zu einem Waschbecken und lässt die Zange durch fließendes Wasser endlich erlöschen, sofort beginnt es laut zu zischen während Wasserdampf aufdringlich emporsteigt.

Sie legt die Zange an den Waschbecken Rand, dann schnallt sie ihn ab, dabei fällt er sofort auf den Boden um krümmt sich vor Schmerzen. Mit einem Ruck zieht sie ihn wieder herauf um ihn Metallschnallen ans Handgelenk anzulegen, an denen jeweils ein robustes Seil angebracht ist, welches von der sehr hohen Decke ragt und durch die jeweiligen Ösen in eine schwere große Rolle verläuft, so dass Ikem, sobald sich die Rolle dreht, hochgezogen würde.

Die Schnelligkeit der Drehung variiert in drei Stufen; die Mistress beginnt mit der moderatesten Stufe, wobei sie ihn immer wieder hoch und runter fahren lässt. Ikem versucht sich so gut es geht den Schmerz dabei zu verkneifen, um ihr so wenig Genugtuung wie möglich zu verschaffen.

„Lass dich gefälligst auf deinen Hintern fallen", fordert sie überlegen, gleichzeitig geht sie auf Stufe 2 und schnell auf die dritte Stufe über. Sie holt eine Stachelrolle aus Metall und hält sie wie einen Pokal in die Höhe, in ihrem Gesicht zeichnet sich eine unverkennbare Vorfreude ab.

„Sobald du es wagst dich mit deinen Füßen vom Boden abzustoßen, werde ich dich damit bestrafen!" flößt sie ihm Angst ein.

Anfangs gelingt es ihm noch sehr gut die Beine anzuwinkeln beim Aufprall, doch relativ schnell gelangt er an seine Grenzen.

Aus nachlassender Kraft heraus und zunehmend wunden Po, fängt er sich reflexartig mit den Beinen auf.

Sofort holt die Mistress mit ordentlichem Schwung aus und knallt die Stachelrolle massiv an Ikems Bauch, Beine, Po und Rücken dies wiederholt sie immer wieder. Ikem kann sich die Schmerz Laute nicht mehr verkneifen und schreit aus voller Kehle um Hilfe.

„Du kannst so laut schreien wie du willst- es wird dich niemand hören; dieser Raum besteht aus 30 cm Stahlbeton, sogar die Tür ist Schalldicht," entmutigt sie ihn.

„Los Schrei noch lauter, das gefällt mir!" Fordert sie ihn auf.

Ikems Schreie nehmen langsam ab, er ist sogar dafür zu schwach, außerdem bekommt er kaum noch einen Ton heraus, seine Kehle brennt. Dann lässt die Mistress ihn runter und legt ihm eine Art Maulkorb für Menschen mit Mund Ball und Knebel an.

„Damit du gefälligst kapierst, dass du deine verdammte Klappe halten sollst!" Schreit sie ihn wutentbrannt an.

„Du wirst doch deine verdammte Klappe halten, nicht wahr?" Fragt sie mit autoritärer Stimme. Ikem bündelt seine letzten Kräfte um zu nicken, dann schaltet sie das Licht aus und schließt von außen die Tür. Sofort legt er sich auf den Boden um sich auszuruhen und seine Wunden zu kühlen. Es ist stockfinster und geräuschlos, er ist zunächst froh, dass sie endlich von ihm abgelassen hat. Doch nach einer Zeit bekommt er Bedenken, dass sie ihn da unter verhungern und verdursten lassen. Schließlich würde ihm keiner helfen können, er weiß ja selbst nicht wo er ist.

Auf dieses Spiel hat Ikem keine Lust mehr, auch an das Geld glaubt er immer weniger; wer so unfair Spielt würde am Ende nichts zahlen und dann wäre das wofür er für seinen ermordeten Freund kämpft umsonst, zumal er sich auch nicht sicher sein kann hier lebendig wieder herauszukommen. Sobald Jemand auftaucht, würde er ihm berichten, dass er aufgeben wird. Dann geht er eben ins Gefängnis, das hat er verdient, dort geht es gesitteter zu...

Zumindest wird er da nicht von einer frustrierten Domina misshandelt. Er kann kaum Denken, sein Gehirn ist vollkommen damit beschäftigt zu versuchen den Schmerz auszublenden.

Diese Dunkelheit und der Reizentzug machen ihn allmählich wahnsinnig, eine gefühlte Ewigkeit befindet er sich nun in dem Raum. Da plötzlich dringt Licht in den Raum! Irgendwo muss ein Lochsein, wo es durchscheint. Unverzüglich läuft er dorthin aber da ist nicht die kleinste Unebenheit in der Wand.

Dreht er langsam durch? Wird er wahnsinnig?

Kurz darauf glaubt er Wassertropfen wahrzunehmen, die auf seinen Kopf tropfen, er hat so einen Durst, hätte er bloß nichts gesagt vorhin, dann hätte er trinken und essen können.

Er legt seinen Kopf in den Nacken um die Wassertropfen mit der Zunge aufzunehmen, doch sie erreichen ihn nicht.

Nach Stunden geht endlich die Tür auf.

Geblendet von der Helligkeit kneift Ikem automatisch die Augen zusammen.

„Ikem, komm schnell raus!" Es ist Peters Stimme!

Nachdem sich seine Augen wieder an die Helligkeit gewöhnt haben sieht er ihn vor sich stehen mit einer Wasserflasche und einem großzügig belegtem Sandwich in den Händen, die er Ikem entgegenstreckt. Als er sich kauend und trinkend im Raum umschaut ist kein Loch in den Wänden und keine nassen Stellen an der Decke zu erkennen. „Ich bin ja so froh, dass du mich hier rausholst, vielen Dank!" Stöhnt Ikem erleichtert. Peter ist schockiert als er den misshandelten Körper von Ikem anschaut. „Hier zieh das über", über seiner Schulter hat er Ikems Kleidung gelegt und reicht sie ihm an.

„Warum werde ich auf einmal so umsorgt von den Herren?" Erkundigt sich Ikem skeptisch.

„Sie wissen nicht dass ich dich hier raushole, es ist keiner hier sie sind gerade weggefahren", erklärt Peter.

„Und dann lassen sie uns alleine? Haben sie keine Angst dass wir fliehen könnten?"

„Es ist nahezu unmöglich von hier zu verschwinden- es sei denn... man kennt die Zahlenkombination des Außentores, doch die ist streng geheim und bisher haben sie nichts nach außen dringen lassen, nur sie selbst wissen diese... Zusätzlich ist das Grundstück von einem 2 Meter hohen Hochspannungszaun umgeben.", erklärt Peter.

„Woher weißt du dann eigentlich die Zahlenkombination von dieser Tür hier?" Fragt Ikem irritiert. „Aus Sicherheitsgründen, wenn bei einer Folter mal etwas schief geht, wurden die Angestellten eingeweiht, zusätzlich besitzt jeder von uns einen kleinen Melder der Alarm schlägt sobald die Master den Knopf eines Walnussgroßen Alarmgerätes betätigen, diesen tragen sie währenddessen an ihrer Kleidung." Es muss doch irgendwie eine Lösung geben für uns wir sind immerhin zu zweit", überlegt Ikem.

„Tatsächlich habe ich schon eine Idee wie es klappen könnte", Peter wirkt sehr überzeugt. Ikem sieht ihn erwartungsvoll an.

„Durch umfallende Bäume werden Starkstromleitungen kurzgeschlossen, so dass Sicherheitssysteme abgeschaltet werden und der Leistungsschalter für einige Sekunden- Minuten lahm gelegt wird. Wenn einer permanent Äste oder Sträucher hineinwerfen würde, könnte der gleiche Effekt hervorgerufen werden und der andere müsste in der Zeit hinaufklettern. Um wirklich sicher zu gehen, wird der Spannungsgrad durch einen Multimeter überprüft, von dem ich weiß wo er sich hier befindet", erläutert er grinsend.

„Das würde bedeuten, dass nur einer von uns fliehen kann. Außerdem wie soll ich hier rausgekommen sein, sie wissen sofort,
dass du mir geholfen hast und dann machen sie dich richtig fertig", stellt Ikem besorgt fest.

„Ich habe mir einen Plan überlegt wie es klappen könnte:
Du fliehst durch die eben erwähnte Methode über den Zaun. Dann drücke ich den Knopf des Alarmgerätes, welches ich mir bereits aus dem Zimmer der Mistress geholt habe. Dabei zückt er das besagte

Alarmgerät aus seiner Tasche.

„Bist du vollkommen wahnsinnig? Was ist wenn sie bemerkt, dass dieses Ding fehlt und uns erwischt, bevor wir das durchgezogen haben?" Ikem schaut ihn mit Angsterfülltem Blick an.

„Vertrau mit Ikem, wer nicht wagt, der nicht gewinnt…".

„Du machst mich echt fertig Kumpel, dabei dachte ich die Mistress hätte das schon getan…" Peter weiß nicht so recht ob er über diesen Spruch lachen soll und fährt fort mit seinem Plan: „Wenn die Angestellten oder Herren kommen finden sie mich in der Folterkammer verletzt und gefesselt", erläutert Peter überzeugt.

„Habe ich das richtig verstanden, dass ich dir wehtun soll?" Ikem sieht ihn entsetzt an. „Ich kann mir auch selber die Verletzungen zufügen aber einfacher und überzeugender wird es, wenn du es tust, schließlich muss der Kampf zwischen uns erkennbar sein, bitte es ist unsere einzige Chance", fleht Peter inständig.

„Oh man ich will eigentlich nicht, dass noch mehr Menschen zu schaden kommen durch mich, aber anders scheint es wohl nicht zu gehen, zumal wir beide vielleicht ewig hier festgehalten und gefoltert werden," wägt Ikem ab.

„Lass es uns wagen, viel haben wir eh nicht mehr zu verlieren." versucht Peter zu überzeugen.

„Aber wenn ich fliehe was wird dann aus dir?" Fällt Ikem sorgenvoll ein. „Du gehst zur Polizei und meldest das, ich weiß dass wir uns in Bodie befinden, einer Geisterstadt; die nächste Stadt heißt Meyers, das weiß ich, weil eine Angestellte dort wohnt, sie hatte es mal beiläufig erwähnt," erklärt Peter.

Ikem überlegt eine Weile, bis er von Peter unterbrochen wird: „Ich möchte ja nicht hetzen, aber viel Zeit haben wir nicht.

Zaghaft gibt Ikem ihm eine Ohrfeige, entschuldigt sich sofort dafür und schämt sich außerordentlich.

„Was war das denn bitte? Hast du mich etwa gerade gestreichelt? Etwas mehr Power sollten deine Schläge schon haben…" bemängelt Peter. Es kostet Ikem große Überwindung noch mal zuzuschlagen.

„Hey nein so wird das hier nix. Wir werden so ewig brauchen bis es überzeugend wirkt."

Ikem sieht ihn entmutigt an:„ Mir fällt das verdammt schwer ich möchte niemanden jemals wieder verletzen, das habe ich mir geschworen!"

„Dann brich dein Versprechen für wenige Minuten, ansonsten fallen wir auf und mich machen die hier fertig. Stell dir einfach vor ich wäre die Mistress und foltere dich, mach dich so richtig fertig- vielleicht klappt es mit ein wenig Phantasie, komm schon, lass den Frust raus!" Empfiehlt Peter.

Ikem schließt seine Augen, kurz darauf wird sein Blick ernster, seine Fäuste ballen sich, dann rennt er auf Peter zu, holt mit Schwung aus und scheuert ihm so heftig die Hand und Gesicht, dass dieser zu Boden fällt.

„Wow, wow, wow, das war gut!" Lobt er Ikem, während er seine Hand schmerzerfüllt über die blaue Wange reibt.

Plötzlich schmeißt sich Ikem fluchend und schreiend auf Peter und verprügelt ihn bis aufs äußerste.

„Stopp, Aufhören!" Ruft Peter immer wieder und es dauert eine gewisse Zeit, bis Ikem auf seinen dringenden Appell eingeht, so weggetreten war er währenddessen. Als Ikem wieder zu sich kommt, bemerkt er erst, was er da gerade eben getan hat. Peter schaut ihn irritiert an: „Du solltest mit ihr besser keinen Kaffee trinken gehen," versucht er die Situation aufzulockern.

„Was habe ich getan?" Das wollte ich nicht, es tut mir so wahnsinnig leid!"

„Hör auf dich immer zu entschuldigen! Ich habe es dir doch befohlen, besser hätte ich das auch nicht machen können, sie werden es schlucken, so nun lass es uns schnell hinter uns bringen, sie könnten jeden Moment wiederkommen", drängt Peter nervös.

Ikem schaut ihn betroffen an, dann eilen sie schließlich schnell nach oben. Plötzlich biegt Peter in die Küche ab, öffnet den Kühlschrank, zieht eine Papiertüte und ein paar Getränk hervor, steckt Beides in einen Rucksack und überreicht ihn Ikem:

„Hier für dich- mit viel Liebe geschmiert", grinst er ihn an. Überglücklich bedankt sich Ikem, dann gehen sie schnell nach draußen, wo Peter in Richtung Hinter Garten auf ein Gartenhäuschen zuläuft, dort holt er das Multimeter raus, den er wissbegierig an den Hochspannungszaun anschließt.

„Puh 20.000 Volt hat das Teil", verkündet er ehrwürdig.

„Das hört sich nach sehr viel an", entgegnet Ikem eingeschüchtert.

„Du würdest als Kohle Brocken enden", spaßt Peter.

„Na ja schwarz bin ich ja schon", verulkt sich Ikem selbst und steuert anschließend auf einige Sträucher zu, die er mühsam versucht aus der Erde zu ziehen.

„Was tust du da?" Möchte Peter beirrt wissen, als er bemerkt, mit welcher Anstrengung Ikem am Stamm zerrt.

„Na ich dachte wir sollen den Stromkreis unterbrechen", entgegnet Ikem. „Das ist richtig, aber ich habe eine Idee wie es einfacher ist", dabei zeigt er in Richtung eines proper gefüllten Kompostes:

„Glücklicherweise haben die Gärtner und Garten- und Landschaftsbauer vor kurzem hier einen Rundumschlag mit dem ganzen Grünzeug gemacht, glücklicherweise haben sie dabei massig Gartenabfall produziert, da drin ist mehr als genug, um den Stromkreis zu unterbrechen", erklärt Peter zuversichtlich.

Die beiden packen sich voll mit Grünschnitt, Rasen, Wurzeln und alles was sie sonst noch dort finden, rennen zum Zaun und werfen es hinein. Sobald dieses mit dem Zaun in Berührung kommt, verbrennt es augenblicklich. Nach einer Weile schaut Peter auf das Multimeter, welches nur noch 7000 Volt anzeigt. Voller Optimismus sammeln sie alles zusammen, was sich transportieren lässt und nach etwa 10 Minuten geht die Spannung gegen 0. Peter schaut Ikem ernst an, dieser weiß was jetzt zu tun ist: „Ich beeile mich, keine Sorge, ich verspreche dir, dass ich dich daraus holen werde mein Freund! Du kannst dich auf mich verlassen!"

„Ich bin dir so dankbar! Pass auf dich auf Kumpel!" Peter wirft vorsorglich noch einige Äste an den Zaun, während Ikem dort geschickt wie eine Spinne an ihrem Spinnennetz hochklettert; oben angekommen springt er hinunter, rollt sich gekonnt auf der Erde ab und verschwindet schließlich in der Dunkelheit.

Peter rennt zügig wieder ins Haus hinein, läuft vorsichtig durch das Haus, um sich zu erkundigen, ob jemand da ist, schließlich, als die

Luft rein ist, versteckt er sich unter der Treppe, welche hinunter führt. Dort wartet er solange, bis einer der Herren kommt. Endlich trifft der Master ein, der sich schnell ins Bett zurückzieht.

Da tippelt Peter die Treppe auf Zehenspitzen hinunter, hinein in den Schallisolierten Raum, schließt sachte die Tür hinter sich, drückt den Alarmknopf nach circa 2 Stunden und legt sich gekrümmt auf den Boden. Es dauert nicht lange, da kommt eine Angestellte herbei und öffnet die Tür, sie erschrickt fürchterlich, als sie Peter verletzt und hilflos dort vorfindet: „Peter was ist passiert?" Möchte sie aufgeregt wissen. „Dieser schwarze Typ, ist vollkommen ausgerastet, ich wollte ihm bloß ein Glas Wasser bringen, dann hat er mich überwältigt und ist wie ein wildes Tier auf mich losgegangen.

Zum Glück hat die Mistress ihr Alarmgerät verloren, so dass ich jemanden benachrichtigen konnte, nachdem er schnell abgehauen ist..." erzählt Peter überzeugend.

Die Angestellte glaubt ihn auf Anhieb und möchte sofort Hilfe holen. „Warten sie, sie bringen sich in Gefahr, was wollen sie tun? Wennsie hochgehen, wird er sonst was mit ihnen machen, habe ihm dabei direkt in die Augen geblickt, der Kerl ist wirklich unberechenbar, ich würde dieses hohe Risiko nicht eingehen", warnt Peter.

„Aber das hier ist doch von hoher Bedeutung, wir müssen den Master warnen, er war gerade schon besorgt, nachdem ich ihm von dem Alarm erzählt hatte, ich sollte schauen was da los ist und ihn benachrichtigen. Wer weiß wo sich der Kerl aufhält, er muss ja noch hier sein, geflohen konnte er unmöglich sein", wendet sie ein.

„Dann sagen sie den Kollegen Bescheid, sie sollen erst mal zu Hause bleiben, kommen sie mit hier rein, diese Tür bekommt er definitiv nicht auf," belehrt er sie. „Das darf ich nicht einfach entscheiden, dies obliegt allein meinen Vorgesetzten."

„Hilfe , Hilfeeeee! Ruft sie lauthals, in der Hoffnung, dass der Master herbeieilt und sie rettet."

„Was soll das denn? Sie machen noch mehr auf uns aufmerksam, damit gefährden sie uns allen noch mehr!" Beklagt Peter und schließt schnell die Tür. Frustriert setzt sich die Angestellte neben Peter, bis sich nach kurzer Zeit die Tür öffnet und der Master sie wieder herausholt. Ikem läuft durch den Wald, so schnell er kann, er lässt das Haus weit hinter sich, tief und erleichtert atmet er die frische Luft der Freiheit ein, um ihn herum befinden sich nur leer stehende Häuser, so etwas hat er noch nie gesehen.

In seinem Land sind die Menschen froh darüber, wenn sie ein Dach über dem Kopf hätten, noch dazu ein so komfortables.

Als er irgendwann eine Verschnaufpause braucht und bereits einige Kilometer zurückgelegt hat, beschließt er, in eines dieser Geisterhäuser hineinzugehen, um sich auszuruhen und zu stärken. Neugierig öffnet er die Haustür, Durch den eindringenden Luftzug wird massig Staub aufgeweht, so dass er kräftig beginnt zu husten.

Lange muss es her ein, dass zuletzt jemand dort gewohnt hat.

Das Haus ist noch komplett eingerichtet, es sieht so aus, als wäre einer für sehr lange Zeit weggegangen, aber würde irgendwann wiederkommen. Alles ist mit einer dicken Staubschicht bedeckt, ringsherum haben Spinnen emsig ihr Netz gesponnen. Es wirkt wie in einem Horrorfilm.

Zielstrebig geht er auf ein Bett zu, mit jedem Schritt wirbelt er dabei Staub auf. Zuerst nimmt er die Matratze hoch und klopft sie draußen ordentlich aus, da Gleiche macht er mit dem Bezug, bis alles grob Staubfrei ist. Nun kann er es sich endlich gemütlich machen, hier würde ihn so schnell keiner finden, außerdem möchte er sich ja bloß kurz ausruhen. Hungrig zieht er den Reißverschluss zur Seite und holt eine Tüte mit Sandwichs, sowie eine Flasche Apfelschorle hervor. Als er schließlich satt und zufrieden ist, lässt er sich erschöpft in sein weiches Bett hineinfallen und möchte nur für einen kurzen Augenblick seine Augen schließen. Von den ersten Sonnenstrahlen die ins Haus fallen wird er wieder geweckt, erschrocken springt er auf, wirft sich seinen Rucksack über die Schultern und macht sich schnell auf den Weg.

Die Morgendämmerung spielt mit prächtigen Rottönen, der Tag ist noch sehr jung und viel versprechend. Ikem erfreut sich über die herrliche Natur, alles duftet so frisch, nie dagewesene Düfte tanzen durch seine Nase. An seinen Füßen haben sich erste Blasen gebildet, so dass er seine Schuhe auszieht und sie in den Rucksack packt.

Weit weg wird endlich eine Straße sichtbar. Freudestrahlend läuft Ikem darauf zu und. Es dauert nicht lange, da hält ein Truck einige Meter vor ihm. Ikem nähert sich ihm, da springt plötzlich die Beifahrertür auf. Entschlossen geht er darauf zu und blickt in das Führerhaus. Dort sitzt ein extrem bärtiger Mann ende Vierzig, der ein wenig an einen Bären erinnert, mit einer blauen Baseballkappe und ausgeprägtem Bauch, der nicht einen Zentimeter dicker sein dürfte, da er sonst eine Lenkersperre verursachen würde.

Überschwänglich lehnt er sich zu Ikem rüber: „Komm Junge steig ein!" Ikem sieht ihn skeptisch an, er hat schon einige verstörende teils schlimme Dinge über das Trampen gehört. Allerdings verkürzt sich seine Ankunftszeit so deutlich und er käme auf jeden Fall im richtigen Ort an ohne lange suchen zu müssen.

Zögerlich setzt er sich neben den Trucker Fahrer, der ihm sofort seine Hand entgegenstreckt: „ Mein Name ist Joe und wer bist du?" Ikem starrt auf Joes fettige Hände, die er ihm entgegenstreckt. Ikem winkt ihm freundlich zurück. Irritiert sieht ihn Joe an: „Ach ich wusste nicht, dass sie sich in deiner Kultur so begrüßen, wo soll's denn eigentlich hingehen? Hier ist ja nix", schaut ihn Joe neugierig an und fährt los.

„Ich muss nach Meyers", entgegnet Ikem.

„Sicher dass du da hin möchtest? Es ist eine kleine altmodische Dorfgemeinde, wenn du mich fragst sind das alles Hinterwäldler, aber nun gut ich fahre eh in die Richtung liegt für mich auf dem Weg", erklärt Joe lachend. Ikem lächelt verhalten zurück. „Sag mal, was zur Hölle hast du hier eigentlich zu suchen? Wo kommst du eigentlich her?" Bohrt Joe weiter.

„War in Bodie wollte mir mal eine echte Geisterstadt angucken und nun steht Meyers auf meinem Plan", erklärt sich Ikem.

„Ich kenne viele solche Rucksack tragenden Tramper wie euch, steigen leichtgläubig in einen Truck und werden dann irgendwann zerstückelt von einem Jogger gefunden", dabei schaut er Ikem tief in die Augen. Ikem fühlt sich gar nicht mehr wohl, er möchte nur noch raus, Joe scheint irgendwie merkwürdig, bestimmt ist er ein wahnsinniger Serienkiller, der nur darauf wartet, dass sich hier draußen in der verlassenen Gegend jemand verirrt. „Halten sie bitte rechts an, ich glaube, mir ist schlecht", versucht er sich aus der brenzligen Situation zu befreien. Joe hält tatsächlich an Ikem ist erleichtert und möchte schnell aussteigen.

„Halt! Du kannst da nicht raus!" Ruft Joe und verschließt von Innen schnell die Türen. Ikem hat Panik und versucht wie wild am Türhebel zu ziehen: Lassen sie mich raus, bitte ich würde viel lieber laufen!" Bittet er ihn. „Auf gar keinen Fall! Erstens ist es Sau heiß – ok das dürftest du wahrscheinlich gewöhnt sein und zweitens was noch viel schlimmer ist - hier leben massig hochgiftige Tiere, das kann ich nicht zulassen, habe einen Freund mal durch einen Kobra Biss verloren, er war genau wie du alleine in so einer Gegend unterwegs, Gott habe ihn selig," dabei zeichnet er das große Kreuzzeichen mit seiner rechten Hand. Ikem resigniert, was bleibt ihm auch anderes übrig, entweder ist es ein seltsamer Trucker oder ein skrupelloser Mörder, hier draußen hätte er eh keine Chance, er kann nur hoffen, unversehrt in Meyers anzukommen. Schnell zieht Ikem seine Ärmel runter, bevor Joe seine tiefen Wunden bemerkt, er entschließt sich ihm nichts von den Misshandlungen zu erzählen.

Endlich fährt Joe weiter und schaltet das Radio ein; es ertönt Country Musik, die Joe anscheinend sehr gerne hört, denn er dreht den Lautstärkeregler nach rechts, lehnt seinen linken Arm raus und klopft mit seiner rechten Hand im Takt begeistert aufs Lenkrad, schließlich singt er begeistert mit. Auf einmal wird der Song unterbrochen.

„Liebe Zuhörer, uns erreicht gerade eine Eilmeldung: ein afroamerikanischer Mann Anfang 30 und dessen bisher unentdeckte Bande haben vor einer Stunde eine Bank in Santa Barbara ausgeraubt mit einer Beute von 150.000 Dollar, es wird vermutet..." Joe dreht es wieder leiser und schaut Ikem skeptisch an: „Santa Barbara ist ganz schön weit weg von hier, dass hättest du niemals in ner Stunde geschafft", scherzt Joe. Ikem entrinnt ebenfalls ein kleines Grinsen.

„Die müssen schon Banken ausrauben, schau dir nur an wie kaputt dieses System ist, kein Wunder, wenn man von denen nicht gerecht bezahlt wird!" Schimpft er.

„Wie kann so was überhaupt sein, Amerika ist doch ein sehr reiches Land, jeder sollte Geld im Überfluss haben", wundert sich Ikem.

„Das stimmt Amerika gehört zu den reichsten Industrieländern weltweit, das Problem ist, dass sich unsere tolle Regierung selbst alles in die Taschen steckt und so nette Gesetze verabschiedet, dass man als kleiner Mann kaum über die Runden kommt, lieber Blasen sie denen die Kohle in den Arsch, die sowieso schon genug davon haben, die Sessel Pupser, Theoretiker, die sich zu fein für richtige Arbeit sind. Weißt du, meine Frau und ich haben 7 Töchter, die ernährt werden müssen. Meine Frau hat im Büro gearbeitet und ist nun durch einen Unfall Arbeitsunfähig, ich bin Fernfahrer, arbeite für ein großes erfolgreiches Unternehmen, doch bekomme gerade so viel, dass es zum Überleben reicht- ohne Überstunden und Nachtschichten kämen wir nicht über die Runden. Sehe meine Kinder kaum, manchmal frage ich mich, ob es das alles Wert ist, leben um zu arbeiten, ohne Lebensqualität…" Joe wirkt sichtlich mitgenommen von den Umständen.

„Aber dagegen muss man doch etwas tun!" Ruft Ikem betroffen.

„Man kann dagegen nix tun, man findet nicht mal gehör, warum sollten sie uns auch zuhören? Sie wollen uns doch schön klein halten, getreu dem Motto friss oder stirb!

Denen sind wir doch egal, sie kümmern sich in erster Linie um sich, die das sind die da oben, die auch dafür verantwortlich sind, dass ihr ausgebeutet und als Sklaven erniedrigt wurdet, das machen sie immer noch mit allen unter sich stehenden, nur nicht mehr ganz so offensichtlich!" Wütet Joe und dreht zornig die Musik wieder auf. Ikem schaut ihn entsetzt an, dass sie es mit den armen Ländern machen war ihm längst klar, aber er dachte, den Industrieländern ginge es durchweg gut und dass sie ein sorgenfreies Leben führten.

„Sie denken, ihr nehmt es schon so hin und würdet euch ewig völlig eingeschüchtert bücken, doch das dürft ihr keinesfalls, ihr müsst aufstehen und kämpfen, wehrt euch, wir alle müssen uns wehren, es muss nur ein Mutiger den Anfang machen!" Motiviert Ikem.

Joe sieht ihn nachdenklich an und nickt. Nach einer Weile hält Joe schließlich an und entriegelt die Tür: „So da wären wir, von hier musst du zu Fuß weiter gehen, ist n Kilometer, da komme ich mit meinem Truck nicht hin, einfach in diese Richtung geradeaus hinunter, dann

passiert du automatisch Meyers- Pass auf dich auf, Sportsfreund!"
Dabei zeigt er mit seinem Zeigefinger zu einem schmalen bepflaster-
ten Pfad, auf einem leichten Gefälle. Ikem bedankt sich trotz turbulen-
ter Fahrt, verabschiedet sich rasch und läuft den von Joe beschriebenen Weg entlang.
Nach einigen Minuten erreicht er bereits das Orts Eingangsschild von
Meyers. Tatsächlich wirkt die Gemeinde sehr urig, fast ausschließlich
Altbauten und wenige kleine traditionelle Läden, die
überwiegend altes Handwerk anbieten findet er dort vor.
Die wenigen Leute dort auf den holprigen Pflastersteinen bleiben
stehen und starren ihn wie einen Aussätzigen an; Ikem fühlt sich un-
wahrscheinlich unwohl, bei den herab wertenden Blicken, die schamlos über seinen Körper gleiten.
Endlich erreicht er eine kleine Polizeistation. Er tritt aufgeregt hinein;
dort sitzen zwei Karten spielende Polizisten, mit gemütlich hochgelegten Beinen am Tresen, die ihn augenblicklich befremdet anstarren,
als das Windspiel über Ikems Kopf erklingt, nachdem er die Tür öffnet. Ikem tritt an sie heran und erzählt ihnen die ganze Geschichte,
alles was ihm zugestoßen ist von Anfang an.
Da greift der Sheriff schweigend zum Telefon.

Kapitel 4

Die Opfer

„Hi es gibt hier ein kleines Problem, hier ist grad etwas komplett krasses passiert! Du wirst es nicht glauben, ein sehr mutiger Mann, der hat sich ausgezogen und läuft splitterfasernackt auf der Straße herumer hält absichtlich den Verkehr auf, ich kann dir nicht sagen wie lange es dauert, aber die Polizei müsste gleich eintreffen," erklärt Brendan amüsiert am Handy. Darauf folgt eine kurze Pause.

„Oh ok dann passt das ja super, schätze wir werden beide ungefähr gleichzeitig am Restaurant sein, wenn du vor mir da sein solltest gehe ruhig schon mal rein", antwortet er erleichtert.

„Ich freue mich auch schon sehr auf dich," erwidert er mit breitem Lächeln im Gesicht, dann legt er auf und wenig später trifft auch schon die Polizei ein, so dass er endlich weiterfahren kann.

Mit 20 Minuten Verspätung erreicht er das Restaurant. Am Empfang wird er bereits erwartet und von einem Kellner seinem Tisch zugewiesen. Sie laufen über den weinroten Teppichläufer, vorbei an den Perfekt eingedeckten Tischen, welche von weißen Seidentischdecken überzogen sind, um welche zu dem Teppich farblich abgestimmte italienische Designerstühle aus Leder stehen.

Von weitem winkt ihnen schon Angelique entgegen, sie trägt ein korallenfarbiges, bodenlanges Abendkleid mit Schlitz und offenem Rücken, ihre Haare sind locker zu einem Dutt hochgesteckt, wobei einige gelockte Strähnen gewollt heraushängen und ihre farblich angestimmten hängenden Ohrringe umspielen.

Dort angekommen, händigt der Kellner ihnen die Speisekarten aus und nimmt die Getränkebestellung auf.

Was hältst du von einem trockenen Bordeaux 97 er Jahrgang? Angelique stimmt begeistert zu. „Eine ausgezeichnete Wahl", bestätigt der Kellner, dann verbeugt er sich und zieht sich zurück.

„Entschuldigung noch mal, ich hoffe du sitzt noch nicht allzu lange hier?" Dabei zieht er die rote Rose aus der Vase hervor, die sich auf ihrem Tisch befindet.

„Oh vielen Dank rot ist meine Lieblingsfarbe- sie ist wunderschön! Es sei ihnen verziehen." Erheitert über die süße Aktion nimmt sie die Rose entgegen, riecht an ihr und steckt sie wieder in die Vase zurück.

„Aber nicht annähernd so schön wie du," schmeichelt er mit hochgezogenen Augenbrauen. „Danke. Hier ist übrigens ein tolles Ambiente, du hast wirklich nicht zu viel versprochen", schaut sie sich beeindruckt um.

„Warte erst das Essen ab, Paolo ist der beste Koch den ich kenne- nicht umsonst besitzt er zwei Michelin Sterne", schwärmt er.

Da erscheint auch schon wieder der Kellner mit einer Flasche Wein in der Hand und schenkt ihnen professionell ein.

„Haben sie sich bereits entschieden?" Möchte er wissen.

„Zuerst die Dame", lässt er ihr wie ein echter Gentleman den Vortritt.

„Ich habe ehrlich gesagt noch gar nicht reingeschaut, weißt du denn schon was du nimmst?" Schaut sie ihn überfragt an.

„Ja absolut: Zur Vorspeise hätte ich gerne das Avocado Birnen Carpaccio auf einem Rucola Bett mit Zitronen Chilli Sauce- aber bitte ohne Zwiebeln. Darauf nehme ich die Ricotta Walnuss Ravioli mit weißer Trüffelsauce.

Abschließend wäre ein Schokoladen Soufflé mit flüssigem Kern auf echter Bourbon Vanillesauce mit einem Beerenmix super."

„Sehr gerne", lächelt der Kellner überfreundlich und schaut erwartungsvoll zu Angelique.

„Das klingt sehr gut, für mich bitte das gleiche", fordert Angelique.

Nachdem der Kellner ihre Bestellung aufgenommen hat, sammelt er die Speisekarten ein und zieht er sich wieder zurück.

„Sag mal wie oft gehst du denn hier hin? Du scheinst ja die ganze Karte auswendig zu können", stellt Angelique fasziniert fest.

„Ach, ich gehe hier öfters mit meinen Klienten essen… keine Angst, alles ausschließlich geschäftlich, aber mit dir bin ich das erste Mal persönlich hier und ich finde darauf sollten wir unbedingt anstoßen!" Feierlich erhebt er sein Glas: „Auf einen unvergesslichen Abend mit einer bemerkenswerten Frau!" Die beiden schauen sich dabei tief in die Augen und trinken genüsslich ihren Wein.

„Hmmm der ist verdammt gut! Du hast exakt meinen Geschmack getroffen- mit allem bisher, ich war in meinem Leben nur einmal in einem so exklusiven Restaurant. Das war, als ich meine erste große Rolle in „Fluß der Erkenntnis" bekam." Verträumt blickt sie kurz aus dem Fenster. „Du warst auch echt gut, habe mir natürlich alle Filme mit dir angeschaut, natürlich nur um kritisch mit dir zu diskutieren," zwinkert er ihr zu. „Danke es tut wirklich sehr gut nach der letzten Pleite so aufbauende und anerkennende Worte zu hören", freut sich Angelique.

„Apropos wie ist eigentlich das letzte Gespräch verlaufen, hast du sie ordentlich zur Rede gestellt? Du hast darüber gar kein Wort mehr verloren…" Fragend schaut er sie an.

„Ach das nein, ich war nicht da, ich habe beschlossen es auf sich beruhen zu lassen und mir was neues zu suchen." Verlegen schaut sie weg. „Oh heißt das etwa du wirst wieder nach Hause fliegen?" Schaut er sie traurig an. „Nicht, wenn du mich bitten würdest, noch eine Weile hier zu bleiben", dabei stemmt sie ihren Ellenbogen auf den Tisch und legt ihr Kinn an die Hand. Unmittelbar danach, erhebt er sich von seinem Stuhl und fällt vor ihr auf die Knie: „Angelique Laurent ich frage dich hiermit: willst du… noch mit mir hier bleiben?"

„Hey komm schon steh wieder auf, die Leute gucken ja schon", fordert sie ihn peinlich berührt aber auch irgendwie geschmeichelt auf. Brendan bleibt hartnäckig am Boden. „Schon ok ja du hast gewonnen ich werde hier bleiben, aber bitte setz dich wieder hin",

„Mach das nie wieder mit mir", neckt er sie.

Da steht auch schon der Kellner mit dem ersten Gang bei ihnen, serviert die perfekt angerichteten Teller, dann lässt er die beiden wieder allein. Nach dem ersten Happen kommt Angelique gar nicht mehr aus dem Schwärmen heraus. Ihre Teller wandern bei allen Gängen leer geputzt in die Küche zurück.

Regelmäßig erkundigt sich der Kellner bei ihnen, ob alles in Ordnung sei. Vertieft in Gesprächen vergessen die beiden alles um sich herum. Es ist ein sehr gelungener Abend bis Brendans Blick plötzlich auf zwei

Tische weiter fällt.

„Und was sagst du dazu?" Hakt Angelique nach, nachdem Brendan von Augenblick zu Augenblick abwesender wirkt.

„Ähm die roten Gardinen wären glaube ich passender", antwortet er vor sich her stammelnd. Das habe ich auch gedacht, aber meine Freundin fand das irgendwie zu billig, nur eigentlich muss ich das ja selbst entscheiden", überlegt sie.

Angelique gibt schließlich auf die Konversation aufrecht zu erhalten, als sie bemerkt, dass sie nur noch Selbstgespräche führt und Brendans Gesicht endgültig hinter der Getränkekarte verschwunden ist. „Sag mal was ist denn eigentlich los? Du wirkst wie weggetreten, ständig starrst du zu dem Tisch mit den Männern, was ist denn los?" Fragtsie besorgt. „Nichts schon gut", blockt er ab.

„Das wirkt aber nicht so wie nichts, kennst du sie?" Schaut sie ihn angespannt an. Am liebsten würde er auf der Stelle mit ihr verschwinden, ihm ist die Situation äußerst unangenehm, doch dies wäre zu auffällig. Er überlegt kurz dann versucht er sich leise zu erklären: „Habe ne Menge Spielschulden bei denen, daher dürfen sie mich nicht erkennen, die sind skrupellos, so ne Art Mafia, was meinst du was sie mit mir machen wenn sie mich erkennen?"

„Wie hoch?" Möchte Angelique wissen.

„Es geht in den 100.000 er Bereich." Angelique atmet tief durch und überlegt kurz, da kommt ihr eine Idee: „Meine Tante und mein Onkel besitzen viele Immobilien, sie könnten mir das Geld vorstrecken- außerdem schulden sie mir noch einen großen Gefallen sie wären auf jeden Fall damit einverstanden. Ich werde mal kurz zu ihnen an den Tisch gehen und ein gutes Angebot machen."

„Das ist nicht nötig, bitte lass es ich werde es selbst klären", antwortet er bestimmt. „Aber das ist doch gar kein Problem, es bereitet mir keine Umstände ich helfe gerne, du brauchst es mir auch nicht sofort zurückzuzahlen", lässt sie nicht locker.

„Ich werde es selbst zahlen, wie sieht das denn aus? Das ist wirklich lieb von dir und das weiß ich sehr zu schätzen, doch darum muss ich mich selbst kümmern, hab das Geld schon beiseitegelegt, ich werde es morgen überweisen", hält er dagegen.

„Du hast mir mit deinen aufbauenden Worten sehr weitergeholfen, also helfe ich dir auch, außerdem wer weiß was bis morgen noch alles passiert, so haben wir beide wenigstens eine ruhige Nacht und es ist aus der Welt geschaffen.

Keine Angst ich bliebe ruhig und sachlich", besteht sie.

Gerade als Angelique aufstehen möchte, hält er ihre Hände fest: „Setz dich sofort wieder hin!" Fährt er sie zornig an, dabei achtet er stets auf seine Lautstärke. Wütend reißt sie sich von ihm los, zückt ihr Portemonnaie aus der Handtasche und wirft ihm einen Batzen Geld vor die Nase. „Das müsste reichen… Danke für diesen unvergesslichen Abend!" Mit diesen Worten verabschiedet sie sich und verlässt aufgebracht das Restaurant. Schnell eilt Brendan zum Kellner, bezahlt die Rechnung und läuft ihr rapide hinterher.

Draußen findet er sie wieder und fordert sie unermüdlich auf bitte stehen zu bleiben, doch sie ignoriert seine Worte.

In einer Nebenstraße holt er sie endlich ein, dabei hält er sie sachte an ihrem Arm fest: „Es tut mir wirklich sehr leid, ich weiß nicht was da gerade in mich gefahren ist, bitte kannst du mir noch mal verzeihen? Ich verspreche dir es wieder gut zu machen!" Fleht er sie an. Verärgert wandern ihre Augen durch die Dunkelheit.

„Bitte sieh mir in die Augen", zärtlich legt er seine Hand an ihr Kinn und dreht dadurch sanft ihren Kopf in seine Richtung.

Ihre Blicke treffen sich und auf einmal fällt es ihr schwerer standfest zu bleiben. „Sag das ich ein Idiot bin, ein mieser Kerl, ein Vollpfosten, beleidige mich ruhig, aber bitte höre auf mich mit Ignoranz zu bestrafen, dass ist das gemeinste, was man machen kann", mit dem bemitleidendsten Hundeblick aller Zeiten schaut er sie an.

„Weißt du ich bin gar nicht so sauer auf deine Reaktion, sondern darüber, dass du mich einfach angelogen hast."

Mit weit aufgerissenen Augen schaut er sie entsetzt an.

„Ähm nein wie meinst du das?" Stammelt er vor sich hin, während er dabei auf den Boden sieht.

„Ich kann es nicht glauben du lügst mich schon wieder an!" Enttäuscht schaut sie ihm in die Augen: „Bitte wiederhole das, aber schau mir dabei wenigstens ins Gesicht", verlangt sie.

Da blickt er sie an aber schafft es nicht etwas zu sagen. Gedanken vertieft blickt er in den Sternenhimmel, dann gleitet sein Blick zu Angelique, schweift wieder ab und er beginnt auf und ab zu laufen.

„Ich habe eine verdammt gute Menschenkenntnis, irgendwas bedrückt dich, was so schwerwiegend ist, nicht offen darüber sprechen zu können.

Ich verstehe dass, aber du solltest so viel Vertrauen in mir haben, dich mir zu offenbaren.

Ansonsten werde ich jetzt gehen und du siehst mich nie wieder, denn dann brauchen wir es gar nicht erst beginnen zu lassen, da es eh keine echte Chance hätte." Ihre Worte treffen Brendan mitten in sein Herz; er wusste, wenn er sich ihr nicht öffnete wäre sie weg. Zu stark sind seine Gefühle für sie und er würde es sich niemals verzeihen es sich mit so etwas verspielt zu haben. „Also gut, ich bin bereit dir alles zu erzählen und ich schwöre bei Gott es werden zukünftig keinerlei Geheimnisse mehr zwischen uns stehen, aber dafür muss ich dich bitten mit zu mir nach Hause zu fahren, hier ist es nicht sicher genug," sieht er sie ernst an. Angelique willigt ein, sie gehen schweigend zum Auto und fahren zu Brendan. Die Stimmung zwischen ihnen ist ziemlich angespannt. Angekommen in seinem Haus, bietet er ihr etwas zu trinken an, um die Stimmung etwas aufzulockern, doch sie lehnt ab. Brendan bittet sie sich ins Wohnzimmer zu setzen, langsam lässt sie sich auf die Couch gleiten und schaut ihn erwartungsvoll an. Dieser geht zur Vitrine und holt eine Flasche Rum und zwei Gläser hervor, schenkt großzügig ein und setzt sich auf die andere Seite der Couch. Nach einigen tiefen Atemzügen beginnt er zu reden: „Also gut, einer der Männer dort am Tisch war mein ehemaliger Chef."

„Wie jetzt? Was bitte ist denn vorgefallen, dass du so verängstigt bist?" Hakt Angelique ungläubig nach.

„Das ist eine lange Geschichte dazu muss ich ausholen", erklärt Brendan. „Kein Problem ich hab Zeit", entgegnet sie und trinkt einen großzügigen Schluck, anschließend verzieht sie das Gesicht.

„Na schön. Damals arbeitete ich zunächst bei der Polizei in Bakersfield als Marshal, dort konnte ich mich erfolgreich als Sheriff hocharbeiten, bewarb mich dann für das County Sheriffs Office in

Santa Barbara , wo ich auch nur kurzzeitig tätig war, relativ schnell bekam ich dann ein Angebot von der State Police in Sacramento, was ich natürlich nicht ausschlug, allein schon wegen des gigantischen Gehaltes und am Ende war ich wohl so überzeugend, dass ich als Agent bei ANS Americans National Security landete, angespannt schwenkt er sein Glas in der Hand hin und her.

„Moment bist du jetzt Agent oder Privatdetektiv?" Aufmerksam lehnt sie sich nach vorne. „Weder noch, das heißt ich war Agent, habe mich von diesem Beruf distanziert, weil dort merkwürdige Dinge vor sich gingen", Brendan wirkt sehr angespannt.

„Das glaub ich jetzt nicht! Wieso erzählst du mir dass du als Privatdetektiv arbeitest? Als was arbeitest du in Wirklichkeit?" Fassungslos schaut sie ihn an. „Für das was ich tue gibt es keine staatlich anerkannte Bezeichnung, weil es nicht im Sinne des Staates ist so etwas auszuüben," versucht er ihr schonend beizubringen.

„Bist du jetzt etwa ein Krimineller?" Erschrocken sieht sie ihn an.

„Nein! Ganz im Gegenteil, ich möchte dieser Gesellschaft helfen, sich von einem kriminellen Staat loszulösen!" Überzeugt schaut er Angelique an, die verwirrt in seine Richtung blickt: „Was soll das heißen? Warum kriminell? Rede endlich Klartext!" Fordert sie ihn auf.

„Na ja schon bei der Polizei bemerkte ich gewisse Ungereimtheiten: Da verschwanden Akten auf mysteriöse Art und Weise, Scheinbar unschuldige Menschen wurden Verurteilt ich hatte das Gefühl man hat versucht ihnen etwas unterzujubeln", erinnert er sich. „Das sind ganz schön krasse Behauptungen! Hast du denn dafür Beweise?" Skeptisch schaut sie ihn an.

„Konkrete hatte ich zu diesem Zeitpunkt noch nicht, es kam mir jedoch auffällig vor, dass von den Vorgesetzten nichts genaueres zu uns durchdring und als ich näher an den Fällen dran war, wurden sie mir schnell entzogen. Ich hatte das Gefühl, da spielt sich etwas ab, was nicht korrekt ist, um dies aufzudecken, musste ich mich weit nach Vorn arbeiten, das Gehalt war also eher nebensächlich aber genommen habe ich es dennoch gerne.

Dann bei der ANS eröffneten sich mir völlig neue Einblicke. Dort wurde ich mit massenweisen Mordfällen konfrontiert, die alle ausnahmslos Nackte, misshandelte Körper mit Dollarzeichen auf der linken Brust beinhalteten. Mit allen Mitteln wurde versucht, dies aus der Öffentlichkeit rauszuhalten.

Wir bekamen die Anweisung Details nach deren Vorschriften zu verschleiern und den Medien eine abgewandelte Version zu offenbaren. Auch sollten wir Tipps für Verdächtige abgeben, die bereits Vorbestraft waren und Beweise finden, die sie vor Gericht verwenden könnten. Nach längeren heimlichen, inoffiziellen Ermittlungen, fand ich heraus, dass die Opfer ausschließlich in den reichen Industrieländern vorzufinden waren, es muss die selbe Organisation dahinter stecken, eine sehr Mächtige, die anscheinend über Allem steht. Nur die Botschaft der Dollarzeichen habe ich dabei nie ganz verstanden, doch dem versuche ich seit Jahren auf den Grund zu gehen."

Brendan fällt es sichtlich schwer darüber zu reden.

„Das alles klingt ja unglaublich! Aber was genau hat das nun mit deinem ehemaligen Chef zu tun?"

Entsetzt darüber trinkt Angelique ihren Drink aus.

„Ich wollte dagegen vorgehen, wandte mich an Kollegen, doch ohne Erfolg, beinah alle stellten sich gegen mich, versuchten mich als Verschwörungstheoretiker abzutun, der Dinge falsch interpretiert. Sie alle waren hörig, ich glaube dass sie auch große Angst hatten. Zunächst versuchte ich mich nicht so hineinzusteigern, ließ mich von meinen Kollegen mitreißen, hinterfragte meinen eigenen Verstand, doch dieser kam immer wieder zu demselben Ergebnis, es konnte nicht anders sein. Ein korrupter Staat musste dahinter stehen, davon war ich fest überzeugt. Irgendwann war der Gedanke an Gerechtigkeit und Wahrheit so enorm, dass ich beschloss meine Existenz aufs Spiel zu setzen und zu dem besagten Chef zu gehen, damit ich ihn zur Rede stellen konnte."

„Und anscheinend hat er heftig reagiert?" Schließt sie aus den Geschehnissen. „Zu Beginn des Gesprächs hatte er versucht das alles runterzuspielen und bot mir eine Gehaltserhöhung an, weil ich ja angeblich so übereifrig bei der Sache wäre, empfahl mir aber im gleichen Augenblick, mich in die Dinge nicht so hineinzusteigern, dies täte mir wohl nicht gut. Als er dann jedoch merkte, dass ich auf sein

Angebot nicht einging und ihm meine Kündigung vorlegte, blieb er nicht mehr so gelassen. Er versuchte mich zuerst zu kaufen, als ich das allerdings auch ablehnte, wurde er sehr aggressiv und drohte mir." Brendan trinkt in einem Zug sein Glas aus und schenkt sich direkt nach. „Womit drohte er dir?" Möchte Angelique betroffen wissen. „Mich und meine Familie zu ermorden", es fällt ihm schwer darüber zu reden. „Du meine Güte das ist ja grausam! Bist du denn nicht gerichtlich dagegen vorgegangen und hast dir polizeiliche Hilfe besorgt?" Bohrt Angelique nach. „Wie hätte ich das denn beweisen können, die hielten doch alle dicht aus Ehrfurcht. Außerdem ist mein ex Chef ein extrem mächtiger und einflussreicher Mann, der weit reichende Beziehungen pflegt. Daher war mir klar, dass wennich diesen Schritt wagen würde, er endgültig wäre." Angespannt fährt sich Brendan durch seine Haare. „Ach herrje das hört sich aber alles total verzwickt an, was hast du dann getan?" Hakt Angelique interessiert nach. „Habe dann natürlich sofort meine Eltern und Geschwister kontaktiert, um sie zu warnen, denn sie schwebten in Lebensgefahr, ich wusste dass dieser Mensch unberechenbar und kaltherzig sein kann, er würde über Leichen gehen, damit er seine Ziele durchbringen kann! Daher mussten sie von dort wegziehen." Nervös spielt er mit seinen schwitzigen Fingern.

„Wie haben sie denn darauf reagiert?" Unterbricht sie ihn.

„Hatte ihnen ja bereits im Vorfeld darüber berichtet, dass dort merkwürdige Zustände herrschen, aufgrund meiner Schweigepflicht konnte ich ihnen keine genaueren Infos geben. Doch ab diesem Moment erzählte ich ihnen alles, meine Mutter war geschockt, hatte Angst und wollte nur noch weg, doch mein Vater und meine Schwester nahmen das Ganze nicht so ernst, obwohl meine Schwester ihre eigene Familie mit kleinen Kindern hat. Sie glaubten, es wäre alles nur daher gesagt, mit Engelszungen versuchte ich auf sie einzuredenvergeblich. Bis zu diesem Tag, an dem sie erfahren sollten, dass sie sich tatsächlich in Gefahr befanden." Angelique hört angespannt zu. „Nach drei Tagen fanden wir alle Pakete mit von uns nachgestellten Puppen vor der Haustüre, wo sich der Kopf, Körper sowie abgetrennte Körperteile befanden. Da wurde es ihnen schon anders, sie gingen zur Polizei, doch dort wurden sie, wie schon prophezeit, nicht ernst genommen. Sie fingen an uns zu beschatten, eine furchtbare Zeit begann. Irgendwann lauerten sie meiner Schwester auf, hielten ihr ein Messer an die Kehle und drohten ihr nichts von den Ereignissen an die Öffentlichkeit zu bringen. Unter Todesangst kam sie zu mir", dabei muss Brendan eine Pause einlegen. Auch Angelique holt erst mal tief Luft, um sich zu beruhigen. „Das alles ist nur passiert, weil ich mich gegen sie auflehnen wollte! Obwohl sie es Schuld waren, hatte ich mit gewaltigen Gewissensbissen zu kämpfen und bekam schwere Panikattacken." Angelique schaut ihn bestürzt an.

„Schließlich erlaubten sie mir ihnen eine neue Identität zu geben, sie zogen mit mir nach Florida. Dort haben sie ihr Aussehen soweit verändern wie möglich, aber ohne OP."

Brendan geht zu einem Tresor und holt ein altes Foto heraus: Das bin ich bevor ich mich verändert habe, zu diesem Zeitpunkt hieß ich noch Jalen Miller." Angelique starrt entsetzt das Foto und dann ihn an: „Du hast mich bewusst in Gefahr gebracht seit unserem ersten Treffen und mich schamlos belogen?" Fassungslos steht sie auf.

„Was hätte ich denn deiner Meinung nach tun sollen? Dir sagen „ Hallo ich heiße Jalen Miller aber nun bin ich Brendan Johnson weil ich gejagter Staatsfeind bin und eigentlich halte ich mich nur hier auf um alles besser zu durchleuchten?" Versucht er sich auf ironische Weise zu verteidigen. „Dich von mir fern halten du Lügner!" Schreit sie ihn entrüstet an, hetzt wutentbrannt zur Tür und Knallt sie fest zu. Brendan überlegt kurz ob er ihr hinterherlaufen solle, doch sie war so in Rage es hätte nichts gebracht, zumal an diesem Abend sehr viel Aufregendes passierte, was erst mal verarbeitet werden muss.

„Ach die wird sich schon wieder beruhigen", denkt Brendan und schaltet den Fernseher an um sich von den Ereignissen und vor allem de negativ aufkeimenden Gedanken zu befreien.

Erwartungslos nimmt er die Fernbedienung in seine Hand und zappt sich durch die Programme, bis er schließlich bei einem Nachrichtenbeitrag angelangt ist, dem er sich gespannt widmet, dort ist eine betroffene Nachrichtensprecherin zu sehen: „Gestern Nacht wurde eine weitere unbekleidete, verstümmelte Frau Tod an einem Waldrand bei Carson City in dem Bundesstaat Nevada gefunden. Der Täter soll laut Polizei und Zeugenaussagen der Serienkiller Ikem A-kintola sein, der sich seit einigen Tagen auf der Flucht befindet und für diese Vorgehensweise bekannt ist. Das letzte Mal wurde er in der kalifornischen Geisterstadt Bodie gesichtet. Sollten sie diesen Mann erkennen kontaktieren sie unverzüglich die Polizei, er ist nach Einschätzungen der Polizei sehr gefährlich, da er sich sehr gut verstellen kann." Währenddessen wird ein Bild von ihm eingeblendet. Brendan drückt schnell auf Pause, um ihn sich mit seinem Handy abzufotografieren.

Neben seinem Notebook liegt immer ein Zettel und Kugelschreiber bereit, falls er sich etwas dringendes notieren muss, dies ist so ein Fall; geschwind schreibt er alles auf, was über ihn berichtet wurde, schaltet den Fernseher aus

und faltet den Zettel Gedankenversunken zusammen. Heute würde er nicht mehr recherchieren, zu müde und erschöpft ist er vor lauter Aufregung und begibt sich schließlich ins Bett.

Bevor er einschläft lässt er noch einmal die Geschehnisse Revue passieren.

Kapitel 5

Alles auf Anfang

Es war außerordentlich mutig von ihm alles zu offenbaren, darüber ist er trotz der schlimmen Erfahrungen, die er machen musste froh.

Nun kehrt endlich wieder Gerechtigkeit ein. Gleich würde Ikem seine gerechte Strafe bekommen, die ihm zusteht.

Gespannt lauscht er dem Gespräch.

„Guten Morgen, Sheriff Steven Bennett hier. Bei mir steht ein schwarzer Mann namens Ikem Akintola, der behauptet, er hätte seinen schwarzen Freund umgebracht und daraufhin in ein fragwürdiges Spiel verwickelt wurde, der Chef soll sich bitte mal bei mir melden. Was soll ich denn solange mit ihm anstellen?" Erkundigt sich der überfordert wirkende Sheriff.

„Ja ich verstehe, das werde ich so machen, auf Wiederhören", verabschiedet sich der Sheriff, läuft auf Ikem zu und legt ihm Handschellen an.

„Was geschieht jetzt mit mir?" Erkundigt sich Ikem.

„Erst mal bleibst du hier in Gewahrsam, dann sehen wir weiter", erklärt Steven stumpf. „Sie müssen Peter daraus holen diese Leute sind skrupellos, er hat es nicht verdient so lange dort zu bleiben, befreien sie ihn bitte von dem Spiel, er wird dann, genau wie ich rechtmäßig bestraft", dies zu betonen ist Ikem sehr wichtig, schließlich hat er ihm sein Wort gegeben ihn daraus zu holen.

„Ja ich werde gleich einen Streifenwagen rausschicken und die Regeln dann die ganze Sache", antwortet Steven.

Sie biegen um die Ecke, durch einen langen schmalen Flur, dort gehen sie geradewegs auf ein Zimmer zu, in dem sich eine kleine Einzelzelle befindet. Der Sheriff wartet bis Ikem hineingelaufen ist, schließt unverzüglich die Türe ab und bittet ihn sich mit dem Rücken nah zum Gitter zu stellen, damit er ihm die Handschellen risikolos abnehmen kann. „Bitte beeilen sie sich, Peter wartet schon sehnsüchtig auf Hilfe, wer weiß was sie mit ihm anstellen werden, wenn sie Verdacht schöpfen", redet Ikem dem Sheriff ins Gewissen.

Dieser ist schon fast aus der Tür raus, da dreht er sich seitlich zu Ikem und nickt, um ihm zu signalisieren, dass er ihn verstanden hat. Erleichtert legt sich Ikem auf das Bett, mit verschränkten Armen hinter dem

Kopf. Zum allerersten Mal fühlt er sich wie ein Mörder, der ordnungsgemäß nach dem Strafgesetz behandelt wird. So ist es richtig, angemessen und gerecht. Der Staat legt die Gesetzte fest, an die sich jeder halten muss und daher ist es legitim, jemanden nach dem Gesetz zu bestrafen, wenn er sich nicht daran hält.

Er ist überglücklich und sehr froh darüber, dass alles so gut geklappt hat. In der letzten Zeit hat Ikem viel zu wenig geschlafen, so dass ihn auch diesmal die Müdigkeit überfällt. Endlich konnte er mit ruhigem Gewissen, völlig Angst- und sorgenfrei einschlafen.

Nachmittags wird er erneut von den hinein scheinenden Sonnenstrahlen geweckt, die sich seitlich an dem grauen Vorhang vorbeidrücken. Es war also kein Traum, er hat es tatsächlich geschafft zu fliehen und befindet sich nun in sicherer Obhut der Polizei. Der Raum ist auch noch glücklicherweise der, in welchem er einschlief. Vollkommen ausgeschlafen konnte er eine Menge Energie tanken- leider auch jene, welche seine schlechten Gedanken und Sorgen versorgen. Trotz der Tatsache, dass er nun das bekommt, was er von Anfang an mindestens verdient hätte, fühlt er sich immer noch genauso mies wie vorher. Ajdin taucht mehrmals täglich in seinem Kopf auf, schreit ihn an, verurteilt ihn, macht ihm Vorwürfe und verlangt nach Bestrafung. Das ist auch alles in Ordnung so, schließlich hat er ihm seine Träume, Wünsche, Visionen und Hoffnungen genommen.

Glücklich und unbeschwert zu leben, hat er sich in diesem Moment genommen, als er sein Leben genommen hat.

Ein schlechtes Gewissen ist manchmal der beste Richter.

Gut das Steven wieder auftaucht, bevor Ikem in seinen Schuldgefühlen erstickt.

„Kommen sie bitte mit Mr. Akintola, sie haben Besuch." Fordert er ihn auf. Ikem dreht sich wieder um, damit Steven ihm die Handschellen anlegen kann und folgt Ihm anschließend durch den Flur. Aus Ungewissheit heraus, was auf ihn zukommen könnte, geht Ikem ganz langsam hinter dem Sheriff her, schließlich hat er schon in ganz kurzer Zeit eine ganze Menge heftige, unglaubliche Dinge erlebt, da ist man automatisch vorsichtiger. Sorgfältig begutachtet er die Auszeichnungen, die im Flur ausgehängt sind.

Die Wände könnten einen neuen Anstrich gebrauchen, der Cremefarbene Ton wirkt blass und verbraucht, auch der Ventilator an der Decke, scheint, genau wie dieser im Eingangsbereich, seine beste Zeit bereits hinter sich gehabt zu haben.

Andererseits passt genau das zu diesem altmodischen Flair, der sich durch die gesamte kleine Gemeinde zieht.

Man würde wahrscheinlich eher etwas damit kaputtmachen, als Besseres zu erschaffen. Ikems Blick fällt schließlich auf den Boden, der irgendwie vollkommen aus der Reihe tanzt: hochglanzpolierter Parkett sticht förmlich ins Auge. Wer für diese Unstimmigkeiten wohl verantwortlich ist? Auch der Sheriff scheint keinen sonderlich hohen Zeitdruck zu haben, wie die Ruhe selbst schlendert er gemütlich pfeifend neben Ikem her. Sie gelangen zu einer Tür, die halb offen steht. Misstrauisch blickt Ikem hinein: Der Raum ist dunkel. Ein Mann mittleren Alters sitzt an einem Tisch, über ihm hängt eine Art Verhörlampe, die nur den Bereich des Tisches beleuchtet. „Bitte treten sie ein Mr. Akintola", verweist ihn der Sheriff in den Raum und verabschiedet sich wieder.

Der gut gekleidete Mann mit aufwendig gestylter Frisur und maßgeschneidertem azurblauem Designeroutfit erhebt sich schwungvoll von seinem Platz.

„Mein Name ist Richard Curtman, ihr Pflichtverteidiger", stellt er sich vor und bittet Ikem sich auf den gegenüberliegenden Stuhl zu platzieren. „Mir steht ein Anwalt zu? Aber den kann ich mir gar nicht leisten", wundert sich Ikem.

„Jedem dem ein Verbrechen zur Last gelegt wird, steht einer zu, die Kosten übernimmt der Staat, falls sie jedoch verurteilt werden, stellt ihnen dieser die Kosten als Teil der Verfahrenskosten in Rechnung. Aber keine Sorge in ihrem Fall können sie Prozesskostenhilfe beantragen", klärt ihn der Anwalt auf.

„Mir wurde aber kein Verbrechen zur Last gelegt, ich habe ein Verbrechen begangen für das ich gerade stehen möchte, ich bekenne mich schuldig. Sie können also wieder nach Hause fahren", antwortet Ikem überzeugt. „Ganz so einfach wie sie glauben ist das nicht. Laut Gesetz benötigt jeder der sich nicht selbst verteidigen kann einen Pflichtverteidiger, der ihn vor Gericht vertritt- aber soweit muss es ja gar nicht erst kommen", grinst er ihn zwinkernd an.

„Wie meinen sie das? Ich habe meinen besten Freund umgebracht und muss nun dafür bestraft werden!" Irritiert schaut Ikem Mr. Curtman an.

„Und durch einen Gefängnisaufenthalt meinen sie zu einem besseren Menschen zu werden?" Skeptisch sieht er Ikem tief in die Augen.

„Ja das hoffe ich inständig, weil ich ja dann meine Strafe ordnungsgemäß abgesessen habe, was ich verdient habe", überlegt Ikem, Mr. Curtman scheint nicht davon überzeugt zu sein: „So viel zur Theorie, in der Praxis sieht das Ganze ein klein wenig anders aus. Die meisten die nach ihrer Gefängnisstrafe entlassen werden, begehen diese Straftat noch mal, oder machen sich durch

etwas anderes strafbar. Einige sterben auch im Knast, sie kommen niemals in den Genuss von Freiheit oder die Gelegenheit beweisen zu können ein besserer Mensch geworden zu sein. In Wirklichkeit ist der Anteil erfolgreich resozialisierter ehemaliger Inhaftierter schwindend gering, das auch nicht deshalb, weil sie ihre Strafe abgesessen haben, sondern vielmehr ihnen von sich aus ein Umdenken stattfand, was allerdings sehr viel Zeit in Anspruch genommen hat", entmutigt ihn der Anwalt.

„Wieso nehmen sie mir die Hoffnung? Warum machen sie eine rechtmäßige Strafe so schlecht? Haben sie etwa eine bessere Lösung?" Entgeistert schaut er Mr. Curtman an.

„Ja die habe ich, es gibt da tatsächlich noch eine sehr viel bessere, effizientere und zeitsparendere Möglichkeit, als einen elendig langen Gefängnisaufenthalt, der wenig von Erfolg gekrönt ist", macht er Ikem neugierig „Und was wäre das?" Möchte er gespannt wissen.

„Dieses Spiel, in dem sie sich befanden, darüber habe ich mich ausgiebig informiert. Wir befänden uns da in einer rechtlichen Grauzone, die allerdings von immer mehr Gerichten anerkannt wird."

„Wie bitte? Habe ich sie richtig verstanden? Sie verlangen von mir ernsthaft, dass ich noch einmal durch diese Hölle gehen muss? Das ist menschenverachtend und respektlos!" Außer sich vor Wut und Empörung springt Ikem auf.

„Haben sie sich nicht menschenverachtend und respektlos verhalten, als sie ihren Freund brutal ermordeten?" Stellt Mr. Curtman eine provokante Gegenfrage. Damit hat er Ikem tief berührt und ihm zum Nachdenken angeregt. Verzweifelt sinkt er wieder in den Stuhl.

„Sehen sie, dieses Spiel zeigt uns im Grunde unsere Schwächen, lässt uns unsere Schatten reflektieren und lehrt uns zum Überdenken von Handlungen, es sensibilisiert für unterschiedliche Facetten unserer und anderer Persönlichkeiten, so dass wir achtsamer und rücksichtsvoller mit ihnen umgehen. Die Mitspieler sind genau genommen unsere Spiegel," erklärt er einfühlsam.

„Das was sie sagen klingt stimmig und plausibel, aber ich wurde auf schlimmste, erniedrigendste Weise misshandelt- das werde ich nicht lange aushalten, der andere Weg ist vielleicht länger, aber ich bin fest entschlossen, diszipliniert genug zu sein, mein möglichstes zu tun, um mich wieder irgendwann erfolgreich und friedlich in der Gesellschaft etablieren zu können", verkündet er überzeugt.

„Sie werden doch nicht die ganze Zeit gefoltert! Das würde ja auch keinen Sinn ergeben. Weitaus effektiver ist es, die Menschen mit verschiedenen Persönlichkeiten zu konfrontieren, ich gebe ihnen mein Versprechen, dass sie nicht ewig in einer Rolle verweilen müssen. Ich Frage sie Ikem: Möchten sie als liebevoller reflektierter, gestandener Mann nach Hause zurückkehren und wie ein mutiger Held gefeiert werden, der mit sehr viel Geld nach Hause kommt und dem sich 1000 neue Perspektiven im Leben öffnen? Oder wären sie lieber ein mürrischer alter frustrierter Mann mit leeren Taschen, der sich alles mühsam noch mal erarbeiten muss, es aber schwer hat Geld ranzuschaffen, zum einen weil er sehr alt und verbraucht, zum anderen ein Ex Knasti ist, den aus Prinzip schon keiner einstellen will? Vorausgesetzt sie erleben ihre Entlassung, was bei Jahrelanger Inhaftierung oder gar lebenslänglich schwer werden dürfte." Absolute Stille erfüllt den Raum, wie versteinert sitzt Ikem da, nur sein Kopf rattert auf Hochtouren- immer wieder wägt er ab. Geht die Pros und Contras gedanklich durch und kommt schließlich zu dem Entschluss, das er das Spiel weiter führen möchte.

„Eine äußerst Kluge Entscheidung, ich werde unverzüglich den Richter konsultieren. Sie hören von mir." Zufrieden greift Mr. Curtman nach seiner Aktentasche und verlässt den Raum.

Ikem sitzt noch eine Weile wie verwurzelt da und kann nicht glauben, dass er gerade freiwillig das gewählt hat, wovon er sich mühsam versucht hat sich freizukämpfen. Sein Blick schweift durch die Dunkelheit. Da steht schon der Sheriff an der Tür und begleitet ihn wieder in seine Zelle zurück. Aber vielleicht hat das ganze ja wirklich etwas Gutes am Ende. Vielleicht ist dies der einzige Weg in die Normalität, sofern man die Zukunft, angesichts der tragischen Vergangenheit, die nicht einfach so verpufft und in Vergessenheit gerät, so nennen kann. Nachdem Steven die Zelle, welche stark an einen Käfig wieder abgeschlossen hat, verschwindet er wieder.

Nachdenklich legt sich Ikem auf das Bett. Er wollte doch einfach nur eine angemessene Strafe für seine unmenschliche Brutalität erfahren. Aber wenn dieses Spiel anscheinend in irgendeiner Form gesellschaftlich anerkannt ist, dann ist es doch legitim, immerhin scheinen einige wenige Anwälte diese neuartige Methode sogar anzuerkennen. Beim nächsten Mal hat er vermutlich wieder mehr Glück. Nur ein Gedanke lässt ihn nicht mehr los, es ist Peter... Schließlich ist er schon lange dort und verhalf ihm sogar zur Flucht. Er scheint das Geld nicht wirklich zu wollen, vielleicht hat er gemerkt, dass es gar kein Geld gibt.

Was wenn das Ganze in Wirklichkeit doch kein Spiel ist! Das wäre ein riesengroßer Skandal.

Andererseits weiß man ja nicht wie lange eine Runde geht bzw. wann man wechselt. Vielleicht machte er sich auch einfach zu viele Gedanken. Es bringt ja auch nicht sich den Kopf über irgendetwas zu zerbrechen wovon man keine Ahnung hat, da ist es angenehmer zu vertrauen, dass schon alles seine Richtigkeit hat. Und überhaupt nichts läuft im Leben wirklich nach geordneten Plänen und den Durchblick hat ja auch keiner in allen Belangen.

Ikem hat großen Kummer, wie gerne hätte er Jemanden geliebtes bei sich, seine Familie, oder seinen besten Freund er war immer seiner Seite, er war immer für ihn da und umgekehrt.

Schlagartig brodelt es in ihm und viele heiße Tränen kullern auf sein orangefarbenes Kopfkissen; er fühlt sich so alleine, wie konnte er Ajdin nur so etwas Schlimmes antun.

Wie sehr er sich auch bemüht Erinnerungsfetzen auszugraben, um sich selber und sein entsetzlichen Aussetzer nachzuvollziehen, alles blieb im Verborgenen. Nichts hatte eine Chance sich bis ans Tageslicht durchzukämpfen. Erschwert wurde das ganze durch ansteigende bohrende Kopfschmerzen und eine quälende Magenleere. Das ist ironischerweise das einzige was ihn an seine Heimat erinnert- das und die langsam an Kraft verlierende Sonne, welche langsam in den schönsten Farben untergeht.

Ein Fenster zu haben, welches das Tageslicht durchfluten lässt, ist das allerschönste in einem Raum. Nur die davor einschränkenden Gitterstäbe trüben dieses durchschimmernde Freiheitsgefühl, welche einen noch stärker von der Natur abschotten.

Unerwartet kommt Steven mit einer herrlich duftenden großen Tüte in der Hand um die Ecke, die er heldenhaft in die Höhe hält und hin und her wedeln lässt.

„Ich hab hier was zum Futtern- bist bestimmt hungrig", kommentiert er, so als hätte er Ikems Gedanken gelesen. Steven schließt zunächst die Zellentür auf, reicht ihm das Essen, dabei streckt er eine Hand durch die Tür, stellt die Tüte schnell auf den Boden und schließt die Tür sofort wieder zu. Ikem bedankt sich vielmals beim bereits wieder umkehrenden Steven, etwas zu Essen zu bekommen ist für ihn schließlich nicht selbstverständlich.

Er nähert sich voller Vorfreude diesem betörenden Duft, packt sich freudig die Tüte und setzt sich auf sein Bett.

Als er Diese öffnet wird der appetitliche Geruch konzentrierter.

Ungeduldig greift er hinein und zieht allerlei noch einmal verpackte, lauwarme Dinge heraus sowie zwei Getränke mit je einem Strohhalm, welchen er sich nach einigen Anläufen erfolgreich in die dafür vorgesehene Öffnung steckt und beinahe fast alles komplett austrinkt. Er öffnet die Verpackungen und schaut mit weit geöffneten Augen hinein: Da entdeckt er zwei riesige Burger mit dreimal Fleisch und doppelt Käse, eine große Portion Fritten und eine XXL Box mit 25 Chicken Wings, dazu gibt es eine kleine Plastikschale Salat mit Balsamico Dressing aus einer Tüte.

Ikem wundert sich kurz über die ganzen Verpackungen aber schnell konzentriert er sich auf das Essen und beißt genüsslich in einen der Burger. Nach einiger Zeit sitzt er mit vollem Magen zurückgelehnt an die Wand, nun hat er den Luxus sich ein weiches Kissen hinter den Rücken zu stecken, was er sehr genießt.

Vor ihm liegt noch reichlich zu Essen, was er wieder sorgfältig verpackt und in die Tüte hineinlegt, dann schiebt er alles unter sein Bett, falls er noch mal Hunger bekommt- man weiß eben nie wann es das nächste mal etwas zu Essen gibt.

Wieder drehen sich seine Gedanken nur um seine Liebsten- was sie wohl gerade machen? Sicher würden seine Geschwister gerade von der nahe gelegenen Baumwollplantage erschöpft und hungrig zurückkehren. Nachdem sich alle gereinigt haben würden sie beisammensitzen um zu speisen, was ihre liebe fleißige Mutter ergatterte, von dem Markt im Nebendorf, wo einige Menschen auf Decken verschiedene importierte Waren verkaufen.

Früher wurde dort Landwirtschaft betrieben, nun wurde der Sektor von Öl und Erdgasexporte abgelöst, was viele Menschen arbeitslos und abhängig machte. Inzwischen sind die fruchtbaren Äcker verödet. Was auf den Tisch kam und vor allem wie viel, war von dem abhängig, was geerntet, als auch vor allem von Ikem und Ajdin daraus angefertigt und hauptsächlich im Ausland verkauft wurde.

Er macht sich große Sorgen um die Existenz seiner Familie.

Wie sehr er sie vermisst, am liebsten würde er jetzt bei ihnen sein oder zumindest ihre Stimmen hören- doch Moment mal: Diese Police Station verfügt über ein Telefon und seine Mutter besitzt ein Handy zumal es auch sein Recht ist als Gefangener telefonieren zu dürfen. Sofort ruft er aufgeregt Steven herbei, dieser erreicht ihn gemächlichen Schrittes.

„Ich muss unbedingt telefonieren, Sir", dabei eilt er Richtung Zellentür. Steven schaut ihn erschrocken und verwundert an: „Was? Aber das geht nicht es ist schon zu spät, wir gestatten so spät keine Telefonate mehr, " versucht der Sheriff ihn abzuwimmeln.

„Bitte Sir, ich muss unbedingt mit meiner Familie telefonieren, wer weiß ob ich überhaupt noch mal die Gelegenheit dazu bekomme. Außerdem bestehe ich auf dieses Recht, es steht mir zu", bittet er ihn inständig aber dennoch selbstbewusst und stark.

„Da muss ich erst mal mit meinen Vorgesetzten sprechen", antwortet er zögernd nach langem Überlegen.

Steven verschwindet nach Nebenan und kommt nach einiger Zeit wieder. Ikem sieht ihn erwartungsvoll an.

„In Ordnung du darfst telefonieren…" Ikem springt vor Freude in die Luft und die tönende Melodie ausgelassener Freudenschreieschwingt erhellend durch den Raum.

„…Allerdings ist dies mit einigen Bedingungen verknüpft", stellt der Sheriff ernst klar.

„Ja natürlich! Alles was sie wollen!" Ruft Ikem euphorisch und ein wenig naiv. „1. Du darfst nur mit einer Person sprechen, 2. Das Gespräch dauert maximal 3 Minuten, 3. Keinen Ton über den Mord an Ajdin Ibori, 4. Keine Auskünfte oder Erwähnungen über das Spiel in irgendeiner Weise, 5. Ich werde die ganze Zeit daneben stehen und über Lautsprecher mithören, verstanden?" Sieht er prüfend zu ihm rüber.

„Ich verspreche mich an ihre Vorschriften zu halten, Sir!" Willigt Ikem ein wenig betrübter aber dennoch voller Vorfreude ein.

Er würde alles in Kauf nehmen nur um erfahren zu können, ob es ihnen gut geht.

Sie nähern sich schließlich dem Telefon. Das heilige technische Gerät, welches ein kleines großes Wunder bewirken kann und die wichtigste Funktion überhaupt übernimmt: zu verbinden.

Gleich endlich würde er eine sehr vertraute aber weit entfernte Stimme hören, von der er hoffte, sie würde erfreut sein, in gleichem Maße wie er. Steven nimmt den Hörer von der Station, gerade möchte Ikem danach greifen, da presst der Sheriff ihn auf seinen Brustkorb. „Nenne mir nochmals die 5 Regeln", fordert er.

Nachdem Ikem diese fehlerfrei wiedergeben kann, mahnt ihn Steven vehement: „Und denk daran, sobald du auch nur eine der 5 Regeln ansatzweise brichst, unterbreche ich umgehend das Gespräch und du wirst die größte Strafe deines Lebens erhalten!"

Ikem nickt eingeschüchtert. Dann überreicht ihm Steven den Apparat und stellt auf Lautsprecher. Er wählt die Handynummer seiner Mutter, was ihm mit Handschellen sichtbar schwer fällt.

Nach knapp einer Minute, die ihm eher wie eine Stunde vorkommt, geht endlich jemand ran: „Imara Akintola", meldet sich eine reife weibliche Stimme zurückhaltend.

„Mama, ich bin's!" Antwortet Ikem überglücklich.

„Ikem! Du lebst! Ruft seine Mutter, dabei ist deutlich die tonnenschwere Last zu vernehmen, die wie ein gigantischer Felsbrocken von ihrem Herzen rollt.

„Ich dachte du wärst...", sie konnte es nicht einmal aussprechen, das was sie sich jede Sekunde in den düstersten Farben ausmalen musste. Augenblicklich beginnt sie fürchterlich an zu weinen, auch Ikem kann seine Emotionen nicht länger zurückhalten und es fließen große erleichternde Tränen an seinem Gesicht hinunter.

„Geht es dir gut mein Junge?" Möchte sie mit besorgter Stimme wissen. Ikem muss tief durchatmen ein Blick jedoch zum nickenden als auch lächelnden Steven genügt um seine Antwort so überzeugend wie möglich rüberzubringen: „Ja Mama, mir geht es gut", versucht Ikem seine tief bohrenden Sorgen und quälenden Ängste zu überspielen. „Ikem wo bist du denn?" Fragt seine Mutter die fast vor Neugierde platzt. Noch bevor sich Ikem eine Geschichte ausdenken kann, zieht Steven einen zusammengefalteten Zettel aus seiner rechten Hosentasche, glättet ihn lesbar vor Ikems Augen aus und deutet wie ein Lehrer mit dem Zeigefinger auf den Text der darauf steht. „Ich habe mein heimliches Erspartes genommen und bin nach Amerika gegangen um ein besseres Leben zu führen...", diese Worte fielen ihm schon schwer genug, doch er hört sofort auf weiter zu sprechen , als er schockierend weiter liest.

Da steht etwas für ihn unaussprechliches drauf:… „bitte wartet nicht auf mich, ich habe entschlossen von jetzt an unabhängig zu leben. Macht es gut." Ikem weigert sich erst mal diesen schlimmen verächtlichen Satz vorzulesen, doch als Steve ihm seine Pistole an den Kopf hält, bleibt ihm nichts übrig. In Wirklichkeit würde er sogar lieber den Tod in Kauf nehmen, aber dann würde er seiner Familie gegenüber noch egoistischer handeln, dann wäre er dafür verantwortlich, dass seine Mutter jede Nacht schweißgebadet von den Schussgeräuschen aufwachte und sich mit Selbstvorwürfen zunichtemachen. Also trägt er brav wie ein guter Schauspieler seinen Text vor; abrupt unterbricht Steve das Gespräch indem er einfach auflegt.

„Wieso hast du das getan?" Fährt Ikem den Sheriff wutentbrannt an, dabei zittern seine Lippen und neue Tränen benetzen sein leeres Gesicht.

„Na das lief doch Prima!" lobt Steve ihn schulterklopfend.

„Wissen sie was sie da gerade getan haben?" Brüllt Ikem ihn fassungslos an.

„Nicht in diesem Ton Bursche! Sei uns lieber dankbar dafür, dass du nicht in den Knast musst, ich bekam vorhin den Anruf von Mr. Curtman- das Spiel wurde zugelassen. Herzlichen Glückwunsch!" Freut er sich. „Heißt das ich werde für immer festgehalten? Darf ich nie wieder meine Liebsten sehen? Ist es auch Teil des Spiels Leute zu verarschen und krank zu machen?"

Regt sich Ikem rasend auf, dabei pocht seine Hauptschlagader am Hals, die seit der Konversation mit Steven markant hervorsticht.

„Ich bin nicht befugt, weitere Informationen bezüglich des Spieles zu geben." Verdeutlicht der Sheriff trocken.

„Aber eine andere Person sicherlich, sie möchte auch gerne mit dir reden," behauptet Steven, kurz darauf klingelt das Telefon.

Er nimmt den Hörer ab und reicht ihn sofort weiter an Ikem, der ihn äußerst misstrauisch ansieht.

„Ikem Akintola hier", stellt er sich skeptisch vor.

„Mr. Akintola, schön sie wieder zu hören, wie geht es ihnen?"

Erkundigt sich eine vertraute Stimme- es ist Mrs. Cunningham die Psychiaterin des Spiels. Ikem ist zutiefst erschrocken und ist so überrumpelt, dass er keinen Ton herausbekommt.

„Ich freue mich ihnen mitteilen zu dürfen, dass sie die erste Runde erfolgreich abgeschlossen haben, Gratulation!" Lobt sie ihn feierlich.

„Ähm ich verstehe nicht ganz was sie meinen", äußert Ikem völlig ahnungslos.

„Die Flucht ist phantastisch gelaufen- noch viel besser als wir dachten," stellt sie stolz fest.

„Das war Teil des Spieles? Hinterfragt Ikem fassungslos.

„Aber natürlich, sie spielen die Rolle des Sklaven. Um es spannender zu gestalten durften sie einmal entkommen", erklärt Mrs. Cunningham amüsiert.

„Sie haben mich belogen, sobald ich gewonnen habe wäre ich frei das haben sie mir versichert, aber ich musste meiner Mutter gerade mitteilen, dass ich für immer weg sei!" Wirft er der Psychiaterin vor.

„Na umso schöner wird doch dann die Überraschung; stellen sie sich vor sie stehen wieder vor der Tür und im Idealfall mit einer immensen Geldsumme in einem großen Koffer, den sie ihrer Familie triumphierend überreichen. Sagen sie kennen sie denn nicht das Gleichnis des verloren gegangenen Sohnes? Das wird ihre letzte Rolle sein- nur ein wenig modernisiert...", eröffnet sie ihm mit einem klar herauszuhörenden Lächeln in ihrer Stimme.

„Meine Familie wird bis dahin gebrochen sein, wenn ich wieder vor ihrer Tür stünde würden sie mich nicht mehr aufnehmen. Dann brächte mir das ganze Geld auch nicht mehr viel!" Beschwert sich Ikem.

„Was glauben sie fände ihre Familie besser? Die Gewissheit das ein im Knast sitzender Mörder höchstwahrscheinlich nie wieder nach Hause kommt und außer Schande nichts bescheren konnte? Oder ein gestandener Mann der Reue, Stärke und Mut zeigt und auf jeden Fall wieder zu ihnen zurückkehrt mit der Option auf ein besseres sorgenfreies Leben? Entscheiden sie."

„Und ich werde sicherlich nicht ewig in dieser Rolle bleiben so wie Peter?" Erkundigt sich Ikem skeptisch.

„Peter? Ach der…Alles was Peter ihnen erzählt hat ist genauso vorgeschrieben gewesen, er hat seine Rolle exzellent gespielt. Natürlich werden sie nicht ewig in der einen Rolle bleiben, das wäre ja langweilig. Sie können beim nächsten Mal ein Bettler, Manager oder Autor sein- das sind selbstverständlich nur Beispiele, aber alles geschieht zufällig- alles andere wäre schließlich unfair, nicht wahr? Schrauben sie allerdings ihre Erwartungen nicht allzu hoch, immerhin geht es hier um beachtlich viel Geld, außerdem wo wäre denn sonst der Anreiz?" Klärt sie ihn auf.

„Woher sind sie sich eigentlich so sicher, dass mich meine Familie nicht abstoßen wird, wenn ich irgendwann nach Hause komme?" Diese Frage brennt Ikem massiv auf seiner Seele. Seine Familie ist sein Lebensinhalt, sie bedeutet ihm Alles, umso mehr seit dem Mord an seinen besten Freund, sie sind der Fels in seiner Brandung.

„Weil ich eine ausgezeichnete Expertin bin, die noch nie falsch lag. Das Wort Niederlage existiert in meinem Leben nicht weder beruflich noch privat. Das sollten sie sich merken, Mr. Akintola." Sichert sie ihm zu. „Na gut, sie haben mich überredet, ich werde ihnen einfach glauben. Ich vertraue ihnen." Gibt sich Ikem geschlagen.

„Sehr schön eine wirklich kluge und reife Entscheidung! Ich bin sehr stolz auf sie Mr. Akintola, auf Bald."

Verabschiedet sich Mrs. Cunningham zufrieden und legt auf.

„Wir wären dann soweit, Mr. Bennett." Plötzlich steht auch sein Kollege neben Ikem und die Beiden begleiten den erschrockenen Ikem nach draußen in den Polizeiwagen. Es ist inzwischen dunkel.

„Wo fahren wir jetzt hin?" Möchte Ikem aufgeregt wissen.

„Das wirst du gleich sehen", antwortet Steven unfreundlich.

„Komme ich wieder zu den schrecklichen Gebietern?" Erkundigt sich Ikem.

„Keine Ahnung", entgegnet Steven gleichgültig.

„Aber sie müssen doch wissen wohin sie mich fahren", beharrt er auf eine Antwort.

„Wir wissen jedenfalls ganz genau, dass wir keine Lust haben weiter von dir Dorftrottel voll gequatscht zu werden!" Beleidigt Steven.

„Und jetzt halt gefälligst dein Maul bevor ich dich abknalle!" Droht

Steven, danach dreht er die Musik auf. Es ist der gleiche Musikstil welcher auch im Revier lief.

Ikem verstummt daraufhin sofort und lässt sich langsam in seinen Sitz fallen, es ist besser als Unterlegener in einer brenzligen Situation den Anweisungen folge zu leiste.

Doch Moment mal die Polizei und der Anwalt sind auch Mitspieler, also befindet er sich in der Rolle des Gefangenen.

Das heißt er bräuchte keine Angst zu haben, getötet werden kann man bei dem Spiel nicht, schließlich garantiert es Freiheit am Ende.

Eine bizarre Realität, wenn nie genau durchsichtig ist, wann das Spiel anfängt und wann es aufhört.

Höchstwahrscheinlich ist genau dieser Zustand erwünscht, also ist es besser alles erst mal als Spiel anzusehen, um nicht noch verwirrter zu werden. Für einen kurzen Augenblick war Ikem tiefen entspannt, so wie selten in seinem Leben und schon gar nicht seit der besagten skandalösen Nacht. Dieser Zustand sollte sich bedauerlicherweise bald ändern, als er die Landschaft erkundet.

Zu seinem Entsetzen fällt ihm auf, dass sie genau denselben Weg fahren, den Ikem mit dem Trucker Joe fuhr.

In der Dunkelheit sieht man zwar schlechter, aber Ikem erkennt eindeutig die Strecke. Das muss ein Zufall sein, es ist schließlich ein Highway sie könnten überall hinfahren. Dorthin zurück wollte er keinesfalls, jede andere Rolle würde er bevorzugen.

Er wollte schon immer studieren vielleicht dürfte er beim nächsten Mal ein Student sein, der an der besten Universität promoviert, das wäre sehr schön und seine Familie mit Stolz erfüllen. Dann hätte er sich das Geld auch wirklich verdient und einen wertvollen Beitrag geleistet, beide Seiten würden profitieren.

Jedoch sei alles ein Zufall und so große Zufälle existieren nicht. Soviel Glück kann er nicht haben nicht nach dem was passiert war. Allerdings sagt man doch wo viel Schatten ist muss es auch viel Sonnenschein geben, hoffentlich hält seine Pechsträhne nicht weiter an. Na ja andererseits hat er auch viel Glück gehabt, er hat die Chance auf verdammt viel Geld und vor allem Freiheit, vermutlich würde es ihm im Gefängnis sehr schlecht gehen und ob er jemals entlassen würde ist fraglich. Eigentlich kann er sich doch sehr glücklich schätzen und wenn er seiner Familie erzählte, was ihm widerfahren ist würden sie das sicher verstehen, sie sind genau wie er sehr emphatisch. Das Polizeiauto biegt nach einer Weile ab in Richtung Bodie, es muss noch nichts heißen.

Aber als sie irgendwann vor dem gleichen Hochspannungszaun stehen, gibt es keinen Grund mehr sich irgendwas schön reden zu können. Steven bleibt stehen, fährt das Fenster runter, lehnt sich raus, drückt auf einen Knopf und kündigt sich an. Kurz darauf öffnet sich das Tor, ein kleines Stück fahren sie in Schrittgeschwindigkeit weiter, bis sie schließlich seitlich des Steinweges halten.

Der Motor des Autos ist nicht mehr vernehmbar, genau so wenig wie die Musik. Absolute Stille schwirrt aufdringlich in der Luft umher.

Steven und dessen Kollege steigen aus, sofort öffnet Steven die Hintertür des Wagens und fordert Ikem auf auszusteigen.

Die beiden begleiten Ikem zu dem Haus, welches zweifelsohne den Herren gehört. Als sie sich nähern wundert sich Ikem. Die Eingangstür steht weit offen. „Du gehst da jetzt rein und für uns ist dann die Arbeit erledigt, alles klar?" Befiehlt Steven in hartem Tonfall. Wie angewurzelt bleibt Ikem stehen, doch als er nochmals mit Nachdruck darauf hingewiesen wird einzutreten, kommt er der Aufforderung nach.

Unmittelbar schließt sich die Tür hinter ihm und er blickt auf einen Zettel, der sich mittig auf dem Boden des Empfangsaales Befindet.

Kapitel 6

Das große Rätsel

Er blickt nachdenklich auf den Zettel der vor ihm liegt.
Darauf steht: Ikem Akintola und einige Daten, die er sich notierte.
Ohne zu zögern setzt sich Brendan an seinen Computer um zu recherchieren, dafür hackt er sich in das Computersystem der Polizei ein; im Kriminalaktennachweis, einer Verbunddatei, in welcher alle wichtigen Daten der gesamten Landespolizeien hinterlegt sind, sucht er nach dieser beschriebenen Person.
Sein Verdacht wird bestätigt, nirgendwo ist dieser Name zu finden, nichts weist darauf hin, dass diese Person im Zusammenhang irgendwelcher Straftaten steht, Brendan findet nichts.
Für Gewöhnlich würde ein Vergehen dieses Ausmaßes dort registriert sein.
Dies aber verwundert ihn nicht, da eine Vielzahl vermeintlich gefährlicher Menschen, niemals dort vorzufinden waren. Immer im Zusammenhang mit den verstümmelten Toten, von denen er Angelique berichtete. Oft war es dann so, dass der Geheimdienst für den er einige Zeit arbeitete, sofort der Kriminalpolizei diese Fälle entzog.
Irgendwas war hier faul, sobald der ANS an diesem Fall arbeitete, muss es mit dem zusammenhängen, welches Brendan und sein Team Jahrelang versucht aufzudecken. Vielleicht hilft ihm dieser Mann dabei, zumindest hat er nun eine heiße Spur, die nach Bodie führt. Was immer dort ist es könnte sie zum Ziel führen.
Doch zunächst muss er mehr über Ikem Akintola herausfinden, dazu involviert er seinen Freund Brian per Mail, der bei der US Botschaft arbeitet, dieser würde ihm sicher weiterhelfen.
Brendan schaltet müde den Computer aus und geht ins Bett, morgen sieht er hoffentlich wieder klarer, morgen, so hoffte er, würde sich das mit Angelique wieder klären und alles wäre gut.

Mit diesen Gedanken schläft er schließlich ein.

Normalerweise wurde er jeden Morgen durch eine liebe Nachricht von Angelique geweckt. Nur nicht heute. Vielleicht ist diese ungewohnte Ruhe der Grund dafür, dass Brendan aufwacht. Reflexartig greift er zu seinem Handy um zu überprüfen ob Angelique sich bei ihm gemeldet hat, aber der Blick darauf fällt ernüchternd aus. Grimmig geht er ins Bad um sich für den Tag vorzubereiten. Das Handy bleibt dabei stets in gut hörbarer und erreichbarer Reichweite. Immer wieder prüft er sorgfältig nach, ob er eventuell doch etwas nicht bemerkt hat. Als er inzwischen frühstückt, und ihn immer noch nichts von ihr erreicht, beginnt er nervös zu werden. Einfach so dazusitzen und abzuwarten, das ist nicht seine Art. Erwartungsvoll überwindet er sich und wählt aufgeregt ihre Nummer. Das Freizeichen ertönt, aber sie geht nicht ran, irgendwann darf er dann doch endlich ihre Stimme hören, leider ist es nur die Mailbox. Nach der Ansage hinterlässt er ihr eine Nachricht: „Hey Angelique das war gestern alles bestimmt sehr aufbrausend und komisch für dich, es tut mir sehr leid, dass du es auf diese Weise erfahren musstest, ich will nur dass du weißt das es mir sehr ernst ist mit dir. Bitte du kannst mir vertrauen ich…“, dann ist die Kapazität erreicht. Da waren noch so viele Dinge die er ihr sagen wollte, wütend haut er mit der Faust auf den Tisch, so heftig, dass ersichtlich dabei verletzt. Aber was soll's? Den äußeren Schmerz kann man verarzten und in seinem Fall blieben keine unschönen Narben. Nur was soll er gegen den Inneren tun?

Am liebsten würde er die Sache ungeschehen machen.

Eine Lüge allerdings, als Fundament für eine gut funktionierende harmonische Beziehung ist kein tragfähiges.

Angelique ist anders als die Frauen die er zuvor hatte. Sie ist etwas Besonderes. Ihre Verbindung ist etwas Besonderes- etwas besonders schönes, was er nicht mehr missen möchte.

Nach einer Stunde ohne Rückruf entschließt sich Brendan ihr eine Nachricht zu schreiben. Er hadert noch mit sich ob er nicht zu aufdringlich ist, schließlich hat er keine Lust als Stalker abgestempelt zu werden, jedoch möchte er auch nicht kampflos aufgeben und außerdem macht er sich sorgen, was wenn ihr etwas passiert ist? „Bitte melde dich bei mir, lass uns noch mal in Ruhe darüber reden, gib mir noch eine Chance ich werde es wieder gut machen, du bedeutest mir unendlich viel!" Bevor er es sich doch wieder anders überlegt schickt er sie schnell ab.

Dann beschließt er nicht mehr länger zu warten und sich mit Sport abzureagieren. Geschwind zieht er seine Sportbekleidung an, um hoch motiviert ein paar Runden um den Block zu Joggen, da klingelt endlich sein Handy. Beinahe stolpert er über die eigenen Füße, als er rasch dorthin eilt. Freudestrahlend geht er ran.

„Hi ich habe etwas interessantes herausgefunden",
meldet sich eine männliche Stimme.

„Oh Brian, hey... was gibt's?" Spricht Brendan enttäuscht mit heruntergezogener Miene.

„In den USA ist kein Ikem Akintola gemeldet, habe daraufhin mit dem Generalkonsulat in Afrika gesprochen, sie sind fündig geworden. In Nigeria wurde laut des Standesamtes dort 1986 ein Mann diesen Namens geboren. Das würde auch vom Alter her passen. Seine Eltern wohnen in Abagali, einem kleinen Dorf.

Weder in Amerika noch in Afrika hat er eine Straftat begangen, es liegt nicht eine einzige Akte vor, nicht mal wegen stehlen oder kleineren Delikten", gibt Brian überrascht bekannt.

„Wow der Typ scheint echt sauber zu sein, das hatte ich befürchtet, danke für deine Hilfe Brian." Stirnrunzelnd legt Brian auf, nachdem er sich alles notiert hat. Voller Tatandrang setzt sich Brian wieder an den Computer, zunächst sucht er die. Vorwahl für alle Festnetz und Mobiltelefonnummern aus Nigeria heraus, daraufhin hackt er sich in die Vorratsdatenspeicherung des ANS ein, um geführte Telefongespräche der letzten 4 Wochen im Umkreis von Bodie oder Abagali herauszufinden. Über die Entgeldabrechnung und den Einzelverbindungsnachweis erfährt Brendan, dass tatsächlich eine Gesprächsverbindung zwischen einer anonymen Festnetznummer in Meyers und einer Handynummer mit nigerianischen Vorwahl für 2 Minuten bestand und das sogar erst gestern. Die Spur scheint immer heißer zu werden. Brendan entdeckt mittels eines Providers des entsprechenden Telekommunikationsanbieters dass die

Festnetznummer der Polizeibehörde in Meyers zuzuordnen ist. Ohne zu zögern ruft er zunächst bei der nigerianischen Nummer an.

„Imara Akintola", erklingt eine hoffnungsvolle Stimme am anderen Ende. „Brendan Johnson hier, Mrs. Akintola. Ich bin so erfreut sie zu hören, es geht um ihren Sohn Ikem", erklärt er behutsam.

„Ikem? Kennen sie meinen Sohn? Haben sie etwa mit ihm gesprochen?" Versucht sie aufgeregt herauszufinden, wobei ein Hoffnungsschimmer durch ihre Stimme dominant nach außen sticht.

„Nicht persönlich, der Grund für meinen Anruf ist ein besorgniserregender Verdacht. Ihr Sohn befindet sich vermutlich in großer Gefahr…," warnt Brendan

„Was sagen sie da? In großer Gefahr?" Mrs. Akintola erschreckt fürchterlich, beinahe ist der rasend schnelle Herzschlag durch das Telefon zu vernehmen.

„Es tut mir leid, ich möchte sie keinesfalls beunruhigen, aber meine Recherchen deuten darauf hin, dass Jemand höchst Gefährliches hinter ihrem Sohn her ist. Außerdem könnte er uns zu einer größeren Organisation führen, hinter jener wir schon ziemlich lange her sind." Erklärt Brendan aufgeregt.

„Wer sind sie noch mal? Und woher wollen sie das bitte wissen?" Entgegnet Ikems Mutter schnippisch.

„Ich bin Brendan Johnson, Privatdetektiv. Sie haben gestern mit Ikem telefoniert. Können sie mir darüber irgendetwas sagen?" Erkundigt sich Brendan neugierig.

„Was erlauben sie sich sie unverschämter Schnüffler, rufen mich an, machen mir eine höllische Angst und nun möchten sie sich noch mehr in meine Privatsphäre drängen. Der einzige der gefährlich ist sind sie! Ich gebe ihnen keine weiteren Auskünfte!" Jähzornig legt sie auf. „Na super hinbekommen," denkt sich Brendan, der es in kürzester Zeit geschafft hat gleich zwei Frauen zu verärgern.

Er wusste gar nicht bei welcher Baustelle er zuerst beginnen soll: beruflich oder privat. Auch hat er keine Ahnung welche Erfolgsversprechender sein würde.

Aber eine Sache war ihm eindeutig klar, dass er eine Auszeit brauchte. Entschlossen steckt er sich seine Kopfhörer ins Ohr, dreht die Musik maximal auf und joggt durch die Tür. Er ist voller Tatendrang, nichts und niemand kann ihn aufhalten. Nicht mal der Wind kann an ihm vorbeiziehen. Mit jedem Schritt lösen sich seine aufgestauten Emotionen, alles was er durchmachen musste, seinen riskanten Seelenstriptease vor einer Frau die er kaum kannte.

War er vielleicht zu fahrlässig? So ein grober Fehler dürfe ihm nie wieder unterlaufen, wer weiß was sie in erregter Stimmung so ausplauderte. Waren es am Ende die unkontrollierten Gefühle die ihm das sonst so professionelle sich vorsehende Genick brechen sollten? Mit Tunnelblick läuft er durch die Straßen, das Unwichtige und nur scheinbar Wichtige ausgeblendet, auf das Ziel fokussiert.

Jeder Schritt fühlt sich noch befreiender an als der vorherige.

Irgendwann stellt er fest, dass er sich ganz in der Nähe von Angelique befindet. Ihr Hotel Beverly Grove ist ganz in der Nähe.

Zielstrebig sprintet Brendan darauf zu.

Schweißgebadet kommt er am Empfang an, die Leute blicken argwöhnisch zu ihm rüber. Völlig außer Atem haut er auf die Klingel, da niemand vorzufinden ist. Nach einer Weile begibt sich endlich eine Frau dorthin.

„Guten Tag ich wollte zu Mrs. Laurent, wir hatten uns zum Sport verabredet, aber sie ist nicht erschienen und auch leider nicht erreichbar, ich mache mir große Sorgen, könnten sie mal nach hören ob alles in Ordnung ist, das wäre sehr aufmerksam von Ihnen, Mrs. "

Er schaut kurz auf ihr Namensschild, dann in Sekundenschnelle wieder tief in ihre Augen. „…Goodville, übrigens dieser Rot Ton ihrer Bluse harmoniert wunderbar mit ihren glänzenden Haaren, die das Funkeln in ihren tollen Augen widerspiegeln", grinst er sie Augenbrauenzuckend an.

„Mal sehen was sich tun lässt", entgegnet die Frau Augenverdrehend, aber nicht gänzlich abgeneigt.

„Vielen Dank, dieses Parfum, sagen sie welcher Duft...", versucht Brendan weiter zu umgarnen.

„Mrs. Laurent hat heute bereits sehr früh ausgecheckt..." Es tut mir leid, unterbricht sie ihn tröstend. Brendan starrt die Frau entgeistert an, ergreift schlagartig die Flucht und nimmt augenblicklich das nächste Taxi, um auf dem schnellsten Wegen zum Flughafen zu gelangen. Ein älterer Taxifahrer hält an und Brendan bittet ihn mit extra Trinkgeld, so zügig wie möglich zu fahren. Dort angekommen rennt er zum Terminal und schaut auf die Anzeigetafel. Zu seinem Entsetzen muss er feststellen, dass der letzte Flug nach San Fernando Valley vor exakt 3 Minuten gestartet ist, er sieht gerade noch wie das Flugzeug in die Höhe steigt. Das war es. Das waren die entscheidenden Minuten. Hätte er nicht so lange gezögert, wäre er früher zu ihr Gegangen, oder besser noch hätte er sie gar nicht erst gehen lassen wäre jetzt alles ganz anders.

Lange steht Brendan noch da und schaut dem Flieger nach, selbst als dieser schon lange weg ist. Am liebste würde er ihr sofort hinterher fliegen und er ist sich auch sicher sie auf jeden Fall zu besuchen, doch zunächst gibt es da noch ungeklärte Dinge die erledigt werden müssten. Ikem und viele andere Menschen müssen gerettet werden, es ist ihm noch nicht genau bekannt vor wem, doch es ist seine Pflicht, mit dem Wissen was er besitzt, zu helfen.

Mit diesem Ziel ruft er sich immer noch sichtlich enttäuscht ein Taxi, um sich wieder nach Hause fahren zu lassen. Dort werde er gebraucht, zwar bedauerlicherweise nicht von Angelique, aber dafür umso mehr von vielen anderen, denen es gerade höchst wahrscheinlich viel schlechter geht als ihm. Und es ist genau dieser Gedanke, der ihm ein schlechtes Gewissen einbrockt.

Jetzt geht es darum nicht noch mehr Menschen zu enttäuschen.

Jede Kleinigkeit ist wichtig, nichts darf übersehen werden, dies ist seine Chance. Wieder Zu Hause eingekehrt macht er sich gleich wieder an die Arbeit. Außerdem würde er Angelique umso schneller wieder sehen, je eher er mit seinen Recherchen abschließen konnte. Bei der Polizeistation in Meyers nachzufragen, wäre keine gute Idee, immerhin befindet er sich in Kalifornien und auf gar keinen Fall möchte er einem seiner ausgeklügelten Feinde direkt in die Arme laufen. In diesem riskanten Spiel ist er die Maus und die Katze könnte überall lauern, die Fallen an jedem erdenklichen Ort aufgestellt sein. Das oberste Gebot der Stunde heißt Achtsamkeit und Zurückhaltung. Bodie hat eine beachtliche Fläche von 202 ha, wenn er alles absuchte dauerte es zu lange, zumal Ikem mittlerweile ganz woanders stecken könnte...

Grübelnd über die richtige Lösung, klingelt plötzlich sein Handy. Eine nigerianische Nummer erscheint im Display. Es war dieselbe die er zuvor angerufen hatte. Er wusste er bewegt sich auf dünnem Eis, aber sein Gefühl nicht mit unterdrückter Nummer anrufen zu müssen war zu mächtig. Zögerlich tippt er auf den grünen Hörer.

„Ja?" Meldet er sich zaghaft.

„Hier spricht noch mal Imara Akintola, ist da Brendan Johnson am Apperat?"

„Ja, genau der bin ich, ich bin so froh, dass sie sich noch mal bei mir melden, Mrs. Akintola!" Gibt er erleichtert zu.

„Es tut mir leid, dass ich vorhin so unhöflich zu ihnen war, aber seitdem mein Sohn weg ist mache ich mir solche Sorgen. Ich habe massenweise schlaflose Nächte hinter mir und wenn ich einschlafe, dann wegen Erschöpfung vom ganzen Weinen und den krank machenden Gedanken die ich nicht bremsen kann und mich zunehmend auffressen. Und dann rufen sie noch an und bestätigen meine Ängste, das war zu viel. Das konnte ich nicht ertragen, wissen sie?" Während sie spricht sprudeln ihre Emotionen ungehindert über, sie bricht in Tränen aus. Brendan würde sie so gerne in den Arm nehmen, obwohl sie für ihn eine fremde Frau ist, fühlt er sich zutiefst für sie verantwortlich. Auch zu Ikem verspürt er eine starke Verbundenheit.

„Mrs. Akintola ich möchte ihnen nichts böses und ich habe mich dafür zu entschuldigen, dass ich noch mehr negative Gedanken und Gefühle in ihnen geschürt habe, glauben sie mir, wenn ich mir nicht so sicher wäre, würde ich sie nicht warnen wollen sowie die Gefahr eingehen sie noch mehr zu verletzen. Ich habe zwar keine Kinder, aber ich kann mir gut vorstellen wie schwer es für eine Mutter ist wenn sie ihr Kind verliert. Das soll jetzt zwar kein Vergleich sein, aber ich habe auch mit allem was mir lieb war abschließen müssen und einen Neustart wagen müssen. Ich möchte ihnen helfen, vertrauen sie mir, das geht am besten, wenn sie mich aufrichtig unterstützen", erklärt Brendan aus tiefstem Mitgefühl heraus.

„Also gut, ich werde ihnen alles erzählen- viel mehr zu verlieren gibt es für mich eh nicht mehr. Es kann nur besser werden", tröstet sie sich selbst. „Ihr vertrauen werde ich nicht ausnutzen, das verspreche ich ihnen," versucht er ihre letzten Zweifel auszuräumen.

„Würde ich ihnen nicht vertrauen, hätte ich sie nicht noch einmal angerufen. Wo wir auch schon beim Thema wären...

Ich erhielt gestern von meinem Sohn einen äußerst merkwürdigen Anruf, es war das erste Lebenszeichen, seit er vor einer Woche verschwand. Schon das war seltsam, es war weiß Gott nicht seine Art einfach so zu verschwinden ohne Vorankündigung. Sogar wenn er nur kurz wohin geht, teilt er es mit.

Er hasst nämlich Unzuverlässigkeit wie die Pest, genauso wie Spontaneität. Alles was er macht wird gut durchdacht und abgewägt, bisher hatte er seine Familie bei jeder Entscheidung immer mit einbezogen, auch um andere Standpunkte zu erfahren, die er dann mit einfließen ließ, sofern sie ihn argumentativ überzeugten.

Jedenfalls teilte er mir mit, dass es ihm gut ginge, er klang schwer bedrückt. Dann kam der Hammer: Auf einmal teilte er mir mit, dass er mit Ersparnissen nach Amerika gereist sei, um ein neues besseres leben zu führen, er wolle unabhängig sein und wir sollten nicht auf ihn warten," teilt sie Brendan aufgewühlt mit.

„Okay das passt schon mal nicht zu dem, wie sie ihn gerade beschrieben haben. Es ist geradezu widersprüchlich. Können sie mir noch weitere Dinge erzählen wie hat er auf sie gewirkt? Gab es irgendwelche Hintergrundgeräusche? Irgendwas was noch auffällig ist? Jedes kleinste Detail kann enorm weiterhelfen", Bohrt Brendan sorgfältig nach. „Seine Art war seltsam. Er klang bedrückt. Zu Beginn fiel es ihm sehr schwer mit mir zu reden, aber er freute sich auch riesig meine Stimme zu hören, das konnte ich deutlich raushören, auch wenn er noch so angespannt und verhalten wirkte.

Dann wurde es skurril, Ikem erschien wie fremdgesteuert. Es ist nicht nur, dass das was er sagte nicht zu ihm passte, vor allem diese Wortwahl klang nicht wie Ikem", wundert sich Imara.

„Eher so wie abgelesen?" Ergänzt Brendan kritisch.

„Ja jetzt wo sie es sagen, würde das passen", stellt sie einleuchtend fest. „Mein Verdacht bestätigt sich erneut, höchstwahrscheinlich wird ihr Sohn gefangen gehalten", unterstellt Brendan.

„Sie meinen er ist gar nicht freiwillig dort, glauben sie etwa Jemand hat ihn in Amerika entführt?" Hinterfragt Mrs. Akintola.

„Ich glaube, dass er nicht mal freiwillig in Amerika ist, Madam", behauptet Brendan mutig. Ikems Mutter erschreckt fürchterlich passt offenbar alles zusammen. Sie wüsste gar nicht was schlimmer sei- sein Sohn der sie nie wieder sehen wollte oder der Gedanke, dass er nicht zu ihr kommen könnte, weil er nicht kann. Die gute Nachricht jedenfalls war, dass er lebte. Dies war der größte Trost egal warum auch immer er nicht bei ihr wäre.

„Ehrlich gesagt bin ich gar nicht so verwundert, irgendwie habe ich gespürt, dass er nicht aus freien Stücken fort ging, genauso, wie ich die ganze Zeit tief im Herzen fühlte, dass er noch am Leben ist. Es war nur mein Kopf der mich warnte, mich nicht an falsche Hoffnungen zu klammern, aus Angst vor noch schlimmeren Enttäuschungen. Aber was sollen wir denn jetzt machen?" Möchte Imara erwartungsvoll wissen.

„Das ist alles sehr schwierig, das Problem ist, dass ich nicht genau weiß wo er sich gerade aufhält. Er hat gestern aus der Polizeistation telefoniert und…"

„Was er war während er mit mir gesprochen hat bei der Polizei und wurde gezwungen etwas vorzulesen? Aber wie kann das denn sein? Fährt ihr Brendan verwirrt ins Wort.

„Meiner Erfahrung nach sind einige Polizisten korrupt, Mrs. Akintola. Ich konnte es auch nie glauben, aber ich habe es sogar mit eigenen Augen gesehen und noch vieles mehr, aber das hilft uns jetzt gerade nicht weiter. Jedenfalls wissen wir nun dass er sich dort zu 100% zuletzt aufgehalten hat und zuvor in der Geisterstadt Bodie gesehen wurde." Fasst Brendan analytisch zusammen.

„Moment mal, Ikem wurde von der Polizei gezwungen etwas vorzulesen, nachdem er sich in einer Geisterstadt aufhielt? Das wird ja immer Kurioser", bemerkt Imara ungläubig

„Vermutlich wurde er in Bodie schon gefangen gehalten, da er landesweit von der Polizei gesucht wurde. Dazu habe ich allerdings keine stichhaltigen Beweise, so würde sich jedoch das Puzzle zusammenfügen. Alles bekäme einen Sinn und es passte ins Schema", überlegt Brendan scharf.

„Dann suchen sie ihn doch, sie sind doch relativ nah dran oder? Fahren sie dorthin oder gibt es noch eine andere Möglichkeit?" Hinterfragt Mrs. Akintola auffordernd.

„Es ist für mich mit einigen Risiken verbunden diese Leute sind gefährlich und sie könnten mich erkennen, da sie auch hinter mir her sind- ist ne lange Geschichte… Eine weniger riskante Möglichkeit wäre es in Bodie Handys oder Festnetzanschlüsse zu orten, so wüssten wir zumindest den letzten Aufenthaltsort, das wird kein Problem sein, da es in Bodie normalerweise keine Einwohner gibt, wie gesagt", fällt ihm gerade ein. „Ich baue auf sie, mein ganzes Vertrauen, meine ganze Hoffnung lege ich in ihre Hände, Mr. Johnson", beteuert sie. „Sie können sich wirklich auf mich verlassen da steckt sehr viel Herzblut in dieser Sache", offenbart Brendan mit einem tiefen Seufzer. Nachdem sich die Beiden verabschiedet haben beginnt Brendan sofort mit der Ortung in Bodie, dazu benötigt er zunächst eine Mobil- oder Festnetznummer, weswegen er sich erneut in die Vorratsdatenspeicherung der ANS hackt, dort findet er tatsächlich einige Nummern- sowohl Festnetz als auch Mobile.

Diese gibt er zunächst in eine App ein, um weitere Informationen wie Name oder Aussehen herauszufinden, keine Treffer. Im nächsten Schritt versucht er anonym die Mailbox der Nummern abzuhören, doch um auf der sichersten Seite zu bleiben, nutzt er die Methode die Mailbox anzurufen, ohne dass es klingelt.

Dafür muss Brendan einen bestimmten Code, jeweils zugeordnet zum entsprechenden Anbieter, nach der jeweiligen Vorwahl eingeben. Doch auch diesmal bleibt sein Versuch erfolglos, denn keiner der Nummern verfügt offenbar über eine Mailbox. Auch die Online Telefonbuch Rückwärtssuche, bei der er einfach die gesuchten Nummern eingibt, ist vergebens. Eine Geisterstadt mit Geistern so scheint es.Entweder diese Leute sind extrem Menschenscheu oder übervorsichtig- letzteres träfe wohl eher zu.

Ein Ass hat Brendan noch im Ärmel, einen nicht ganz unumstrittenen:

Eine spezielle Caller ID- Seite die auch die ANS nutzt, welche sogar ungewöhnlich persönliche Daten wie Spitzname und Adresse ausspuckt. Endlich weiß er mit wem er es zu tun hat.

Als er auf einen ganz bestimmten Namen stößt, beim Studieren der Personen, gefriert Brendan das Blut eiskalt in den Adern.

In Lichtgeschwindigkeit beschleunigt sich sein Blutdruck aufs unermessliche. Da steht James King... der Name seines ehemaligen Chefs! Bleich wie die Wand überlegt er Ikems Mutter zu kontaktieren, doch er wollte ihr lieber angenehme Informationen zukommen lassen, anstatt sie noch mehr zu belasten.

Ikem befindet sich in absoluter Lebensgefahr, James King ist unberechenbar! Mehrere Nummern, darunter auch die des Teufels, gehören zu ein und derselben Adresse. So schnell wie möglich muss Brendan dorthin und Ikem retten, doch alleine wäre es zu brenzlig, also konsultiert er einen Kollegen, mittlerweile hat er weltweit sein eigenes Netz gesponnen, in allen bisher 194 Staaten. Darunter zählen etliche für diesen Makro Fall relevante Berufsgruppen: Politiker, Börsen Makler- Analysten- Manager... Journalisten, Polizisten und so weiter. Gemeinsam stehen sie regelmäßig in Kontakt und tauschen sich über eine perfekt verschlüsselte Plattform aus; bisher konnten sie unter anderem aufdecken, dass die verstümmelten Todesopfer mit Dollar bzw. der jeweiligen Währung des betreffenden Währungsraumes gekennzeichnet wurden und ausschließlich in den reichsten Ländern vorzufinden sind.

Er beschließt seinen besten Freund Paul, ehemals Caden über das Portal anzuschreiben, dieser hat fast dieselbe Vergangenheit wie Brendan, arbeitete auch für einen Geheimdienst und hat sich seitdem Undercover mit ihm verbündet.

„Hi Caden, ich glaube wir haben den gigantischen Fall bald gelöst, ich bin da auf etwas ungeahnt großes mit wahrscheinlich unvorstellbarer Reichweite gestoßen. Stell dir vor, James King ist darin involviert und ich brauche dringend deine Hilfe, es zählt jede Sekunde!" Drängt Brendan höchst angespannt.

„Wow ich fahre sofort los, bin in 20 Minuten bei dir!" antwortet er unverzüglich und geht offline. Eilig prescht Brendan ins Bad um sich zu duschen und umzuziehen, so rasch war er noch nie in seinem Leben fertig. Ein Blick aus dem Fenster verheißt nichts Gutes: Der Wagen von heute Morgen steht immer noch gegenüber Brendans Hauses. Durch die verdunkelten Scheiben ist keine Einsicht möglich. Zu seinem Erschrecken stellt er fest, dass es sich um das gleiche Fahrzeug von damals handelt, was ihn und seine Familie beschattete. Schnell zieht er die Gardinen zu und riegelt alles ab, daraufhin läuft er hektisch in den Keller um sich mittels Waffen verteidigen zu können. Als er wieder heraufkommt sieht er eine Nachricht von Angelique auf seinem Handy.

In diesem Moment wusste er nicht wovor er sich mehr fürchten sollte, doch als er sich überwindet öffnet er diese mit zittrigen, schwitzigen Händen.

„Ich möchte dich nie wieder sehen du Idiot! Du bedeutest mir nichts mehr, lass mich in Ruhe!" Brendan spürte wie sein Herz in tausend Stücke zerriss, sein ungutes Gefühl hatte sich wieder einmal bestätigt, dies war einer der Zeitpunkte, in denen er sich wünschte, das Alles wäre nie passiert. Am liebsten hätte er die Zeit zurückgedreht zu dem Augenblick, als er Angeliques Herz in tausend Stücke zerriss, so in etwa muss es sich für sie auch angefühlt haben. Nun kann er nicht mal mehr ihr wunderschönes Gesicht sehen, sie hat ihn blockiert. Am Boden zerstört legt er das Handy auf Seite, doch er hat keine Angst zum Trauern, es klingelt an der Tür.

Zunächst blickt er auf seine Überwachungskamera- es ist Caden.

Erleichtert öffnet Brendan die Tür.

Hitzig steigen die beiden in Cadens Wagen und fahren los, doch da waren sie nicht die Einzigen…

Nach 10 Kilometern entdeckt Brendan nach wie vor das Fahrzeug, was ihn seit dem Morgen nachspioniert, auch Caden ist wahnsinnig angespannt. „Es ist viel zu auffällig, wenn wir nach Bodie fahren und die hinter uns kleben, ich werde sie abhängen, oder hast du ne bessere Idee?" Vergewissert sich Caden.

„Wir nehmen gleich die Route nach Beverly Hills dort befindet sich ein enormes Shoppingcenter so können wir uns unter die Leute mischen, irgendwann werden sie uns nicht mehr sehen, es wäre nur ein kleiner Schlenker, der uns nicht viel Zeit kostet.

Dein Auto lassen wir erst mal hier, ich schreibe einem Kollegen, er fährt deinen Wagen wieder unbemerkt zu dir nach Hause und wir setzten unsere Reise mit seinem Fahrzeug fort. Was Besseres kommt mir gerade nicht in den Sinn, es könnte klappen." Caden willigt überzeugt ein und Brendan organisiert über Cadens Notebook das benötigte Auto mit Fahrer. „Alles klar, erledigt. Mr. Green wird in einer Stunde am Parkplatz eintreffen, auf ihn konnten wir uns bisher immer verlassen", bestätigt Brendan zuversichtlich.

Caden nickt erleichtert und steuert das Auto zum Zielort.

Auch das andere Auto folgt, wie erwartet, bis ins glücklicherweise überfüllte Parkhaus. Als es ein wenig näher kommt, erkennt Brendan im Rückspiegel, dass dort zwei Personen drin sitzen.

Langsam fährt Caden durch die Parkebenen um auszukundschaften, ob zwei Parkplätze nicht zu nah beieinander liegen, oder Idealerweise nur einer vorhanden ist, so hätten sie einen minimalen Vorsprung, gegebenenfalls einen von denen kurzzeitig abgehängt, außerdem wäre die Chance minimaler, das Mr. Green beim Wegfahren des Autos gesehen würde.

Auf der vorletzten Ebene werden sie endlich fündig; es scheint kein weiterer Parkplatz in Sicht zu sein.

Sie nehmen flugs die einzige Parklücke, Brendan legt das Notebook in eine Tasche, dann gehen sie zügig in das Shopping Center.

Es dauert nicht lange, bis sie einen der beiden wieder hinter sich haben, nun erkennen sie ihn deutlich, es ist Brendans ehemaliger Kollege von der ANS!

„So ein Mist! Dieser dämliche Restaurantaufenthalt war zu auffällig, offenbar haben sie mich enttarnt!" Flucht Brendan leise. Er hatte sein Äußeres natürlich verändert so gut es ging: Von Blondem kurzen Haar auf dunkel Braunes Längeres, inklusive gefärbten Augenbrauen, Kontaktlinsen statt Brille, Selbstbräuner und viel Krafttraining sowie ein komplett neuer Kleidungsstil.

„Wir kriegen das schon irgendwie hin", versucht ihm Caden Hoffnung zu machen. Schon bald erreichen sie das Getümmel, stürzen sich hinein und legen einen Zahn zu. Auch der Mann beginnt schneller zu werden, wird aber von der Menschenmasse ausgebremst. Diesen Vorteil nutzen sie sofort aus um schleunigst in ein Bekleidungsladen zu laufen. Sie bewegen sich zielstrebig auf eine der Umkleidekabinen zu, somit kann Brendan unentdeckt nochmals mit Mr. Green Kontakt aufnehmen. Brendan beschreibt ihm ihren Standort und sie machen einen Treffpunkt aus.

In 20 Minuten würde es so weit sein. Caden schaut vorsichtig an dem Vorhang vorbei- direkt in die Augen ihres Verfolgers, dieser hat inzwischen wieder die Verstärkung seines Kollegen bekommen.

Erschrocken zieht er den Vorhang wieder zu, hier konnten sie nicht bleiben. „Wir müssen uns jetzt so unauffällig wie möglich verhalten", bemerkt Caden.

„Das ist dir ja schon prima gelungen", entgegnet Brendan ironisch. Caden tritt aus der Umkleidekabine heraus, schnurstracks zu der Herrenbekleidung, zieht einen Anzug in Brendans Größe heraus und verschwindet wieder hinter dem Vorhang. Kurz darauf gehen beide gemütlich zur Kasse um den Anzug zu bezahlen und sich vordergründig von den unangenehmen Parasiten zu befreien.

Gekonnt mischen sie sich wieder unter die Leute, die wie eine Horde Ameisen durch die Gänge strömen. Doch das Anhängsel bleibt hinter ihren Fersen. In diesem Tempo würde es schwierig werden sie loszuwerden. Caden zieht Brendan plötzlich nach rechts zur Rolltreppe, wo sie sich an den ganzen Leuten vorbeidrängen.

„Du läufst schon mal zum Treffpunkt, ich werde sie solange ablenken, bis gleich", weist Brendan an.

Caden schaut ihn kurz zweifelnd an, ehe er etwas dagegen sagen kann, verschwindet Brendan und mit ihm auch seine Verfolger.

Brendan sucht emsig den nächsten Supermarkt auf und holt sich etwas zu trinken, das brauchte er jetzt auch nach der ganzen Hetzjagd. Er peilt eine Verkäuferin an: „Passen sie auf, ich werde ihnen jetzt gleich etwas über zwei gewisse Personen erzählen, aber sie müssen mir versprechen so unauffällig und kurz wie möglich dorthin zu schauen.

Es ist vor allem ganz wichtig ruhig zu bleiben und ihrem Vorgesetzten Bescheid zu sagen. Würden sie das bitte für mich machen?" Vergewissert sich Brendan.

Die Verkäuferin schaut ihn mit großen Augen an, signalisiert ihm jedoch, dass sie damit einverstanden ist.

„Das ist sehr gut vielen Dank. Ich habe vorhin zufällig mitgehört, wie sich die zwei Männer hinten links neben dem Kühlregal darüber unterhielten, hier gleich eine Bombe gegen 17 Uhr hochgehen zu lassen, der Plan klang sehr detailliert und erschütterte mich bis ins Knochenmark", warnt Brendan.

„Danke noch mal, dass sie sich so viel Mühe machen, aber meine Gäste wären ohne Langusten wirklich enttäuscht!" Ruft er ihr lauthals hinterher. Er wartet kurz bis die Security eingetroffen ist und begibt sich ebenfalls zu dem ausgemachten Treffpunkt, wo Caden in dem Wagen von Mr. Green schon ungeduldig auf ihn wartet.

Unverzüglich fahren sie aus dem Parkhaus und nehmen endlich wieder ihre gewohnte Route auf, immerhin brauchen sie ungefähr 6 Stunden bis nach Bodie, Ikem ist noch immer in Gefahr, jede Sekunde zählt.

Kapitel 7

Das Angebot

Alles musste nun ganz schnell abgewickelt werden, hier wollte sie nicht mehr bleiben, hier wurde sie von allen nur getäuscht und enttäuscht. Das Ganze fühlte sich surreal an, so als wäre sie und ihre Umgebung permanent in einer großen Rolle und der Dreh würde nie enden. Da beschließt sie das Set zu verlassen, um sich wieder einer sehr viel vertrauteren Umgebung zuzuwenden, wo es ihr besser gehen sollte- ihrer Heimatstadt Laurent.

Dort würde man sie mit offenen ehrlichen Armen empfangen. Dort fühlte sie sich wohl. Im Hotelzimmer angekommen beginnt sie gleich wütend ihren Koffer zu packen. Jedes einzelne Teil was sie zornig in den Koffer knallt befreit sie ein Stück mehr.

Nachdem sie den letzten Reißverschluss zugezogen hat, setzt sie sich erschöpft auf ihr Bett, auf welches einzelne Tränen Tropfen regnen. Draußen ist es still, nur in ihr schreien die Gedanken unerträglich laut. Doch irgendwann haben auch sie ihre Kraft verloren, so dass sie einsam einschläft. Nach nur einigen Stunden wird sie aus einer besseren Welt gerissen. Müde öffnet sie ihre Augen, das Gefühl mit welchem sie einschlief und was sie gerne verbannen wollte schleicht sich langsam wieder ein; es erreicht seinen Höhepunkt schließlich als sie so richtig wach wird. Zum Trauern hatte sie keine Zeit, ihr Flieger würde bald gehen. Sie geht ins Bad um ihre letzte Dusche in Los Angeles zu nehmen, dabei wäscht sie alles herunter was sie bedrückt, ja geradezu erdrückt. Zumindest fühlt sich Angelique nun äußerlich wohl, sie ist bereit zu gehen, packt sich ihr Gepäck, und checkt aus. Draußen dämmert es gerade, ein wunderschönes Farbspiel entsteht am Himmel. Wenigstens trägt sie dieses Bild gerne in ihrem Herzen.

Da steht auch schon ihr Taxi, was sie auf schnellstem Wege zum

Flughafen bringt. Es fällt ihr nicht leicht zum Abflugbereich zu gehen, betrübt zieht sie ihren Trolley hinter sich her, wie sehr wünschte sie sich es wäre alles anders gekommen.

Doch die Zeit kann man nun mal nicht zurückdrehen; ein Blick auf die Anzeigetafel verrät, dass es bald ernst würde.

Auf den Sitzen haben sich die unterschiedlichsten Leute zusammengefunden, Angelique setzt sich ein wenig weg, sie wollte einfach nur ihre Ruhe haben, dabei sollte es aber nicht lange bleiben.

„Angelique Laurent?" Wird sie von einem gut gekleideten Mann in Schwarz, Mitte vierzig mit Sonnenbrille und Hut angesprochen.

„Ja?" bestätigt sie fragend.

„Ich bin ein riesengroßer Fan von ihnen, es ist mir eine Ehre sie hier anzutreffen", schmeichelt er sie.

„Danke vielmals!" Lächelt sie zurück, ihre Laune beginnt sich deutlich zu heben.

„Verzeihen sie mir die Direktheit, aber hätten sie Interesse an einer Rolle, ich bin übrigens Nicholas Turner, Produzent von der Star Made Pictures Filmproduktionsgesellschaft", stellt sich Mr. Turner vor, während er seinen Ausweis hochhält.

„Der Star Made Pictures sagen sie? Mr. Turner jetzt erkenne ich sie! Ich habe schon so viel von ihnen gehört! Ihre Filme sind unbeschreiblich!" Ruft Angelique überwältigt, das Erstaunen ist ihr dabei deutlich ins Gesicht geschrieben.

„Wissen sie das ist ja wirklich ein Zufall ich bin auf der Suche nach der perfekten Besetzung, aber beim Casting war nichts Brauchbares dabei und dann treffe ich sie- heute muss wirklich mein Glückstag sein", freut er sich breit grinsend.

„Also genau genommen wollte ich gerade wieder nach Hause Fliegen, aber... Was ist das denn eigentlich genau was sie da drehen möchten? Und welche Rolle würde ich spielen?" Angelique ist sehr interessiert aber auch misstrauisch, doch sie wollte ihm nicht von ihren Erfahrungen erzählen, das wäre unprofessionell die Konkurrenz schlecht zu reden. Also entscheidet sie sich dafür es nicht zu erwähnen. Außerdem müsste sie ohnehin irgendwann wieder Vertrauen in die Menschen haben, sonst käme sie nicht voran- weder beruflich noch privat.

„Oh es geht um gefangene Menschen in der Geisterstadt Rhyolite, sie sind dabei die Schlüsselfigur, die alles aufdeckt und die Gefangenen befreit." Offenbart Mr. Turner.

„Wow das ist eine spannende Story sie gefällt mir!" Verkündet sie glücklich und als sie die Höhe ihrer Gage erfährt, ist sie restlos überzeugt. „Ich fliege gleich nach Rhyolite, begleiten sie mich doch, dann können wir sofort loslegen, ich meine ihre Sachen haben sie doch schon dabei oder?" Überredet er sie.

„Wissen sie was, was soll's ich tue es- ich komme gleich mit!" Bei sich zu Hause fiele ihr eh nur die Decke auf den Kopf und sie würde in Grübeleien verfallen, so hatte sie die Möglichkeit sich was abzulenken. Zumal sie da nun auf ein echtes Kaliber gestoßen war, diese Chance dürfte sie sich keineswegs durch die Lappen gehen lassen. Nach den ganzen schlechten Erfahrungen der letzten Tage ist dies hier eine echte Wiedergutmachung, das war genau das was sie jetzt brauchte. „Für die Umbuchung werde ich selbstverständlich sorgen, Mrs. Laurent", verspricht Mr. Turner, auf dem Weg zum Schalter.

„Warten sie hier ich kläre das mal eben." Nach kurzer Zeit kehrt er gut gelaunt wieder zu Angelique und sie fliegen gemeinsam, nebeneinander sitzend zum Flughafen Aeroportul Stovepipe Wells.

„Haben sie zufällig das Drehbuch dabei?" Möchte sie voller Vorfreude wissen. „Natürlich, eine Sekunde", daraufhin zieht er einen überschaubaren packen Papier aus seiner Aktentasche hervor.

„Soll das alles sein? Drehen sie etwa einen Kurzfilm?" Irritiert schaut sie ihn an.

„Es geht hauptsächlich um Improvisation, jeder erhält den groben Handlungsablauf mit der entsprechenden Rollenbeschreibung, das Ziel ist es alles so authentisch wie möglich erscheinen zu lassen.

„Okay ich verstehe. Und wie heißt meine Figur, die ich spielen soll?" Erwartungsvoll schaut sie ihn an.

„Sie verkörpern die Rolle der Stephanie Baker", verkündet Mr. Turner. Interessiert liest sich Angelique alles durch, anschließend besprechen sie noch Einzelheiten und Mr. Turner organisiert Angeliques einstieg. Am Flughafen angekommen werden sie bereits von dem Produktionsleiter erwartet.

„Mrs. Laurent wie schön sie in unserem Team willkommen zu heißen, mein Name ist Ferdinand Goldfield", begrüßt er sieüberschwänglich.

„Die Freude ist ganz meinerseits, Mr. Goldfield, ich freue mich sie persönlich kennen lernen zu dürfen", dabei genießt sie sichtlich die ungeteilte Aufmerksamkeit und Anerkennung von solch ranghohen Personen. Dies hatte ihr Ego dringend gebraucht, immerhin wusste sie das sie Talent hat, aber dies noch mal von Personen zu hören die wirklich Ahnung hatten und sehr weit gekommen sind in ihrem Leben tut ihr sehr gut.

Vor dem Flughafen gehen sie geradewegs auf einen sehr schicken, schwarzen Wagen zu und fahren nach Rhyolite.

Angelique kann ihr Glück noch gar nicht fassen, dieses Filmprojekt könnte etwas unvorstellbar Großes werden, es könnte ihr lang ersehnter Durchbruch werden, was es auch würde es hatte bereits schon jetzt die ganzen erlittenen Strapazen wett gemacht.

„Wow ganz schön abgelegen hier, eine tolle Szenerie, das gefällt mir", schwärmt sie. „Ja nicht wahr, wir haben uns wirklich sehr viel Mühe gegeben, bei der Auswahl", stimmen beide zufrieden zu.

„Wundern sie sich nicht, wenn es teilweise etwas rau zugehen sollte, wir sorgen selbstverständlich permanent für ihre Sicherheit, Mrs. Laurent", versichert Mr. Turner.

„Darüber mache ich mir bei ihnen gar keine Sorgen, ich finde die Vorstellung hoch spannend nicht genau zu wissen, was als nächstes auf einen zukommt, realer geht es kaum."

Dann passieren sie das Ortsschild von Rhyolite.

„Und habe ich zu viel versprochen?" Zuversichtlich schaut Mr. Turner Angelique an.

„Wahnsinn wie mysteriös es hier aussieht, das ist der perfekte Schauplatz, besser geht es gar nicht, es passt vollkommen zur Story."

Fasziniert von der Atmosphäre kommt sie gar nicht mehr aus dem Schwärmen heraus. Altmodische leer stehende Häuser, Saloons und kleine Läden stehen Menschenverlassen beieinander.

Nach einer Weile halten sie an, auf den ersten Blick ist rein gar nichts zu erkennen. Scheinbar ein leeres weites mit Feld mit einigen Hügeln.

„So hier wären wir," verkündet Mr. Goldfield.

Angelique schaut sich suchend um. „Aber hier ist gar nichts, im Drehbuch wurde ein enormes Gebäude beschrieben." Sie sieht beide äußerst fragend und höchst irritiert an.

„Das liegt offenbar daran, dass es unterirdisch ist, sowie von außen unsichtbar gestaltet."

Triumphierend deutet er auf eine der Erhebungen im Feld, tritt an deren Vorderseite, holt einen Schalter aus seiner Aktentasche hervor, betätigt diesen und auf einmal öffnet sich die Moosdecke und hinter ihr zeigt sich ein Aufzug. „Faszinierend", haucht Angelique völlig überwältigt. Mr. Goldfield wollte gerade den Knopf drücken, da unterbricht sie ihn.

„Warten sie mal, wo sind denn die Kameras und die gesamte Filmcrew?" Stellt Angelique skeptisch fest.

„Es befindet sich alles hier drunter", bekundet Mr. Turner.

Angelique sieht ihn entgeistert an.

„Wir arbeiten mit versteckten Kameras, die im gesamten Gebäude angebracht sind. Unbrauchbare Szenen werden einfach herausgeschnitten, aber dies machen wir äußerst ungern, wie gesagt, es soll alles so echt wie möglich wirken. Sobald sie unten sind, heißen sie Stephanie Baker und bleiben in dieser Rolle", erklärt er weiter.

„Das heißt ich bekomme weder Kostüm noch Maske? Ich gehe so wie ich aussehe mit Gepäck darunter?" Erkundigt sich Angelique ungläubig.

„Korrekt, Mrs. Laurent, genauso habe ich es vorgesehen, daher bekommen sie auch eine ungewöhnlich hohe Gage, es macht ihnen doch nichts aus oder?" Hackt Mr. Turner kritisch nach.

„Oh, na ja im Prinzip nicht, wissen sie, es ist nur ein vollkommen anderes Arbeiten, als ich es gewohnt bin, damit muss ich mich erst mal neu zurechtfinden", gibt sie zweifelnd.

„Daran werden sie sich schnell gewöhnen, ihre Schauspielkollegen haben es auch geschafft und sie sind schließlich ein Vollprofi", zwinkert er ihr ermutigend zu.

„Sind sie bereit, Mrs. Laurent? Für die Rolle ihres Lebens?" Mr. Turner sieht sie fragend an.

„Ja, das bin ich und wie!" Dabei ruft Angelique alles heraus, was sie nicht mit hinunter nehmen will. „Eine Kleinigkeit wäre da noch, um es authentischer erscheinen zu lassen; Mr. Turner zückt Handschellen aus seiner Tasche, als auch eine Augenbinde und legt es ihr an. Danach fahren sie mit dem Aufzug runter.
„Das bedeutet ja, dass sie beide auch selbst mitspielen, oder?" Hinterfragt sie.
„Dies ist ein weiteres Kriterium für die Einzigartigkeit dieses Formates, auch diejenigen, die sich sonst im Dunkeln befinden, erscheinen auf der Bildfläche." Beschreibt Mr. Turner stolz.
Angeliques Herz pocht bis zum Hals, sie ist zwar sehr gut vertraut mit Film Drehs aber diesmal ist es so, als würde sie zum ersten Mal vor der Kamera stehen, dies mag höchstwahrscheinlich daran liegen, dass sie sonst genau wusste was auf sie zukommt, die Sicherheit ihres Textes im Rücken hatte, sowie eine Szene mehrmals drehen konnte, bis sie perfekt war.
Unten angekommen treten sie hinaus, gehen ein paar Schritte, bis sie stehen bleiben und einer von den Beiden eine Tür öffnet.
Nachdem sie die Augenbinde abgenommen bekommt, schaut sie sich neugierig das Filmset an: Sie scheinen sich in einer Art Wartezimmer zu befinden, da an den Wänden jeweils weiße Stühle aufgestellt sind. Ringsum sieht man mehrere graue Türen, und Wände sowie die Decke an der einige Lichter angebracht sind, bestehen aus Beton. Es ist eine kühle, sterile zu dem Thema passende Umgebung, wo sich keiner sonderlich wohl fühlt.
„Wo bin ich?" Fragt Angelique erschrocken.
„Klappe!" Ruft Mr. Goldfield. Es ist ein befremdliches Gefühl den sonst so charmanten und zuvorkommenden Mr. Goldfield so rau zu erleben, aber auch hochinteressant. Aus einer der Türen kommt ein in schwarz gekleideter grimmig schauender breit gebauter Mann heraus, der einem allein mit seinem finsteren Blick Angst einjagt. Um seine Hüften ist ein breiter Ledergürtel gebunden, woran diverse Waffen hängen. Seine auffallend lange gebogene Nase sticht deutlich aus seinem Gesicht hervor und erinnert ein wenig an einen Geier, der gierig auf Aas suche durch die Lüfte kreist.

Auf seinem Namensschild steht Lucas Davis.

„Stephanie Baker?" Ruft Davis forsch.

Sein Auftreten stimmt genauestens mit dessen Erscheinungsbild überein.

Als er auf sie zukommt, verschwinden Mr. Turner und Mr. Goldfeld wortlos hinter einer der grauen Türen, nachdem sie Angeliques Gepäck Mr. Davis überreichten.

Angelique muss ihre Ängstlichkeit nicht mal spielen.

„Ja die bin ich", antwortet sie mit zittriger Stimme.

„Warten sie hier bis sie rein gerufen werden," instruiert Davis reserviert. Sie setzt sich daraufhin auf einen der weißen Stühle und wartet geduldig bis sie aufgerufen wird.

Ziemlich zeitnah öffnet sich eine der grauen Türen, aus dieser ein älterer bebrillter Mann Mitte fünfzig schaut und mit kratziger Stimme ihren Namen ruft. Davis begleitet Angelique durch die Tür und bleibt auch im Raum in beobachtender Position.

„Setzen sie sich Mrs. Baker", fordert der Mann sie auf.

„Ich bin Dr. White", stellt er sich verhalten vor.

„Tun sie gefälligst was von ihnen verlangt wird!" Schreit Davis aggressiv, weil Angelique nicht sofort den Befehl ausführt.

„Was wird denn jetzt mit mir gemacht?" Erkundigt sie sich kleinlaut und nimmt Platz.

„Sie werden gleich untersucht auf ihre körperliche Verfassung, aber zunächst benötigen wir noch einige Persönliche Daten, die sie mir bitte hier ausfüllen."

Daraufhin überreicht er ihr ein Klemmbrett mit einem Fragebogen. Ein wenig unerwartet nimmt sie es entgegen und trägt dort, bis auf ihren Rollennamen alles zu ihrer wahren Person ein, da Mr. Turner erwähnte, dass es besonders wichtig sei, sich selbst zu präsentieren. Nachdem sie alle Felder, inklusive gesundheitlicher Fragen ausgefüllt hat, gibt sie dem Arzt den unterschriebenen Fragebogen zurück. Sichtlich erfreut über ihre Angaben bittet er sie, sich bis auf die Unterwäsche auszuziehen.

„Ist das unbedingt notwendig?" Möchte sie sichtlich abgeneigt von Dr. White wissen, bisher konnte sie durch Seriosität überzeugen, dies sollte auch so bleiben. Jedoch lässt es ihre Rolle nicht zu sich zur Wehr zu setzen und sie wollte brillieren.

„Absolut, um Hautkrankheiten oder Anzeichen anderer Infektionen auszuschließen", antwortet er trocken.

„Gut, wenn dies unumgänglich ist, werde ich es machen, aber Mr. Davis soll sich dabei gefälligst umdrehen", besteht Angelique, weil sie seine gierigen Blicke abstoßen findet.

Sie möchte Mr. Turner und Mr. Goldfield keinesfalls enttäuschen, wenn sie diese beiden zufrieden stellen würde, wäre dies ein wichtiger Meilenstein in ihrer Schauspielkarriere.

Erst als er mit dem Gesicht zur Wand blickt, beginnt sie sich auszuziehen, dabei überprüft sie ganz genau, was Davis macht.

„So das hätten wir", sagt Dr. White nach der Untersuchung zuversichtlich. Blitzschnell zieht sie sich wieder an und versucht dabei die Kameras auszublenden, die alles aufgenommen hatten.

„Nun noch ein kleiner Piekser und dann haben sie es geschafft, Mrs. Baker", motiviert er sie, dabei rückt er mit der Nadel in seiner Hand immer näher.

Sie sieht ihn argwöhnisch an, es ist kein Double in Sicht diese Szene musste sie durchziehen.

In der Hoffnung, dass alles fachgerecht und steril durchgeführt wird, hält sie ihren Arm hin, die Hand hat sie fest zur Faust zusammengepresst.

Fachmännisch bindet er ihr den Oberarm zu, desinfiziert sie und zapf ihr eine Ampulle Blut ab.

„Wir bräuchten noch ein kleines Foto von ihnen", merkt er abschließend an, nachdem er ihr ein Pflaster drauf geklebt hat.

„Sicher…", entgegnet sie beinahe willenlos und lässt sich abfotografieren.

„Das ist übrigens für unsere Patientendatei", erklärt er sich.

„Na schön, ich wäre dann hier fertig. Mr. Davis würden sie Mrs. Baker wieder hinausbegleiten?" Weist er ihn ein.

Sofort packt er sie am Arm und zieht sie wieder in den Wartebereich.

„Setz dich hierhin, es geht gleich weiter", schroff drückt er sie auf den

Stuhl. In diesem Moment findet sie sich in ihrer Rolle als Gefangene wieder. Ungewöhnlich war es schon, dass sie sich einem Gesundheitscheck unterziehen musste, aber Mr. Turner war dafür bekannt suspekte Elemente in seinen Filmen einzubauen und genau deswegen ist er so erfolgreich. Auf einmal öffnet sich eine Tür und ein weiterer bewaffneter schwarz gekleideter Mann tritt mit einer ca. 80 jährigen gebrechlich wirkenden Frau in den Wartebereich, die in Schneckentempo an einem Rollator geht. Zusätzlich scheint sie eine Demenz zu spielen, da sie mehrmals den Namen des Mannes erfragt und mitten in den Sätzen vergisst sie fortzusetzen oder wirre unpassende nicht zusammenhängende Anmerkungen macht.

Jedenfalls ist sie zu 100% in ihrer Rolle drin. Angelique bewundert ihre Leistung, genau dort wollte sie auch gerne hin.

Nach einer Weile öffnet sich eine Tür, aus welcher eine weibliche Stimme ertönt: „Stephanie Baker, bitte."

Erwartungsvoll erhebt sie sich zeitgleich mit Davis, von dem sie in den Raum hinein begleitet wird.

Eine sehr nette attraktive Frau in einem hübschen roten Designeroutfit, mit dunkel braunen Haaren, welche zu einem Dutt gebunden sind, bittet Angelique sich auf die zu ihrem Anzug farblich abgestimmte Couch zu setzen.

„Ich bin Mrs. Cunningham, Psychiaterin", stellt sie sich lächelnd mit ihren knallrot geschminkten Lippen vor.

Angelique weiß nicht so recht was sie sagen soll, sie beschließt sich erst mal passiv zu verhalten, lächelt halbherzig zurück und lässt ein leises „Hallo" ihrem Mund entweichen.

„Meine Absicht ist es nicht lange herum zu fackeln, kommen wir gleich zur Sache. Sie haben Informationen die nicht an die Öffentlichkeit getragen werden dürfen, also werden wir sie hier festhalten", droht Mrs. Cunningham mit einer nicht mehr so ganz nett klingender Stimme.

„Bitte lassen sie mich laufen, ich verspreche auch zu schweigen", fleht Angelique.

„Du weißt schon zu viel, aber vielleicht gibt es eine Möglichkeit, die dich daran erinnert dich an dein Schweigen zu halten", entgegnet Mrs.

Cunningham. „Alles was sie wollen ist mir recht, sie können sich auf mich verlassen", versichert Angelique.

„Sehr gut. Es ist auch ihre einzige Chance, wenn sie diese nicht nutzen so ist es ihr Pech", erinnert sie arrogant.

Angelique nickt mit entschlossenem Blick.

„Jeder der Gefangenen wird einer Nummer von 0-10 zugeteilt, daher auch ihre Untersuchung, dies dient zur Einschätzung um die Zuordnung sicherstellen zu können.

Der andere Teil besteht aus meiner Psychologischen Einschätzung. Die gewonnenen Erkenntnisse werden ausführlich in einem Fachgespräch ausgetauscht und anhand einer abschließenden Expertise festgesetzt. Je höher die Nummer dabei ausfällt, desto mehr Komfort steht dieser Person zu.

Daraufhin wird diese Nummer, ähm Entschuldigung Person, zu Leuten gebracht, die mit ihr machen können was sie wollen. Aber das beste und entscheidendste an der ganzen Sache ist der unglaublich hohe Gewinn am Ende, der sich auf exakt 1000000 $ beläuft. Schließlich haben sie ja etwas geleistet, was belohnt werden muss und sie ermutigt weiterhin zu schweigen.

Wissen sie, wir Menschen brauchen immer einen gut verkauften Anreiz um unangenehme Dinge zu tun, sowie den Mund zu halten auch wenn es einen innerlich zerfrisst." Sie holt daraufhin zwei Gläser und eine Flasche Champagner aus dem Schrank und stellt es auf den Glastisch, der sich zwischen ihnen befindet.

„Was für eine einfallsreiche und weit reichende Idee Jemanden zu manipulieren, Mr. Turner ist wirklich ein Genie", denkt Angelique innerlich jubelnd. „Und wie lange dauert es dann bis man gewinnt und was sind das für Leute zu denen man hin muss?" Hakt Angelique kritisch nach.

„Oh Verzeihung, dies hatte ich vergessen zu erwähnen, sie müssen 100-mal gebucht werden, damit sie das Geld erhalten, von nichts kommt nichts. Aber mit einer hohen Nummer steigt auch meistens die Anfrage", zwinkert sie ihr zu.

„Ach es sind übrigens unterschiedliche Menschen die Interesse an den verschiedensten Dingen haben, so pauschal kann man das nicht beantworten", erklärt Mrs. Cunningham trocken, öffnet den Champagner, schenkt beiden ein und erhebt feierlich ihr Glas: „Auf eine gute Zusammenarbeit!"

„Alkohol am Set?" Wundert sich Angelique, lässt sich ihre Verwirrung jedoch nicht ansehen aber zögert ein wenig das Glas anzusetzen. Sie sieht Angelique fordernd an. Diese hält ebenfalls das Glas in die Höhe und stößt mit Mrs. Cunningham an.

„Oh da ist noch eine ganz wichtige Sache bevor wir fortfahren, Mrs. Baker." Hastig stellt sie ihr Glas ab, nachdem sie einen großen Schluck davon genommen hat. Angelique sieht sie fragend an.

„Reichen sie mir bitte mal Mrs. Bakers Handy", verlangt die Psychiaterin von Davis, der ihr Gepäck wie sein Augapfel behütet.

„Bitte nicht!" Fleht sie eindringlich.

„Wir wollen doch kein Risiko eingehen, nicht wahr?" Grinst sie hämisch. „Sehr gerne", erwidert Davis lächelnd, durchsucht ihre Handtasche, zieht es hervor und stolziert zu Mrs. Cunningham.

Triumphierend hält sie es in den Händen und verlangt den Code von Angelique um die Tastatur zu entsperren.

„Auf keinen Fall das ist Privat!" Wehrt sie sich und möchte gerade aufstehen um es sich wiederzuholen, da wird sie im gleichen Augenblick von Davis wieder heruntergedrückt. Sofort spürt sie eine Pistole an ihrem Kopf. „Den Code und keine Spielchen." Befiehlt sie im harten Ton. „Ansonsten drückt Mr. Davis ab." Da hört sie, dass tatsächlich Munition darin geladen ist.

Sie gibt erschrocken den Zahlencode heraus und sinkt in die Couch.

„Mr. Davis, begleiten sie Mrs. Baker in den Wartebereich, ich habe alles", ordnet sie zufrieden an.

„Aber wollen sie kein Gespräch mit mir führen, sie müssen mich doch beurteilen, wegen der Nummer", merkt Angelique an.

„Mir reicht ein kurzer Blick auf die Person und es ist so als würde sie augenblicklich ihre Hüllen fallen lassen, metaphorisch gesehen."

Mit diesem Satz verabschiedet sie sich und Angelique wird wieder in den Wartebereich gebracht.

„Es ist ganz schön echt alles und die Kollegen spielen einzigartig gut, es wird eine Sensation!" Dabei malt sie sich den Erfolg in den schönsten Farben aus. Endlich endet ihre Pechsträhne, das Glück kommt eben unverhofft, wenn man es nicht sucht. Unvorbereitet schaut es um die Ecke und lädt ein zu dem größten berauschendsten Fest. Sie sollte nicht so viel hinterfragen, sondern einfach genießen und dankbar sein. Durch eine sich öffnende Tür wird Angelique aus ihrer Phantasiewelt in die scheinbare Realität zurückgeholt.

Ein seltsamer, schmächtiger Mann mit auffallend großer Nase und Brille tritt hervor.

„Sind sie Stephanie Baker?" Vergewissert er sich.

Angelique stimmt ihm erwartungsvoll zu.

„Ich darf ihnen gratulieren, sie haben die Nr. 10, das ist sehr selten!" Verkündet der Mann erstaunt.

Heute scheint wirklich Angeliques Glückstag zu sein.

„Und was bedeutet das nun für mich konkret?" Sieht sie ihn wissbegierig an. „Sie genießen das beste Essen und den besten Komfort, außerdem dürfen sie wählen, ob sie mit jemanden ihres Geschlechtes gemeinsam oder alleine ihr Zimmer beziehen.

Diese Option können sie auch ständig ändern lassen", erklärt er lächelnd. Angelique denkt kurz nach, alleine wäre es wahrscheinlich angenehmer, aber für ihre Karriere wäre es allerdings von Vorteil spannende Dialoge zu führen und den Zuschauern ihre Gedanken und Gefühle zuteilwerden zu lassen, dies sähe Mr. Turner bestimmt genauso und sie wollte ihn schließlich restlos überzeugen.

„Wenn das so ist, möchte ich eine Zimmergenossin haben", verkündet sie überzeugt.

„Wie sie wünschen, Mrs. Baker." Er gestikuliert mit Mr. Davis und dieser führt Angelique zu einer der grauen Türen.

Sie passieren diese und gelangen zu einem langen Trakt, links von ihnen befindet sich ein beleuchtetes Schild: „Nummer 6-10."

Es dauert eine gewisse Zeit, bis sie die Tür erreichen, hinter jener sich Angeliques Zimmer befindet.

Davis Klopft an die Tür, wartet kurz, schließt diese auf und bittet Angelique einzutreten, was sie langsam macht. Unmittelbar danach schließt er wieder die Tür zu.

Angelique sieht sich neugierig um: Das Zimmer ist ca. 50 m² groß, an der cremefarbenen Wand hängen einige landschaftliche Gemälde. Eine schwarze Ledercouch mit zwei Sesseln ist darin enthalten, sowie ein begehbarer Kleiderschrank.

Sogar einen eigenen gut gefüllten Kühlschrank findet sie in der Küche vor, die außer Ofen und Herd alles enthält. Das Mobiliar besteht aus reiner Eiche. Im Badezimmer gibt es eine Dusche, Badewanne, ein Waschbecken sowie eine Toilette.

Sie zieht den Vorhang zurück der sich am Ende des Raumes befindet, um den Schlafbereich begutachten zu können, da entdeckt sie aufgeregt ihre schlafende Mitbewohnerin, die sich die Decke bis über den Kopf gezogen hat.

Angelique geht vorsichtig näher heran, sie schläft in Echt, na ja sie bekommt ja auch keine Anweisung aufzustehen...

Irritiert schaut sie auf die Uhr über dem Küchentisch, es ist gleich 14 Uhr. Was sollte man andererseits auch hier anderes machen ohne Fernsehen, Radio, Handy oder andere technische Geräte.

Unter dem Wohnzimmertisch liegen zumindest einige Klatschhefte und Kreuzworträtsel, damit man nicht völlig durchdreht.

Angelique setzt sich auf die weiche super federnde Matratze mit frisch überzogenem Bett. Würde sie nicht wissen, dass sie eine Gefangene spielt, könnte sie sich auch gerade bei einer Freundin zu Hause aufhalten, zumindest fühlt man sich hier wohl, im Gegensatz zu der restlichen Umgebung.

Das Ganze ist ein wirklich ausgeklügeltes Konzept von Mr. Turner und sie erinnert sich auch nicht daran etwas Ähnliches schon Mal gehört oder gesehen zu haben. Plötzlich klopft jemand an der Tür.

„Ja herein", ruft sie erleichtert darüber, dass derjenige nicht einfach reinplatzt. Angelique möchte gerade nachschauen, da kommt ihr schon Davis mit ihrem Gepäck entgegen.

„Hier bitte für sie zurück, konnten nichts verdächtiges finden", spricht Davis und möchte gerade wieder gehen.

„Wann gibt es denn das nächste Mal etwas zu essen?" Erkundigt sie sich hungrig. „Gleich kommt einer der bringt Snacks in einer Stunde, solange können sie sich am Kühlschrank bedienen", versucht Davis freundlich herauszupressen, doch dabei muss er sich offenbar so anstrengen, dass es total aufgesetzt wirkt.

Hastig geht er wieder aus der Tür hinaus.

„Hoffentlich haben die etwas übersehen", überlegt sie und durchwühlt gründlich ihre Sachen, leider waren sie äußerst gründlich, muss sie enttäuscht feststellen, was auf der anderen Seite für deren Professionalität steht. Angelique läuft zum Kühlschrank, holt sich einen Joghurt heraus und setzt sich bequem auf die Couch mit hochgelegten Füßen.

So könnte sie ihre Pause auch direkt am Set verbringen und erhält sogar Pluspunkte dafür durchgearbeitet zu haben, besser kann es für sie gerade nicht laufen.

Tiefen entspannt liest sie die Zeitung durch. „Schließlich ist der Mensch im wirklichen Leben auch nicht immer unter Strom und genug Dramatik wird sich schon noch einstellen", redet sie sich ein.

Da klopft es erneut an der Tür. Angelique legt die Zeitschrift zur Seite.

„Zimmerservice", ruft eine weibliche Stimme.

„Kommen sie herein", bittet sie überglücklich über eine Mahlzeit. Schnell eilt Angelique zur Tür und öffnet diese, um der Frau behilflich zu sein. „Vielen lieben Dank", bedankt sie sich höflich und schiebt einen Wagen mit herrlich duftendem Essen hinein.

„Avocadopralinen, Frittierter Chicorée mit Nussmouse, frische Austern und mit Steinpilzcreme gefüllte Pfannkuchen. Guten Appetit" ,lächelt die Frau beherzt. Angelique hilft ihr dabei die zwei Platten auf den Küchentisch zu stellen. Die nette Frau bedankt sich vielmals für die Hilfe und geht wieder. Sollte sie ihre Mitbewohnerin wecken? Doch womöglich würde sie sauer darüber sein und weiterschlafen möchten, wer weiß welche Rolle sie spielt.

Außerdem ist es eine kalte Platte die eh nicht abkühlen könnte.

Wie auch immer Angelique wollte schon mal Essen, wer weiß wie lange sie schlafen wird, immerhin scheint ihr der bisherige Lärm nichts auszumachen.

Mit Vergnügen setzt sie sich an den Tisch und beginnt das Finger Food zu essen. Der vorzügliche Geschmack erinnert sie dabei an das Restaurant was sie mit Brendan besucht hatte. Schnell versucht sie den

Gedanken zu verdrängen, doch tief in ihr spürt sie wie ein Teil von ihr ihn vermisst und noch mal sein Foto sehen und ihm schreiben wollte. Ein Glück dass ihr Handy nicht bei ihr ist und sie somit davor bewahrt schwach zu werden.

Hier wird sie wenigstens rechtzeitig darüber aufgeklärt, dass etwas gespielt ist. Niemand würde ihr Vertrauen missbrauchen darauf kann sie sich 100 prozentig verlassen. Gestärkt wäscht sie sich die Hände und beginnt ihren Koffer auszuräumen, die schmutzige Wäsche wirft sie praktischerweise in den Wäschekorb, darum muss sie sich nun auch nicht mehr kümmern. Als sie in den Spiegel blickt überlegt sie sich noch mal nach zu schminken, das würde vermutlich weniger zu der Lage der verzweifelten Eingesperrten passen, also beschließt sie sich für das Gefühl nur ein wenig aufzufrischen.

Nachdem eine längere Zeit vergangen ist, wird bereits das Abendessen aufgetischt. Diesmal gerät Angelique ein wenig in Bedrängnis, schließlich würde diesmal das Essen kalt werden und an ihrer Stelle würde sie sich wünschen dafür geweckt zu werden.

Zaghaft nähert sie sich ihrem Bett.

„Entschuldigung, das Abendessen ist gerade gebracht wurden, es wird kalt", erklärt sie vorsichtig.

Keine Reaktion. Ängstlich fühlt sie ihren Puls und atmet sofort auf. Dann rüttelt sie an ihr zunächst zögerlich dann kräftiger.

Sie beginnt sich zu bewegen, öffnet langsam die Augen und erschreckt fürchterlich als sie in Angeliques Gesicht blickt.

Mit einem Ruck springt sie aus dem Bett nimmt einen großen Sicherheitsabstand.

„Wer bist du?" Ruft die Frau panisch und hält sich schützend die Hände vor das Gesicht.

„Ich bin A… Stephanie", rettet sie sich gerade noch sichtlich irritiert von der heftigen Reaktion ihrer bildschönen Kollegin.

„Was machst du hier?" Fragt sie misstrauisch.

Angelique erzählt ihr im Rahmen ihrer Rolle von den Ereignissen und dass sie als Nr. 10 nun auch hier wohnte.

„Ach sie kommen und gehen. Am Anfang hatte ich auch noch einen Funken Hoffnung, dachte es würde schon nicht so schlimm werden, ließ mich von ihrer Freundlichkeit blenden." Erzählt sie mit leerem Blick. „Verzeihung, warst du schon bei diesen Leuten von denen sie gesprochen haben?" Möchte Angelique wissen.

Da zieht sie ihr Hemd hoch. Angelique schreckt zusammen, selbst als Profi war es heftig so einen entstellten Körper zu sehen. Die Narben sehen täuschend echt aus. Aber Mr. Turner hatte angemerkt, dass sie hier irgendwo auch eine Maske und Kostüm hätten, man würde dann ein Zeichen kriegen. Was für eine hervorragende Arbeit da geleistet wurde. „Das sind die Spuren von 40 perversen kranken Leuten, die sich an meinem Körper vergangen haben. Die versuchen es so gut es geht hier zu behandeln, denn wer will schon ein zerrupftes Huhn buchen? Ich kann kaum noch laufen, musste Notoperiert werden, weil ich so oft vergewaltigt wurde, von den schmierigsten ekelhaftesten Schweinen die ich jemals gesehen habe ich fühle mich so schmutzig!" Die junge Frau bricht jämmerlich schreiend in Tränen aus und lässt sich auf den Boden fallen. Angelique möchte sie in den Arm nehmen aber wird abgeblockt. „Geh weg! Keiner kann mir helfen mein Leben ist vorbei!" fährt sie Angelique an.

„Du kannst mit mir über alles reden, ich bin für dich da wir sitzen im selben Boot und müssen uns gegenseitig stützen", baut sie die Frau auf. „Es ist zu spät", seufzt sie hoffnungslos und zusammengekrümmt.

„Verrätst du mir denn wenigstens deinen Namen?" Versucht Angelique an sie heranzukommen.

„Ich heiße Sophia", verrät sie schniefend.

„Das ist ein sehr schöner Name", vorsichtig streicht Angelique über ihre Wange. Zuerst versucht Sophia sie erneut abzuwehren, aber ihr Körper sehnte sich zu sehr nach Liebe und Zärtlichkeit, so dass sie nichts dagegen tun wollte.

„Und wie ist deine Geschichte? Aus welchem Grund halten sie dich hier drin fest?" Schaut sie Angelique mit traurigen Augen an.

„Sie behaupten ich hätte geheime Informationen und soll hier drin zum Schweigen gebracht werden durch Geld, was ich mir verdienen muss, ansonsten müsse ich hier bleiben", gibt Angelique preis.

„Sie erzählen jedem etwas anderes", stellt Sophia fest.

„Ich bin damals heimlich betrunken mit dem Auto meines Vaters gefahren, dabei hatte ich einen Autounfall, es ging alles so schnell, kann mich an kaum etwas erinnern. Bin dann hier auf der Krankenstation wieder zu mir gekommen, sie erzählten mir, dass ich mir keine Sorgen machen bräuchte, sie würden sich um das kaputte Auto kümmern und dafür sorgen, dass ich Straffrei davonkäme.

Dann machten sie mir das gleiche Angebot wie dir, aber mit dem Ziel mein Verhalten dauerhaft zu ändern. Aber kannst du mir mal Verraten, was ich mit dem beschissenen Geld anfangen soll wenn ich dann ein Wrack bin?" Wütend blickt sie Angelique an, diese streichelt liebevoll Sophias Arm.

„Sucht dein Vater nicht nach dir?" Hinterfragt sie.

„Nein, sie wollten alles klären, daher mache ich das hier ja mit, um keinen Ärger mit meinem Vater zu bekommen und wenn ich das Geld mit ihm teile, so sagten sie, wird er stolz auf mich sein. Ist halt ein hoher Preis den ich dafür zahlen muss, aber angesichts des Zieles ist es das schon Wert. Nur manchmal steigen diese Zweifel in mir auf. Was wenn es doch kein Geld am Ende gibt und sie gar nichts klären?" Misstrauisch blickt sie Angelique an diese schaut überfragt zurück.

„Hast du denn solche Angst vor deinem Vater?" Hakt sie nach. „Mein Vater hat mich schon einige Male verprügelt mit dem Gürtel, er hat ein Alkoholproblem, wenn er trinkt wird er total aggressiv", gibt sie mit belegter Stimme zu. Erschrocken blickt Angelique in Sophias aufgelöstes Gesicht und nimmt sie ganz feste in den Arm, diesmal lässt sie es geschehen und legt sich vertraut auf ihren Schoß.

„Das ist ja schrecklich, das tut mir so leid für dich, hast du dich denn noch nie ans Jugendamt gewendet? bekommt denn keiner etwas mit? Was ist eigentlich mit deiner Mutter?" Dabei streicht sie sanft durch ihre Haare. Sophia blickt mit Tränen in den Augen zur Seite: „Meine Mutter hatte vor acht Jahren einen tödlichen Autounfall. Meine kleine Schwester saß auch mit darin. Sie waren sofort Tod. Mein Vater hat es bis heute nicht verkraftet und versucht seinen Schmerz mit Alkohol zu betäuben... auch ich werde von Gewissensbissen geplagt, an dem Tag hatte ich einen schlimmen Streit mit ihr. Sie ist wutentbrannt losgefahren und ich blieb bei meinem Vater zu Hause, wäre das nicht passiert, wären sie noch am Leben!"

Da bricht sie augenblicklich in bitteren Tränen aus.

„Das tut mir so leid, mein tiefes herzliches Beileid, das was da geschah ist wirklich schlimm, aber so etwas darfst du dir nicht einreden, hörst du? Keiner kann wissen was gewesen wäre und deine Mutter hätte sicherlich nicht gewollt, dass du dir dafür die Schuld gibst!" Sie hält Sophia ganz fest und drückt sie sachte an sich.

In diesem Moment kommt in Angelique alles hoch, die unschönen, prägenden Dinge die ihr in der letzten zwar relativ kurzen Zeit passierten, die sie aber dafür umso intensiver erlebte.

Da kann sie es nicht mehr an sich halten, legt ihren Kopf auf Sophias und beginnt ebenfalls in Tränen zu verfallen.

Eine ganze Weile halten sich die beiden Frauen fest, dies war genau das, wonach sie sich gesehnt hatten. Erschöpft und ausgelaugt setzen sie sich an den Tisch mit dem mittlerweile noch leicht lauwarmen Essen. „Habe lange nichts mehr gegessen", merkt Sophia an, die sich nach einigen Spatzenhappen schon krampfhaft die Arme fest im Magenbereich verschränkt.

„Schon gut, versuche in langsamen Etappen zu essen, dein Körper wird sich schnell wieder daran gewöhnen", rät Angelique.

„Ich brauche was gegen Magenschmerzen und Übelkeit", jammert Sophia, durchsucht hektisch den Spiegelschrank im Bad und geht zielstrebig zu einem Telefon in dem Essbereich.

Angelique beobachtet sie genau und starrt mit großen Augen ungläubig dorthin. „Es funktioniert leider nur intern, habe schon etliches probiert", enttäuscht sie.

„Schade, aber hätte mich auch echt gewundert", dabei sieht sie ein wenig niedergeschlagen aus. Sophia ordert einige Medikamente, Angelique schaut sie besorgt an.

„Was denn? Mein Vorrat neigt sich dem Ende, ich brauche dringend Nachschub", erklärt sie sich.

„Hast du eine bestimmte Krankheit?" Hakt Angelique nach.

„Nicht direkt, aber ohne diese Mittel kann ich nicht schlafen und fühle mich einfach schwach und ausgelaugt, was ist denn daran so schlimm? Jeder hat doch irgendein Wehwehchen wogegen er was nimmt, sie mich doch nicht so an als wäre ich n Junkie- glaube mir von denen habe ich schon genug gesehen und damit will ich auf keinen Fall verglichen werden, kapiert?" Verteidigt sich Sophia die sich enorm angegriffen fühlt.

„Oh, nein nein, das habe ich nicht gedacht, ich wundere mich nur, weil es nach sehr viel geklungen hatte und du ja noch sehr jung bist, na ja außerdem hast du so lange und fest geschlafen... So etwas ist jedenfalls nicht ganz ungefährlich... Ich kannte einige Kollegen die es damit übertrieben haben und na ja nicht mehr aufgewacht sind- nicht das ich dir das unterstellen würde, ich meine..." Stammelt sie betroffen.

„Ich bin alt genug um auf mich selbst aufzupassen, brauche keinen Babysitter, klar?"

Reagiert sie sichtlich gereizt.

„Okay das war auch nicht meine Absicht, wollte dich nur darauf hinweisen- unabhängig deines Alters zumal ich ja auch nicht viel älter bin", verteidigt sie sich. Nicht lange darauf steht ein Mann mit einigen Schachteln Arznei auf einem Wagen drapiert vor ihnen und händigt ihr diese aus.

„Beim nächsten Mal werden sie sich aber noch mal persönlich bei einem unserer Ärzte vorstellen müssen, Mrs. Roberts. Sie müssten sich dann noch mal einem Gesundheitscheck unterziehen, die Prozedur ist ihnen bekannt. Wenn wir ihnen zu häufig die Medizin zur Verfügung stellen, bekommen wir großen Ärger, das wissen sie." Erklärt der Mann, der dies anscheinend nicht zum ersten Mal anmerkte, während er den leeren Teller von Angelique abräumt und auch nach Sophias kaum angerührtem Essen greifen möchte.

„Lassen sie es noch stehen, sie hat doch kaum etwas davon gegessen", Verteidigt sie deren Teller. Der Mann sieht Angelique verwundert an, er war es offensichtlich nicht gewohnt, dass sie aufisst. „Schon gut, danke", mischt sich Sophia ein und verdeutlicht mit einer Handbewegung, dass sie nicht mehr weiter essen wird.

„Dann lassen sie es trotzdem stehen für mich, bitte, es ist zu schade um es wegzuschmeißen", bittet Angelique.

„Wie sie wünschen", gehorcht der Mann, verbeugt sich und schließt die Tür wieder hinter sich.

Gierig greift Sophia zu drei der Schachteln, reißt sie mit leicht zittrigen Händen auf und spült eine ordentliche Menge nacheinander mit Wasser runter.„ Wenn ich das alles nehmen würde, wäre ich auch satt, gibt es da keine Wechselwirkungen?" Bohrt Angelique ungläubig weiter, unterbewusst hat sie das Gefühl Sophia beschützen zu müssen. „Wenn ich davon abkratze, wen interessiert das? Dann muss ich diese Bilder wenigstens nicht immer und immer wieder vor meinen Augen sehen, die mich innerlich zerfressen. Aber das wirst du erst verstehen, wenn du mal dort warst, das ist so grausam, mit Worten nicht zu beschreiben," die Angst zeichnet sich währenddessen stark in ihrem Gesicht ab. „Mir ist es nicht egal und deinem Vater auch nicht genauso wenig wie allen anderen die dich lieben, das sind sicher ne Menge", baut sie Sophia auf.

„Du kennst mich doch gar nicht und die anderen haben mich sicher schon vergessen." Deprimiert legt sie sich aufs Bett.

„Na und glaub mir ich bin gut darin Menschen zu analysieren und du bist eine nette ehrliche und äußerst liebenswürdige junge Frau, die es verdient hat von ganzem Herzen glücklich zu sein.

Du hast dein ganzes Leben noch vor dir, nutze es und wenn du das Geld erst mal gewonnen hast, gehst du mit erhobenen Hauptes da raus, gestärkt durch die ganzen Narben- innerlich wie äußerlich und gestaltest dein Leben so wie du es schon immer haben wolltest. Alle Türen stehen dir offen. Nichts ist noch stark genug dich aufzuhalten. Du startest voll durch. Kämpfe für deine Träume!"

„Wow vielen Dank das sind ja wirklich ermutigende Worte... Ich wollte als Kind schon Anwältin werden und für das Recht kämpfen nur fehlte mir bisher das Geld für das Studium, das würde sich bald ändern." Ihre Augen leuchten dabei und ein kleines bescheidenes Lächeln entrinnt ihrem Gesicht.

„Das ist doch wunderbar, ich wette du wirst eine ausgezeichnete Anwältin, von solchen engagierten ehrlichen Menschen mit Visionen, die ihren Beruf dann mit Leidenschaft ausüben, brauchen wir viel mehr." Freut sich Angelique ihre Mitbewohnerin aufgebaut zu haben. Die beiden machen sich Bettfertig.

„Weißt du wann wir hier mit Drehen fertig sind? Flüstert Angelique ihr ungeduldig ins Ohr. Sophia starrt sie entsetzt an: „Was? Du glaubst das hier ist alles nur gespielt?" Ruft sie fassungslos aus.

„Nein natürlich nicht das hast du falsch verstanden. Ich meinte das ist ein mieses Spiel", versucht sie die Situation noch zu retten.

„Kannst du nicht mal bitte kurz aus deiner Rolle fahren und mir kurz die Antwort zuflüstern?" bittet Angelique so leise und unauffällig wie möglich.

„Ich fasse es nicht sie haben es dir als Spiel verkauft, nicht wahr? Das bedeutet alles was du vorhin gespielt hast war nicht wahr?" Regt sich Sophia zunehmend auf.

„Du hast da was falsch verstanden, es liegt wahrscheinlich an den ganzen Tabletten, die du eingenommen hast", versucht sie erneut die Lage zu entschärfen. Doch Sophia steigert sich immer weiter hinein und reitet darauf herum, dass alles nur gespielt sei.

Wütend reißt sie ihre Kleider vom Leib und zeigt ihr den misshandelten Körper. „Das war für dich die Maske? Und meine Geschichte und Gefühle ausgedacht?" Schreit sie mit hochrotem Kopf und deutlich gekränkt. Angelique gefällt die Richtung in die es sich gerade entwickelt gar nicht, sie sieht ihre Karriere ernsthaft gefährdet. Irgendwas musste nun passieren, damit es aufhörte.

In diesem Augenblick beginnt Sophia zu torkeln sowie orientierungslos zur Decke zu schauen. Irgendetwas Unverständliches entweicht ihrem Mund, dann fällt sie ohnmächtig zu Boden, zittert am ganzen Körper und liegt regungslos da.

Währenddessen ruft Angelique verzweifelt um Hilfe, und drückt auf einen Notfall Knopf, der in jedem Raum vorhanden ist.

Bis Hilfe kommt erinnert sie sich an ihren letzten erste Hilfe Kurs und beginnt mit den Maßnahmen, der Puls ist kaum vorhanden, da bekommt sie das erste Mal Angst, doch erinnert sich an eine umstrittene Methode: Bestimmte Präparate werden den Schauspielern verabreicht, um deren Herzschlag ein wenig herunterzufahren, damit es echt aussieht, sofort ist sie innerlich beruhigt. Unverzüglich stürmt ein Arzt und einige Sanitäter hinein, stürzen sich auf Sophia und versuchen den leblosen Körper zu reanimieren. Angelique steht ungläubig daneben, wobei wenn man den Kreislauf künstlich herunterfährt, wäre es eher unbedenklich diverse Maßnahmen einzuleiten um ihn wieder hochzufahren.

Außerdem ist ihr bekannt, dass Mr. Turner sich so wenig wie möglich an theatralischen Hilfsmitteln bedient. An so viel Authentizität am Set muss sie sich erst mal gewöhnen, jedenfalls werden die Zuschauer es lieben und die Schauspieler geraten nicht so unter Druck, da es ja beim ersten Mal sitzen muss- dies war einer der Gründe warum Mr. Turner hier so gut wie gar nicht tricksen wollte.

Nach 20 Minuten geben sie auf und können nur noch den Tod der jungen Frau feststellen. Angelique, beginnt sich als Vollprofi weinend über Sophia zu hocken und bitterlich an zu weinen.

Dann wird sie auf eine Bahre gelegt und abtransportiert.

„Wie schade, dass sie sie sterben lassen, sie hatte sie irgendwie lieb gewonnen, vor allem sollte so eine herausragendes Schauspieltalent nicht frühzeitig aus dem Format genommen werden, andererseits hatte sie keine Ahnung, wie lange sie schon in ihrer Rolle verharrte.

Sie bedauert ihr Ausscheiden zutiefst und zieht ihren Hut.

Irgendwie beneidet sie Sophia darum, sie hatte es hinter sich und eine grandiose Leistung abgegeben- Mr. Turner wird begeistert sein.

Am liebsten würde sie auch die Möglichkeit haben, ihre schauspielerischen Leistungen unter Beweis zu stellen.

Doch es ist gerade mal ihr erster Drehtag, sie wird sicherlich noch oft genug überzeugen können. Mr. Turner und Mr. Goldfield jedenfalls schätzen ihre Leistung sehr.

Hoffentlich wird ihr bald eine neue Kollegin zugeteilt, damit sie glänzen kann. Oder sie bekommt eine wertvolle dramaturgische Anweisung, wo sie endlich ihr volles Potential ausschöpfen kann.

Mittlerweile ist sie müde, heute beschließt sie früh ins Bett zu gehen, da ihr Tag auch sehr früh begann. So kann sie morgen voller Elan und Tatendrang durchstarten. Sie schläft augenblicklich ein.

Mitten in der Nacht spürt sie, wie eine Hand an ihrem Körper ruckelt. Erschrocken öffnet sie die Augen, für eine Sekunde dachte sie ein Einbrecher würde ihr gleich etwas antun, doch dann realisiert sie, dass sie sich ja gar nicht mehr im Hotelzimmer oder zu Hause befindet. Diese Situation hatte trotzdem etwas befremdliches, nachts aus dem

Tiefschlaf von Wildfremden Männern geholt zu werden verletzt einfach die Privatsphäre.

Mit genauem Drehbuch hätte sie sich darauf einstellen können, auf der anderen Seite würde jetzt wahrscheinlich endlich bald ihr großer Moment eintreffen, den sie sich schon so herbeigesehnt hatte.

„Aufstehen, sofort, sie wurden gebucht!" Befiehlt eine vertraute Stimme stürmisch.

Als sie genauer hinsieht erkennt sie Mr. Davis, der ungeduldig auf die Uhr sieht. „Von wem denn?" Mit ängstlichem Blick sieht sie Davis an, innerlich kann sie es kaum erwarten.

„Ich bin nicht befugt ihnen weitere Informationen zu erteilen", blockt er ab. „In 10 Minuten bin ich wieder da und sie sind fertig, ansonsten nehme ich sie mit so wie sie sind", instruiert er sie mit vorgestrecktem Brustkorb und verlässt wieder den Raum.

In Windeseile hüpft sie unter die Dusche und putzt sich parallel die Zähne wer weiß wann sie das nächste Mal wieder in diesen Genuss kommt. Hastig Trocknet sie sich ab und schlüpft in etwas Neutrales. Schnell noch ein paar Schlucke Saft, dann öffnet sich auch schon die Tür. Davis läuft mit Handschellen und Augenbinde auf sie zu und legt sie ihr widerstandslos an.

„Was ist mit meinem Gepäck?" Erkundigt sich Angelique.

„Bleibt hier, sie kommen ja wieder", erklärt Davis kurz, dann führt er sie hinaus. Sie gehen eine ganze Weile den Flur entlang, passieren eine Tür und kurz darauf eine weitere.

Nach wenigen Schritten bleiben sie stehen und warten kurz.

„Das Geräusch kenne ich doch, wir sind am Fahrstuhl", stellt Angelique sehr irritiert fest. Davis reagiert nicht darauf und sie fahren hoch. Angelique rechnet mit einer weiteren Anweisung von Mr. Turner oder einem anderen Mitglied der Filmcrew.

„Hoffentlich war es das nicht schon, was wenn er doch nicht mit meiner Leistung zufrieden ist, oder mich zur Rede stellt wegen der Aktion mit Sophia, es war auch ziemlich dumm von mir sie darauf anzusprechen, macht sie sich Gedanken.

Oben angekommen gehen sie hinaus. Er führt sie weiter über das Feld.

„Puh das war ja eine sehr tolle, spannende Erfahrung! du und die Kollegen sind wirklich äußerst professionell, eine Wahnsinns Leistung, bravo!" Davis gibt erneut keinen Ton von sich.

„Wie heißen sie eigentlich mit richtigem Namen?" Fragt sie neugierig. Wieder entgegnet er nichts.

„Mr. Davis, sind sie noch da?" Erkundigt sich Angelique lächelnd. Da zieht er ruppig an ihrem Arm. „Hey was soll das hier sind gar keine Kameras mehr, sie können aufhören zu spielen, nehmen sie mir bitte die Handschellen und die Augenbinde ab", verlangt sie nicht mehr ganz so gut gelaunt.

Eine Autotür öffnet sich und sie wird hineingedrückt.

„Stopp, was tun sie da? Das war nicht mit Mr. Turner abgesprochen! Er sagte ganz eindeutig, da unten sei das Filmset und die Kameras, von einem Dreh außerhalb war nie die Rede, ich möchte bitte erst mal Mr. Turner sprechen", bittet sie.

Sie fahren dennoch los und trotz mehrfacher Aufforderungen von Angelique anzuhalten bleiben sie nicht stehen, sondern brechen in Gelächter aus.

„Ich steige hiermit aus dem Dreh aus, von mir aus könne sie die Gage behalten, ich will nur noch nach Hause! Sie machen mir gerade Angst, hören sie sofort auf damit, oder ich zeige sie an!" Schreit Angelique wütend.

Die Stimme eines anderen Mannes ertönt: „Klappe halten sonst verpass ich dir ne Spritze!" Schreit er zurück.

Plötzlich bekommt Angelique Panik und versucht sich mit Gewalt loszureißen.

Kapitel 8

Der Bestrafte

Was zur Hölle passiert hier gerade? Dies war einer dieser Augenblicke, in denen man mit Entsetzen ahnt wie sie weitergehen. In denen man sich wünscht einfach in einer vertrauten Umgebung im Kreise der Liebsten aufzuwachen und sich schweißgebadet über diesen sehr realen Traum wundert, der zwar noch eine gewisse Zeit am Tage negativ mitschwingt, aber man überglücklich darüber ist, es nicht wirklich erlebt zu haben.

Das hier allerdings ist sehr real, denn er kann das Papier deutlich zwischen seinen nass geschwitzten Fingern spüren, widerwillig liest er die Zeilen, die scheinbar mit rotem Lippenstift darauf geschrieben wurden: „Unser Wiedersehen müssen wir groß feiern! Ich erwarte dich im Keller, Darling. Deine Mistress." Darunter ziert ein Kussmund den penetrant nach weiblichem Parfum duftenden Brief.

Ikem verzieht angewidert sein Gesicht.

Diese Einladung wollte er keinesfalls annehmen, vorher würde er sich lieber seine Zunge abbeißen.

Er wird ausgerechnet von Peter abgeholt.

„Hat es dir wenigstens Spaß gemacht mich zu verarschen?"

Sauer und enttäuscht blickt er ihm in die Augen, dieser ist nicht in der Lage seinen Blick zu erwidern.

„Es tut mir so leid ich wusste ja nicht..." Versucht Peter leise eine Entschuldigung hervorzubringen, die von Ikem sofort im Keim erstickt wird: „Spar dir das du geldgeile linke Bazille!"

Da holt er Handschellen hervor und legt sie Ikem an.

„Ich fass es nicht!" Ruft er zornig.

„Das ist eine Anordnung von der Mistress", beteuert er und führt Ikem in den Keller. Gehässig wird er von dieser schon mit verschränkten Armen vor dem Panikraum erwartet.

Diesmal trägt sie einen hautengen schwarzen Lack Jump suit, mit einer orange- roten Po langen Perücke und schwarzen Leder High-Heels.

„Ikem, Ikem, Ikem, wieso bist du nur vor mir weggelaufen? Wir beide hätten
eine so wunderbare harmonische Zeit haben können, doch du zerstörst alles", sagt sie kopfschüttelnd mit aufgesetzt süßer Stimme. Dann wendet sie sich Peter zu: „ Vielen Dank Peter, du hast wie immer sehr gute Arbeit geleistet", zwinkert sie ihm zu. Doch dieser schaut sich sichtlich unwohl fühlend weg und geht hinauf.

Sie öffnet die Tür und bittet Ikem vorzugehen, diesem bleibt außer Gehorsamkeit nichts übrig, dies hat er inzwischen gelernt.

„In der Zeit als du weg warst, war ich sehr kreativ und habe mir einige Gedanken gemacht", überlegen lächelt sie ihn an, schaltet das Licht ein und schließt die Türe hinter sich.

Erschrocken sieht sich Ikem um, es sind einige Folterutensilien dazu gekommen. Plötzlich zieht die Mistress einen Behälter aus dem Schrank, öffnet diesen und hält ihm diesen direkt unter die Nase.

„Hmmm, riechst du das? Nimm eine Nase davon, genieße es." Fordert sie ihn auf, während sie tief einatmet und sich die Luft wohlwollend in ihre Lunge einverleibt.

Ikem muss direkt würgen, nur mit großer Selbstdisziplin schafft er es seinen Brechreiz zu unterdrücken.

„Och ich dachte es würde dir gefallen", schaut sie ihn schmollend an, dann stellt sie den Behälter zur Seite.

„Vielleicht findest du gleich ein wenig mehr Freude daran, wenn wir ein kleines Spiel damit spielen", entgegnet sie bestens gelaunt und führt ihn voller Vorfreude zu einer Art Liege.

Nach Aufforderung legt sich Ikem darauf und wird von der Mistress an den Hand- sowie Fußgelenken festgeschnallt, nachdem sie ihm kurz zuvor die Handschellen abgenommen hat.

Sie dreht sich um und wendet sich ihm anschließend mit den Händen hinter dem Rücken zu.

Besorgt versucht Ikem herauszufinden was sie da versteckt hält.

„Na wer wird denn hier so ungeduldig sein? Lass es uns doch ein wenig mehr genießen." Dabei holt sie eine Hand hervor und gleitet mit ihrem Zeigefinger über seinen Mund, steckt ihn hinein und pult dann wild mit ihren künstlichen, überlangen Fingernägeln darin herum. Angeekelt schaut er sie an, am liebsten würde er den Finger imhohen Bogen wieder ausspucken.

„So ein wunderschöner Mund mit so prächtig vollen, geschwungenen Lippen und so eine perfekte Stimme", schwärmt sie mit bösem Unterton, während ihre Bewegungen immer rauer und schneller werden bis irgendwann ihre gesamte Hand in seinem Mund verschwindet.

„Sehr bedauerlich, dass sie so viel Scheiße erzählt haben. Ich glaube du weißt nicht genau was du sagen sollst und was nicht. Aber das ist gar kein Problem ich habe dafür nämlich

schon eine gute Lösung." Entzückt zieht sie mit der anderen Hand hinter dem Rücken einen Trichter hervor, an welchem Bänder befestigt sind, sie schiebt diesen tief in seinen Rachen und bindet die Kiefersperre am Hinterkopf fest. Lachend holt sie den abartig riechenden Behälter hervor, der mit einer Jauche aus Wasser, Urin, Schmutzwasser und Kot gefüllt ist und kippt diese in den Trichter.

Die Durch den Schluckreflex ist es Ikem unmöglich sich dagegen zu wehren. Erst nachdem sie den letzten Tropfen in ihm entleert hat, bindet sie ihn los, legt ihm aber unmittelbar wieder Handschellen an, damit er beim Übergeben nicht erstickt, denn das was sie hineingießt, kommt beinahe zeitgleich als Fontäne wieder hinaus, allerdings wird er den bestialischen Geschmack im Mund nicht mehr los. Dagegen war das Ablecken ihrer Schuhe gar nichts.

So gerne würde er seinen Frust loswerden und sie so laut anschreien, dass ihr das Trommelfell platzte oder noch unzählige andere schlimme Dinge, so dass sie nie wieder irgendwem etwas antut. Wie er sie hasste! Doch würde er seinen Gefühlen freien Lauf lassen, würde sie ihn noch mehr, noch härter bestrafen und unendlich befriedigt sein dadurch, es ihm so richtig gegeben zu haben.

Nein das ließe er nicht zu! Es wie ein echter Mann über sich ergehen zu lassen, würde sein Ego am Meisten stärken.

„Igitt! Nun sieh dir einmal die Sauerei an, die du gemacht hast", die Nase rümpfend sieht sie auf den Boden, auf welchem der entleerte

Mageninhalt liegt. „Du bleibst gefälligst hier und bewegst dich keinen Zentimeter ich hole Putzzeug", befiehlt sie ihm und knallt die Tür hinter ihm zu. Noch immer ist ihm speiübel, allein schon der Gedanke reicht aus und es kommt ihm wieder hoch.

Um so etwas zu tun muss man schon richtig krank sein, Spiel hin oder her. Aber Moment mal, was ist wenn die Mistress auch diese Rolle spielen muss und eigentlich eine liebenswerte Person ist.

Schon während dieses Einfalls spürt er, dass sich sein Innerstes versucht gegenüber dieser Möglichkeit stark zu distanzieren.

Was es auch ist es ist nicht richtig, selbst als Spiel geht es schon lange zu weit. Es wird als solches deklariert, dennoch ist alles echt- die Schmerzen sind echt die Demütigung ist echt, selbst die Charaktere scheinen echt zu sein. Was bleibt dann bitte noch übrig um es als aufgesetzt bezeichnen zu können?

Hoffentlich kommt sie nicht mehr zurück, hoffentlich kommt keiner von denen zu ihm. Das Maß war voll, die unerträglichen Qualen denen Ikem ausgesetzt war haben vor einer ganzen Weile schon überhandgenommen. Er wüsste nicht wie lange er das noch aushielte. Doch wo kann er denn schon hin? Zumal eine weitere Flucht ausgeschlossen ist, sofern sie nicht wieder im Drehbuch des Teufels steht. Alle die Ikem hätte enttäuschen können hat er enttäuscht sogar weitaus mehr als sie und er es sich erträumen ließen.

Steckt da wirklich so ein unberechenbares Tier in ihm drin?

Dann ist das wohl einfach die Strafe die er verdient hat, angesichts der Tatsache, welche Grausamkeit er seinem besten Freund angetan hat, wenn er schon diese Hemmschwelle überschreiten konnte, so wäre er zu allem in der Lage. Selbst die brutalsten Serienmörder der Welt sehen aus als wären sie der nette Nachbar von nebenan, der eine Tüte Milch spendet, wenn man mal keine zur Hand hat.

Vielleicht ist es bei ihm ja so wie bei denen, tagsüber ein liebevoller Familienmensch und nachts ein Blutsaugendes Monster.

Mrs. Cunningham ist ja Psychiaterin sie konnte ihn gut einschätzen, sie hat gesehen, dass er eigentlich ein herzensguter Mensch ist, doch dass da auch ein wildes Ungeheuer in ihm steckt. Sie hat Potenzial in ihm gesehen, sonst hätte sie ihm nicht diese Chance gegeben, wahrscheinlich ist diese Prozedur hier die Effektivste um diesen unfassbar bösen Teil in ihm zu bezwingen.

Die Mistress ist der Dompteur und er der wilde Löwe- ja genauso machte es Sinn. Da öffnet sich wieder die Tür und die Mistress kommt mit Eimer und Putzmitteln in den Händen wieder.

„Pfui da ist ja noch mehr Schweinerei dazugekommen wie ekelhaft," rümpft sie angewidert die Nase, macht ihm wieder die Handschellen los, drückt ihm die Reinigungsmittel in die Hände und stellt sich mit einer auf Ikem gerichteten Pistole an die Wand.

„Los, wegmachen!" Brüllt sie mit scharfem Ton.

„Jawohl, sehr geehrte Mistress, ich habe es verdient", ruft er, doch der Trichter macht es unmöglich auch nur ein Wort verstehen zu können.

„Was? Ich kann dich leider nicht verstehen, wiederhole das noch mal", hält sie provozierend ihre Hand ans Ohr.

„Sie können die Pistole ruhig weglegen, ich wehre mich nicht, ich bin ab sofort gehorsam, so wie sie mich haben wollen," versucht er zu sagen, doch wieder ertönen nur unverständliche Worte aus seinem Mund. „Ikem nimm mal die heiße Kartoffel aus deinem Mund," macht sie sich lustig und verfällt in brausendes Gelächter.

Hörig kniet sich Ikem auf den Boden und säubert ihn akkurat, bis nichts mehr zu sehen ist. „Da drüben ist noch etwas", sagt sie, dabei zeigt sie auf einige Dreckklumpen, die sie durch festes auftreten mit ihren extra schmutzigen Schuhen erzeugt hat.

Schnell holt sie eine Peitsche und bittet ihn sich auszuziehen.

Als er schließlich splitternackt vor ihr steht, peitscht sie ihn aus und befiehlt noch gründlicher zu putzen.

Das ganze wiederholt sie so lange, bis ihr langweilig wird.

Mit jedem Hieb fühlt er sich befreiter. Jetzt wo Ikem klar wurde, dass er die Schmerzen auf sich nehmen muss, damit er wieder ein guter Mann wird, hält er diese viel besser aus. „Mitkommen!" Ordert sie derb an. Ohne Widerworte folgt er der Mistress zu einem Holzbock mit kleinen Metallzacken oben drauf, auf welchen er sich mit gespreizten Beinen setzen soll. Zuvor zieht sie ihm noch eine Gewichtsweste an. Ikem steigt tapfer darauf, versucht zunächst automatisch nicht sein ganzes Gewicht auf den Bock niederzulassen, indem er sich mit den Armen an dessen Kopf abstützt und seine Beinmuskeln stark anspannt. Ihm ist es unmöglich längere Zeit die Körperspannung zu halten, nach und nach verlassen ihn seine Kräfte, zusätzlich setzt die Mistress Stahlgewichte in seine Taschen.

Der Schweiß läuft an ihm herunter, als wäre er gerade aus der Badewanne gestiegen. Seine Muskeln zittern heftig, irgendwann kann er sich nicht mehr halten und wie ein Bauwerk dessen Tragsystem kollabiert, sackt sein erschöpfter Körper in sich zusammen und grässliche Schreie ertönen aus Ikems Trichter.

Der unaushaltbare Schmerz der dabei freigesetzt wird durchströmt seinen gesamten Körper und zwingt ihn sich wieder anzuspannen. Diese Tortur ist scheinbar endlos; die Phasen in denen ihn seine Muskeln nicht mehr tragen können werden zunehmend länger.

In der Mistress entzündet sich derweilen ein Feuerwerk der sadistischen Gefühle, entzückt wickelt sie eine Haarsträhne um den Finger.

„Schrei lauter, das gefällt mir!" Jubelt sie ihn amüsiert an.

Ikem muss sich nicht mal anstrengen um ihren Gefallen zu erfüllen. Die scharfen Zacken durchbohren die haut seines Gesäßes, sowie den Genitalbereich, Ikem schießen Tränen in die Augen vor lauter Schmerz. An dem Punkt, wo Ikem aufgibt, kommt die Mistress erst so richtig in Fahrt. Kontrolllos über seinen erschöpften Körper, bleibt ihm nichts mehr übrig, als ihn wie einen Mehlsack hängen zu lassen, begleitet vom enormen Quälen. Kaum hat sich Ikem seinem Schicksal ergeben, beginnt die Mistress langsam die Lust daran zu verlieren und zieht ihn darunter. Beglückt begutachtet sie die blutigen Löcher an den betroffenen Stellen und streicht stolz mit ihrer Hand darüber, was Ikem zusätzlich unangenehme Gefühle bereitet. „So nun bringen wir gerade deinem Mund bei, besser still zu sein, anstatt Müll zu labern- fehlt nur noch eine kleine Lektion für dein Hirn, damit es nur noch die richtigen Dinge denkt." Daraufhin geht sie abermals zum Schrank und zieht ein birnenförmiges Metallgerät hervor, bestehend aus vier löffelförmigen Schalen an welchen eine Schraube hervorsticht. Sie führt ihn zu einem Angsteinflößenden Stuhl auf welchem 1500 Spitzen enthalten sind.

„Los mach's dir bequem", fordert sie ihn sarkastisch auf.

Sobald sich Ikem hingesetzt hat, schnallt sie ihn wieder an Händen und Füßen fest. „Weißt du was ich hier habe?" Möchte sie von ihm wissen, während sie dieses eben beschriebene Gerät triumphierend in den Händen hält. Ikem sieht sie überfordert an.

„Ach Entschuldigung du kannst ja noch nicht reden, dann werde ich es dir einfach erklären", fährt sie vor.

„Das ist eine sogenannte Schädelschraube, hach ich liebe dieses Wort. Man kann sie auf vielfältige Weise nutzen. Entweder man dreht die Schraube nach rechts, dann öffnet sie sich, was allerdings äußerst öde wäre du hast ja schon eine Kiefersperre", lacht sie, holt eine Pamelo aus dem Schrank und stellt sich wieder vor Ikem.

„Oder, man dreht sie nach rechts, was angesichts deiner Situation viel zutreffender wäre…

Ich werde dir dieses lustige Spielzeug einmal demonstrieren, damit du eine bessere Vorstellung davon hast, was mit deinem hübschen Köpfchen passiert."

In dem Moment stülpt sie die Schädelschraube über die Pomelo und dreht die Schraube solange, in Richtung Uhrzeigersinn, bis diese Zerplatzt. Eingeschüchtert beobachtet Ikem wie der Saft sowie das Fruchtfleisch herausquellen, das wäre dann jetzt wohl sein Gehirn vermischt mit Blut. Ikem hat unmenschliches Getan und er musste dafür angemessen bestraft werden, Ajdin weilt schließlich auch nicht mehr unter ihnen und das war einzig und allein seine Schuld. Innerlich verabschiedet er sich von allen lieben Menschen und bittet aufrichtig um Verzeihung für seine Ungehorsamkeit. Er fürchtet sich davor im Jenseits abgestoßen zu werden.

„Bist du bereit?" Blickt die Mistress ihn ernst an. Ikem nickt und beginnt innerlich ein letztes Gebet zu sprechen.

Dann nimmt die Mistress die Folterbirne und setzt sie Ikem auf seinen Kopf. Sie wartet eine ganze Weile ab um noch mehr Spannung aufzubauen, dann beginnt sie die Schraube bedächtig im Schneckentempo so zu drehen, dass sich die löffelförmigen Schalen zusammenziehen. Ikem spürt den Druck in seinem Schädel, der sich Etappenweise steigert, als es unerträglich wird, stoppt die Mistress und er wird für eine gefühlte Ewigkeit diesem unmenschlichen Prozedere ausgesetzt.

„Aufhören, bitte ich kann es nicht mehr ertragen!" Schreit sein Überlebensinstinkt aus voller Kehle hinaus, doch der Trichter wandelt diese klaren beschlossenen Worte in undeutliches Gesäusel um, was die Mistress heiter beschwingt und dazu verleitet, noch ein klein wenig weiter zu drehen. Kurz vor der einsetzenden Ohnmacht nimmt sie ihm die Schädelschraube, als auch den Trichter heraus, schnallt ihn ab und lässt ihn wie einen Sack Mehl zu Boden fallen.

Da verspürt er eine unaufhaltbare Dehnung in seinem Kiefer Bereich, die es ihm völlig unmöglich macht, den Mund zu schließen, aus welchem unkontrolliert Speichel fließt, begleitet von den dröhnendsten Kopfschmerzen, die er je erlebt hat. Als er wehrlos unten liegt, steigt die Mistress mit ihren spitzen Pfennigabsätzen auf ihn und läuft von Fuß bis Kopf darüber, geht dann noch mal Richtung Gesäß, zieht die Pobacken auseinander und rammt ihm den 15 cm High- Heel mitten in den Anus. Ikem brüllt vor Schmerzen, er wünscht sich nichts mehr fühlen zu müssen, bleibt jedoch dummerweise bei Bewusstsein. Anschließend zieht sie ihn wieder hinaus und läuft erneut über ihn zu seinem Kopf, bleibt dort stehen und stellt ihren kontaminierten Schuh unmittelbar vor Ikems Gesicht. Mit großer Anstrengung versucht er seinen Schmerz zu verbeißen, was beinahe unmöglich erscheint, durch den ungewollt weit geöffneten Mund.

„Leck den Absatz ab, los!" Schreit sie ihn dominant an, während ihr anderes Bein immer noch auf seinem Kopf platziert ist.

Ekel erfüllt streckt er mit letzter gebündelter Kraft seine Zunge heraus und leckt abgeneigt über den übel riechenden High Heels.

Zum Abschluss peitscht sie ihn nochmal ordentlich aus, bis aus Ikems Kehle quiekende Laute schrill den Raum durchdringen.

„Du erscheinst gefälligst in einer Stunde frisch geduscht und sauber gekleidet bei uns im Speisesaal und vergiss nicht dir die Zähne zu putzen du stinkst bestialisch aus dem Mund!" Blasiert dreht sie sich um, lässt Ikem unbeholfen am Boden liegen und knallt die Tür hinter sich zu. Bereits in der nächsten Minute steht auf einmal Peter neben ihm, den er nur noch schwammig wahrnimmt.

„Hier hast du was zu trinken," behutsam hält er ihm eine Flasche Apfelschorle an den Mund, als er bemerkt, dass dieser nicht in der Lage ist vernünftig zu trinken, kippt Peter ihm vorsichtig kleine Schlucke in den Mund. Eigentlich gibt es gar keinen Grund ihm für irgendetwas böse zu sein, erstens könnte Peter ja nichts dafür, da er eine Rolle spielen muss genau wie er, zweitens wäre jede Grausamkeit oder Peinigung sei es körperlich oder seelisch gerechtfertigt. Wie gerne würde er es ihm sagen, doch noch ist er nicht in der Lage zu sprechen.

Peter spürt seine Verzweiflung: „Ist schon gut, du musst mir nichts sagen, ich verstehe dich auch so, versuche dich etwas zu schonen, das mit deinem Kiefer wird noch etwas dauern, ich werde dich nun anheben, probiere ein wenig mitzuhelfen, dann kann ich dich besser stützen," weist er ihn bedauernd an und zieht ihm mühsam seine Hose an. Ikem nimmt seine letzten Energiereserven zusammen und stützt sich zittrig mit einem Arm ab, weiter kommt er allerdings nicht.

„Hey schon gut, dann übernehme ich das eben ganz", sichert Peter zu, umschlingt ihn unter den Armen, zieht ihn mit einem Ruck nach oben und stützt ihn, während sie gemeinsam nach oben gehen. „Das alles tut mir wirklich zutiefst leid, hätte ich gewusst, dass es so endet, hätte ich dir nicht zur Flucht verholfen!" Beteuert Peter und schaut ihn voller Gewissensbisse an.

Ikem konnte nicht darüber nachdenken, warum er bei seiner Aussage blieb, zumal ja offenbar aufgedeckt wurde, das es ein Teil des Spieles war, er war nur noch in der Lage mit seinen Augen irritiert in Peters Richtung zu blicken. Alles war ihm gerade zu viel, er brauchte jetzt viel Ruhe, die er nicht bekommen sollte.

„Soll ich besser mit reinkommen?" Schaut er ihn besorgt an, während sie vor dem Badezimmer stehen. Durch ein angedeutetes Nicken, was Ikem noch mehr pochen im Schädel bereitet, signalisiert er ihm, dass er es alleine nicht schafft.

Das exklusive Bad mit weißen Marmorwänden und Decke welches ausgestattet ist mit pompösem Whirlpool in verschiedenfarbigen blauen Mosaiksteinen, einer Dusche aus Platin, ein prahlerischer Spiegelschrank mit integriertem Waschbecken, der sich über die gesamte linke Seite erstreckt sowie eine lebensgroße Statue des Masters aus Carrara Marmor, nimmt Ikem nur schleierhaft wahr.

Noch bevor er etwas anderes machen kann, zeigt Ikem auf die Toilette, Peter schaltet sofort, führt ihn schnell dorthin, abrupt reißt sich Ikem los, damit er sich über die mit Kristall verzierte Toilettenschüssel beugen kann, wo er mehrmals hintereinander erbricht, bis er wieder erschöpft in sich zusammensackt.

Peter hilft ihm ein zweites Mal hoch, Ikem umschlingt seinen Hals, trägt ihn in die Dusche und platziert ihn darin halb liegend.

Anhand von Gesten verdeutlicht er, dass Peter ihn waschen soll, jegliche Schamgefühle hat er bereits verloren.

„Aber selbst verständlich, warte ich hole nur noch schnell einen Lappen", erklärt er, läuft an den Spiegelschrank und kehrt rasch wieder zu ihm zurück. Peter stellt den Wasserstrahl auf die sanfteste Stufe und tupft achtsam mit dem von Seife benetzten Waschlappen über Ikems verstümmelten Körper, hört jedoch augenblicklich erschrocken auf, als dieser jämmerlich beginnt zu Schreien.

Nach einer Pause müssen sie die Prozedur fortfahren, weil ihnen die Zeit im Nacken sitzt. Das Wasser auf Ikems Haut brennt so gravierend, als würde er in einer Wanne voll Brennnesseln, Dornen und Disteln sitzen. Es kommt ihm so vor, als würde die Folter nie enden.

„Mir fällt gerade ein, dass die Mistress in einem dieser Schubladen Schmerztabletten aufbewahrt", eilig läuft Peter zum Spiegelschrank, durchwühlt alle Fächer und zieht jauchzend eine Schachtel hervor.

„Das sind sie!" Ruft er begeistert, entnimmt eine, öffnet diese, geht zügig zu Ikem und präsentiert sie ihm auf seiner rechten Hand.

Schulterzuckend nimmt er sie und schluckt sie hinunter, egal was es ist, schlimmer könnte es eh nicht werden, außerdem hat er sich innerlich schon auf das Äußerste eingestellt.

Nach der Dusche hebt Peter Ikem umsichtig heraus und trocknet ihn mit einem schwarzen Handtuch ab, auf welchem etwaige Blutflecken nicht so auffällig erschienen.

Neben dem Waschbecken liegt ein Stapel frisch gewaschener und 4gebügelter Wäsche für Ikem bereit, welchen Peter zu ihm bringt und anzieht. „Wir müssen dir noch unbedingt die Zähne putzen", stellt

Peter fest, nachdem er sich seinem Gesicht nähert.

Ja genau das war es was Ikem brauchte, um diesen widerlichen Geschmack endlich loswerden zu können, zumindest oberflächlich...

Dies übernimmt ebenfalls Peter, der gründlich mit einer Zahnbürste seine Zähne, sowie die Zunge ordentlich schrubbt.

„Wie wäre es mit einer Mundspülung?" Dabei präsentiert er ihm eine Glasflasche mit blauem Wasser.

„Keine Angst, du musst es nicht trinken, es ist nur zum Gurgeln, macht einen besonders frischen Atem," beruhigt er den skeptisch blickenden Ikem. Dieser greift nach der Flasche, nimmt einen Schluck, gurgelt fleißig und spuckt es ordnungsgemäß in das Waschbecken. Die Schärfe macht ihm dabei nichts, jeder noch so brennende Geschmack sei ihm willkommen, sofern er den abnormalen vorherigen ablöste. Wie von der Mitress verlangt, trägt Peter ihn in den Speisesaal, wo bereits der Master und die Mistress am Tisch sitzen und gespannt zu ihnen blicken.

„Stell ihn da vorne ab neben dem Schrank aus Ebenholz, seine Hautfarbe harmoniert hervorragend damit", dabei zeigt der Master auf eine dunkle Decke, die vor zwei Hundenäpfe, neben dem genannten Schrank drapiert wurde.

Peter geht unmittelbar der Aufforderung nach und Setzt Ikem behutsam wie ein rohes Ei dort ab und zieht sich unmittelbar danach wieder zurück.

„Das wir da nicht eher darauf gekommen sind mein Schätzchen", stellt der Master verblüfft fest. „Ja Daddy ich finde er macht richtig was her in der Ecke, wir sollten ihn da jetzt immer platzieren", entgegnet die Mistress. Nicht lange darauf tritt Peter und ein anderer Servant mit der Vorspeise hinein.

„Weiße Trüffel Cremé an Kaviar vom Albino-Stör auf Bruscetta al pomodoro", geben sie feierlich den ersten Gang bekannt.

Es duftet herrlich, doch Ikem ist es nicht möglich zu probieren, zum Einen will die penetrante Übelkeit des abartigen Schwedentrunks nicht weichen, obwohl er ihn beinahe restlos wieder hinausbefördert hat, und zum anderen ist es ihm mechanisch nicht möglich das Essen zu kauen, er probiert es aber dennoch, wobei er dabei klar an seine

Grenzen stößt. Ein riesengroßes schadenfrohes Gelächter ertönt vom Tisch, als Ikem schließlich aufgibt schreit ihn die Mistress augenblicklich an: „Streng dich gefälligst ein bisschen mehr an du Schlappschwanz, ist das der Dank für ein so tolles Essen? Da wo du herkommst haben sie Null Peil davon, dass es so was überhaupt gibt, weil sie alle Strohdoof sind, du auch sonst würdest du das annehmen du bist auch sau dämlich, aber kein Wunder bist ja auch n scheiß Mann!" „Ich denke nicht das es notwendig ist gegen diese Geschlecht abfällig zu reden, Gina, ich bin dein Vater und in meiner Gegenwart hast du dich zu zügeln, nur weil dich Samuel mit dieser Frau betrogen hat, musst du nicht aus der Haut fahren, wenn du das möchtest kannst du das im Keller tun, hier benehmen wir uns," ermahnt er seine Tochter streng.

„Alles gut, ich werde mich beruhigen", gibt sie nach und bringt Ikem damit zur Verblüffung. Hatte sie sich gerade wirklich untergeordnet? Ikem kann kaum glauben, was zu seinen Ohren gedrungen ist die Starke Mistress wurde weich geklopft, offenbar steht die Rolle des Masters über der ihrer. Interessant sie hat also einen wunden Punkt, oder war es nur gespielt? Wer weiß das schon? Die Spielanleitung obliegt nicht ihm oder denen sondern anderen die werden sicherlich wissen was sie tun und warum. Darüber brauchte er sich nicht den Kopf zu zerbrechen, was ihm angesichts seiner prekären Lage nicht wirklich möglich ist. Wichtiger war nun rasch wieder zur alten Verfassung zu gelangen. Vorsichtig bewegt er seinen Kiefer hin und her, dabei drückt er sachte den Unterkiefer nach oben. Der Spielraum wird allmählich immer größer bis es laut knackt und die Kiefersperre endlich gelöst ist. Die Beiden sehen ihn verwundert an.

Ikem überwindet seine Übelkeit und isst ein paar Happen.

Dann platzen schon wieder die Servants herein Peter räumt den Tisch ab und der andere serviert drei Teller Lammkarree in Kräuterkruste mit Rosmarinkartoffeln und Grillgemüse an Zwiebelmouse. Mittlerweile kann Ikem unbeschwert essen, was er offensichtlich sehr genießt.

Pikiert darüber beobachtet sie ihn mit giftigen Blicken wie er genüsslich den Teller bis auf letzten Happen schlemmt und sich mit der feinen Stoffserviette zufrieden die Essensreste wegwischt.

Da rennt sie mit einem mal wie eine Furie mit ihrer Gabel auf ihn zu und rammt sie in den Tisch knapp neben Ikems Hand, dieser zuckt ängstlich zusammen und schützt reflexartig sein Gesicht.

Mit Gewalt zerrt sie ihn auf die Toilette und zwingt ihn mit einer Pistole am Kopf sich den Finger in den Hals zu stecken, bis er das gute Essen wieder erbricht.

Ikems Magen fühlt sich nun wieder sehr leicht an.

Über diesen Aussetzer der Mistress denkt er gar nicht mehr nach, das hat er bereits aufgegeben, mittlerweile schockiert ihn gar nichts mehr, weil jederzeit alles möglich ist, was er aber kaum noch als störend, sondern vielmehr als Segen der Vorwarnung betrachtet, so ist er immerhin vorbereitet und kann sich darauf einstellen. Es ist immer gut, seinen Feind zu kennen und einschätzen zu können, dabei sollte man stets lieber überschätzen als umgekehrt.

Bis über beide Ohren strahlend bringt sie ihr Opfer wieder herein: „Verzeihung aber Ikem hat sich nicht besonders gefühlt, ich habe ihn begleitet." Der Master schaut nur gleichgültig rüber, zuckt mit den Armen und widmet sich wieder seinem Teller.

Es werden noch einige Snacks, sowie Desserts serviert, die sich Ikem allerdings unter den prüfenden Blicken der Mistress nicht mehr traut anzurühren, bis sich endlich das Dinner dem Ende neigt.

Ein letztes Mal stolziert einer der Servants herein mit einer Flasche Cognac, damit auf den einseitig gelungenen schönen Abend angestoßen werden kann.

Dazu stellt er drei Cognac Gläser auf den Tisch.

„Ist er auch auf perfekter Temperatur?" vergewissert sich der Master.

„Selbstverständlich, 21°, Sir!" Entgegnet der Servant wie aus der Pistole geschossen und bringt die Flasche unaufgefordert zu seinem Master, dieser überprüft den Zustand zufrieden: „Na dann kannst du es nun in die Schwenker Kredenzen."

Akribisch schaut er dabei zu, dass alle drei Schwenker die identische Menge von rund 25 ml besitzen. Nachdem er erwartungsgemäß seinen Job erfüllt hat, verbeugt sich der Servant und schließt die Tür hinter sich. Verunsichert sitzt Ikem mit seinem perfekt gefüllten Glas da und wartet auf irgendeine Reaktion seiner Gebieter.

„Findest du es angebracht und höflich deine Gastgeber so undankbar vor die Wand zu fahren? Los trink gefälligst- sonst kipp' ich es dir mit Gewalt deine Kehle hinunter!" Mault sie ihn mürrisch an.

Ikem folgt unmittelbar der Aufforderung und möchte gerade das Cognac Glas ansetzen da wird er von dem Master ruckartig unterbrochen: „Halt! Doch nicht so! Du Banause!" Schreit der Master ihn forsch an. Ikem erschreckt sich fürchterlich und hätte beinahe alles verschüttet. Schnell stellt Ikem sein Glas wieder ab und schaut ratlos zu seinen Gebietern rüber. Die Mistress kommt gar nicht mehr aus dem Lachen heraus. „Schau genau hin und mach's wie ich, so kannst du vielleicht noch was sinnvolles lernen," fordert er ihn auf, hält das Glas exakt 10 Minuten in der Hand um es leicht zu erwärmen, während er Ikem einen Fachvortrag über Cognac und dessen Verkostung hält. Nun hält er seine Nase an den Schwenker, um einen ersten Eindruck des Aromas zu erfahren. Anschließend bringt er gekonnt den Cognac zum Rotieren und riecht erneut daran.

„Erst jetzt darfst du davon „sippen", lass ihn langsam über die Zunge rollen und einige Zeit im Mundraum verweilen, so lernst du alle Geschmacksnoten kennen," belehrt ihn der Master. Als Ikem der Duft in die Nase strömt, fühlt es sich an wie tausend blitze die durch seinen Kopf hindurch schießen und merkwürdige Bilder produzieren:

Vor seinem geistigen Auge sieht er sich mit Ajdin sitzen. Sie trinken Branntwein von Ajdins Großvater selbst hergestellt aus den Früchten des Marula Baumes.

Beide sind mächtig angeheitert und in ausgelassener Stimmung, sie umarmen sich und feiern einen produktiven Tag.

Dann auf einmal verabschiedet sich Ikem und geht alleine durch sein Dorf. Plötzlich wird er von Drei Männern in Schwarz gekleidet umzingelt, einer steht auf einmal hinter ihm und hält ein Stofftuch über seinen Mund und Nase, er erinnert sich an den beißenden Geruch, anschließend sieht er sich in der Zelle gefesselt.

Diese Erinnerung war echt er kann sie spüren, es fühlt sich so intensiv an, als erlebte er sie gerade wieder.

Das war nichts von einem Hirnschaden oder Substanz hervorgerufen-

das da ist wirklich passiert!

Da fällt es ihm wie Schuppen von den Augen und alles fügt sich wie ein zerstreutes Puzzle zusammen. So gefesselt Ikem gerade auch war, er musste probieren sich nichts anmerken zu lassen, denn genauso wie die Szenen die er gerade eben gesehen hat, war das hier auch real! Er überlegt kurz und wartet bis die Servants wieder hereinkommen: „Du warst wohl eine erbärmliche Frau Gina, die es ihrem Mann nicht mehr besorgen konnte, daher hat er es mit anderen Getrieben! Ich bin mir sicher die haben ihm genau das gegeben was er wollte, nun ist er endlich glücklich!" Provoziert er sie.

Alle Anwesenden im Raum schauen umgehend ungläubig zu ihm rüber, so als hätten sie sich verhört.

„Wie war das? Habe ich dich richtig verstanden? Wiederhole das nochmal!" Keift sie ihn äußerst gereizt an.

„Du hast schon richtig verstanden, dein Macker hatte von deiner billigen Domina Art gewaltig die Schnauze voll und ehrlich gesagt du bist maximal ab törnend", bohrt er weiter auf ihrem empfindlichen Nerv herum. Die Mistress schaut ihn entsetzt mit tötenden Blicken und geballten Fäusten an. Sie atmet sehr tief ein und aus.

Völlig überrumpelt weiß sie nicht was sie tun soll.

„Ruhe Sofort!" Brüllt der Master Ikem mit feuchter Aussprache an.

Doch dieser zeigt sich wenig beeindruckt davon und macht weiter:

„Du armseliges kleines Mädchen, hast eine Mauer um dich herum gebaut, aus Angst wieder verletzt zu werden, lieber fügst du anderen Menschen Schmerzen zu, um die deinen zu kompensieren, bevor es der andere tun kann. Du bist verbittert und immer noch nicht über Samuel hinweg, auf der erfolglosen, verzweifelten Suche nach der wahren Liebe."

Ikem hat genau den richtigen Nerv getroffen, die Mistress läuft auf ihn zu, verpasst ihm eine gehörige Ohrfeige, in der ihre geballte Wut steckt und rennt aufgelöst mit Tränen in den Augen auf ihr Zimmer.

„Was glotzt ihr denn so blöd, los schafft den Kerl aus dem Zimmer, ich will den hier nicht mehr sehen!" Fährt der Master die überforderten Servants erbost an. „Wohin sollen wir ihn denn bringen?" Möchten sie wissen. „Das ist mir scheißegal Hauptsache er

verschwindet von meiner Bildfläche!" Wütet er hasserfüllt.
„Verzeihung, ich möchte aber dann gerne von dem anderen Servant hinausbegleitet werden, ich kann Peter nicht ausstehen, er ist eine linke Bazille und mir äußerst unsympathisch, das ließe sich doch sicherlich arrangieren, Sir?" Schaut er den Master erwartungsvoll an.
„Peter sperr ihn in den Keller, ich denke es wäre auch im Sinne meiner Tochter." Ohne zu zögern packt er Ikem am Arm und führt ihn hinaus. Als sie außer Reichweite sind, zieht er Ikem an sich: „ Was fällt dir eigentlich ein, was genau sollte das denn gerade bitte? Hast du immer noch nicht genug?" Unverständig schaut er ihn an.
„Du wusstest dass das hier gar kein Spiel ist, aber woher? Hatte gerade so eine Art Schlüsselerlebnis, ich kann mich endlich wieder an alles erinnern!" Flüstert er ihm zu. Peter schnauft erleichtert und nimmt ihn ganz feste in den Arm. „Ich bin so erleichtert dass du dahinter gekommen bist, ich wusste einfach du bist anders, du glaubst gar nicht wie oft ich versucht hatte die Leute zu bekehren, aber es war unmöglich, sie waren förmlich besessen von dem Spiel, sie glaubten einfach alles was ihnen erzählt wurde, dazu muss ich sagen sie wurden wirklich perfekt manipuliert, jede Rolle schien bis ins letzte Detail auf deren Leben und Situation zugeschnitten zu sein. Da sind echte Profis am Werk. Das weiß ich weil ich mit einigen gesprochen habe und an einige Daten gekommen bin... nicht ganz legal versteht sich..."
„Wie bist du denn daran gekommen und was hast du gefunden?" Wissbegierig sieht ihn Ikem an. „Der Master war wie immer in seinem Büro, was sich auch hier im Keller befindet. Als plötzlich jemand am Tor draußen war, es war wohl dringend, er ließ die Tür offen, weil er dachte er wäre alleine, habe im Nebenraum geputzt, das musste er vergessen haben.
Jedenfalls ergriff ich die Chance und Schlich mich ins Zimmer hinein, dort stand ein gewaltiger Server. Ich ging an den Computer und öffnete die Seite auf die er zuletzt war, als ich erkannt hatte was es war erschrak ich zutiefst: es war eine Art Bestellplattform für Menschen, die man gegen Geld erhalten kann. Die Höhe des Geldes korreliert mit der zugehörigen Nummer, je höher die Nummer, desto höher der Betrag. Jeder hatte ein umfangreich angelegtes Profil mit einer

ausführlichen Beschreibung. Der Master hatte dort bereits einen ausgewählt, welcher am Tag darauf bei uns war. Die Geschichte die derjenige mitbrachte, deckte sich mit seinem Lebenslauf, es scheint so als hätten sie darauf gewartet, dass er in eine bestimmte für sie geeignete Lage käme, damit sie das Spiel Best möglichst umsetzen können."

„Jetzt ergibt alles einen Sinn, daher diese Tests vorab, wir sind Handelswaren, mit uns verdienen sie sich einen Haufen Geld!" Stellt Ikem schockiert fest. „Was passiert nun mit uns? Konntest du noch mehr herausfinden?" Fragt Ikem aufgeregt. „Leider nicht ich wollte ja nicht erwischt werden. Ich kann nur so viel sagen, dass die Menschen die hier hinkommen entweder sehr lange bleiben oder nur kurz das variiert." „Von was hängt das denn ab?"

„Eine große Rolle spielt ihr Nutzen und der Rest ist pure Laune, habe ich festgestellt. Sie brauchen mich zum Beispiel als Servant, der für sie umsonst arbeitet", erklärt Peter schulterzuckend.

„Aber was ist mit den Servants außerhalb? Haben sie keine Angst, dass sie ausplaudern?" Überlegt Ikem. „Sie sind die perfekte Fassade, ideales Alibi nach Außen und für den Fall, dass ihnen mal etwas komisch vorkommt, erfinden sie eine Story und zwingen die Opfer diese zu bestätigen, das hat bisher immer prima geklappt, bei dir zum Beispiel, denken sie du wärst ein geliebter der Mistress mit masochistischen Vorlieben, so wie schon viele andere vor dir, naja sie kennen auch ihre sadistische Ader, doch das war nicht immer so extrem…" Begründet Peter. „Weißt du eigentlich irgendwas über diesen Samuel? Das scheint ja echt n verdammt wunder Punkt zu sein. War sie denn vorher schon so?" Interessiert sich Ikem.

„Sie war schon vor der Scheidung narzisstisch und arrogant aber seitdem sich ihr geliebter Mr. Smith von ihr scheiden ließ und mit ner anderen durchbrannte, hat sie sich in eine Art schwarze Witwe verwandelt, nur mit dem Unterschied, dass sie ihre Opfer nicht tötet aber fast zu Tode quält." Bemitleidend sieht er Ikem dabei an, dem wahrscheinlich noch viel Grausames zustoßen wird.

„Wir müssen sie irgendwie besänftigen", schlägt Ikem vor.

„Na den Plan hast du ja schon gut umgesetzt, Kumpel", klopft ihm

Peter auf die Schulter. „Ich musste sie herausfordern, wollte einfach mit dir reden, da du hier der einzige ehrliche Mensch bist, dem ich vertrauen kann, außerdem muss ich wissen wie man sie packen kann, du musst deinen Gegner an der schwächsten Stelle treffen," erklärt Ikem. „Das hätte auch gewaltig in die Hose gehen können, bedenke sie ist unberechenbar und könnte jederzeit auf dumme Gedanken kommen, zumal die Nacht noch nicht vorbei ist und die Gefühle jung," warnt Peter. „Das mag sein, habe vordergründig nach Intuition gehandelt, genauso wie bei dir. Da habe ich es im Prinzip direkt im Blut gehabt, sonst wäre ich ja auch nicht geflohen, nur mein Verstand hat sich da reinreiten lassen... Es tut mir verdammt leid. Genauso wie der vorgetäuschte Mord, ein Teil von mir hat sich von Anfang an gewehrt! Was sind das bloß für Menschen, die es übers Herz bringen, so sehr mit den Gefühlen und dem Leben anderer zu spielen?" Beide schauen sich kopfschüttelnd und verständnislos an. „Hör bitte auf dich zu entschuldigen, ich habe großes Verständnis, immerhin sind wir beide hier gefangen und bevor ich es herausgefunden habe, hatte ich denen auch geglaubt, da hätte mir ein anderer sonst was erzählen können um mich zu bekehren, keiner bekam mich wachgerüttelt, es war einfach zu gut inszeniert," rechtfertigt Peter. „Habe leider keine Ahnung wie es jetzt weitergehen soll, fliehen ist aussichtslos, da alles offenbar sehr gut miteinander vernetzt ist, sogar die Polizei ist integriert, die stecken uns hier wieder rein. Außerdem befinden wir uns hier mitten in einer Geisterstadt, oder hast du eine Lösung?" Hoffnungsvoll sieht er zu Peter, doch der blickt überfragt zurück. „Die beste Chance ist es, so wie du bereits gesagt hast, irgendwie diese Mistress zu zähmen, damit du nicht mehr gepeinigt wirst. Für mich ändert sich dadurch nichts aber das ist egal mit meiner Funktion kann ich mich arrangieren", dabei schweift sein Blick durch den Raum.
„Sie müssen irgendwie von uns ablassen", nachdenklich greift sich Ikem ans Kinn. Es gibt keinen Ausweg kein Geld und keine Befreiung- sofern sie keine Lust mehr auf uns haben schieben sie uns wieder in ihr Quartier. Dann werden wir woanders hin vermittelt und was uns dann erwartet kann noch viel schlimmer sein", entmutigt Peter. „Dann ist es besser zu sterben, als so ein Leben zu führen", stellt

Ikem verzweifelt fest. „Denk nicht mal dran, was wenn wir wirklich hier raus kommen, du hast es immerhin geschafft zu fliehen, das hat noch nie jemand gebracht und alle können unmöglich darin verwickelt sein, du warst vielleicht nicht weit genug von hier entfernt. Privatpersonen sind wahrscheinlich eher eine Anlaufstelle als Behörden", ermutigt Peter. „Du könntest Recht haben, aber wir wissen es nicht genau, lassen wir es lieber", beschließt Ikem.

„Ich glaube das ist genau das was sie wollen, uns gefügig machen, daher auch diese motivierenden Storys die sie uns auftischen, so spielen wir schön mit und versuchen uns nicht umzubringen, sie geben uns Hoffnung," offenbart Peter. „Massensterben ist natürlich keine Lösung aber dagegen Auflehnen können wir uns, es muss nur verbreitet werden, wir müssen irgendwie in der Überzahl sein, hier wäre es umsetzbar..." prescht Ikem entschlossen vor.

„Das mag sein aber daher die bis ins kleinste Detail perfekt ausgeklügelte Manipulation, habe es oft versucht, die sind so überzeugt fast schon besessen. Man müsste es ihnen zeigen, sie ins Büro des Herrn führen. Anders geht es nicht. Allerdings sind die Servants nicht involviert, da sie... Moment mal..." Da geht den Beiden ein Licht auf. „Genau da liegt das Problem... was ist gespielt und was echt? Es könnte eine Falle sein." Vollendet Ikem den Gedankengang.

Da hören sie schon Schritte auf sie zukommen, blitzartig steckt Peter Ikem in den Kellerraum, schließt die Tür leise und läuft unauffällig in ein Zimmer wo er beginnt aufzuräumen.

Die Tür des Schallschutzraumes öffnet sich und die Mistress steht vor Ikem. Sie steht eine ganze Weile einfach nur so da und starrt ihn gefühllos an. „Willst du mich nicht bestrafen?" Nimmt er ihr vorweg. Da kniet sie sich vor ihm nieder, nimmt ihre Hände vors Gesicht und weint sich die Seele aus dem Leib.

„Meinst du Samuel wäre noch da, wenn ich nicht so ein gemeiner Mensch wäre? Ich hätte ihm mehr zeigen sollen das ich ihn liebe", schluchzt sie, nimmt in Zeitlupentempo ihre Hände runter und blickt Ikem mit Mascara verschmiertem Hundeblick an.

„Man könnte beinahe Mitleid mit dem Schrecken Gespenst haben", denkt sich Ikem.

Er muss erst mal tief Luft holen, mit so einer aufgelösten Herrin hatte er nicht gerechnet, es scheint als hätte er mitten ins Schwarze getroffen. „Es ist nie zu spät ein guter Mensch zu werden, die Liebe steckt in jedem drin dafür muss man gar nicht mehr tun, als sich dessen bewusst zu werden", offenbart Ikem.

„Schön dann wirst du mir dabei helfen!" Erwidert sie in gewohnt schnippischen Ton und zieht ihn wie einen Hund an der Leine am Kragen hinter sich her die Treppen hinauf Richtung Schlafzimmer.

Kapitel 9

Mit großen Schritten

Der Weg dorthin scheint endlos, wie würde die Nacht nur werden. Was um Himmels Willen kommt da auf sie zu?

Je näher sie sich dem Ziel nähern, umso verkrampfter hält Caden das Lenkrad. „Nur nicht schwach werden, wir sind sehr gut vorbereitet, wie lange haben wir auf diesen Tag hingearbeitet?" Stärkt ihn Brendan, der selber mit Nasskaltem Schweiß zu kämpfen hat.

Nach langen nicht enden wollenden Stunden passieren sie endlich Bodie. „Das Navi zeigt an, dass sich der Zielort in 1,5 km befindet." Optimistisch zeigt Brendan dabei auf den blinkenden blauen Punkt des Displays. „Gleich ist es soweit, wir sind wirklich gut vorbereitet," ist Caden überzeugt. „Wie im Film, die Richtige Kulisse für einen guten Horror Streifen. Sieh sie dir an- was für eine sagenhafte Geisterstadt, schon mysteriös durch so einen Ort zu fahren", meint Brendan. „Und dann noch dieser dichte Nebel, wirklich schaurig- perfekt abgestimmt zu dem einzigen lebenden Bewohner hier", lacht Caden.

„Warte mal da vorne das große Haus, das ist es!" Ruft Brendan aufgeregt und zeigt auf eine enorme Villa die minimal beleuchtet ist.

Caden macht sofort das Abblendlicht aus, um nicht erkannt zu werden, es ist Stockdunkel um sie herum, nur das leicht gelblich schimmernde Licht, was man gerade so als Lichtquelle bezeichnen kann, weist ihnen den Weg. Langsam nähert er sich der großzügigen Villa in weiß, welche von einem gut gesicherten Hochspannungszaun umgeben ist.

„Wahnsinn, solche Zäune kenne ich nur vom Militär", staunt Caden überwältigt. „Willkommen auf Graf Draculas Schloß!" Stellt Brendan das Anwesen feierlich mit übertriebener Gestik vor, als sie in guter Entfernung seitlich neben dem Gebäude vor einem üppigen hochgewachsenen Gebüsch parken. „Von hier aus sieht niemand unser Auto, einer von uns steigt aus und verschafft sich unauffällig einen

Überblick", schlägt Caden vor. Das ist ein super Spionage Ort- wir befinden uns genügend abwärts, falls sich jemand nähert, können wir uns unentdeckt wieder aus dem Staub machen- gut gemacht, Kumpel!" Klopft ihm Brendan überzeugt auf die Schulter.

„Ich werde mal schnell alles abchecken gehen", bietet sich Brendan an und in der Nächten Sekunde ist er schon ausgestiegen.

Vorsichtig läuft er umher und kundschaftet alles rasch aus.

Nach 10 Minuten steigt er wieder zu Caden rein, dieser hat vorsorglich sein Notebook vor sich aufgeklappt.

„Lass mich raten: Alarmanlage Sicherheitsstufe 4 Plus Kameras?" Behauptet Caden. Brendan sieht ihn lächelnd an und zuckt mit den Augenbrauen: „Der dicke Jami hat eben richtig Angst!"

„Und wir sind bestens vorbereitet," zeigt er überlegend auf Brendan und zieht eine spezielle Uhr mit Funkkommunikation hervor, die er zuvor in der Notebook Tasche clever versteckt hatte. „Sehr gut, auf dich ist immer Verlass", lobt er seinen Freund. Zunächst überprüft er anhand der Funksignale zwischen Uhr und Alarmanlage, ob diese scharfgeschaltet ist, falls diese nicht scharfgeschaltet ist, könnte er das Entsperrsignal aufzeichnen, um es gegebenenfalls wieder abzuspielen.

„Okay das macht es komplizierter aber nicht unmöglich", entgegnet er nachdem er wie erwartet feststellt, dass sie aktiviert ist. Caden hackt sich daraufhin in die Errichterschaltung, um den Code des Errichterbetriebs herauszufinden und somit das Alarmsystem lahm zu legen. Er überlistet die zusätzlich erforderte Überprüfung des mit Abstand am sichersten biometrische Merkmal: das Venenmuster, was die Blutgefäße zur Identifizierung nutzt, indem er das System kurzfristig umprogrammiert. In der Zwischenzeit widmet sich Brendan dem Zugangscode der elektronischen Türschlösser von Tor, Haustür und Innenbereichen.

Hierfür zieht er sich Handschuhe über, sprintet zum Tor und verbindet ein Gerät mit Segmentanzeige mit dem elektronischen Teil des Schlosses, welches rund 500 Codes pro Minute überprüft.

Bestens vorbereitet zückt er ein Taschenmesser hervor, um am externen Teil des Schlosses die Komponente mit einem Touchscreen herauszunehmen, damit kein Pin-Code eingegeben werden muss.

Zusätzlich legt er eine bestimmte Spannung an die Kontakte des externen Steckers, somit wird die interne Elektronik kurz ausgeschaltet, das System neu gestartet und der Zähler der fehlgeschlagenen Versuche zurückgesetzt, da sonst automatisch nach 3 Versuchen der Alarm ausgelöst werden würde. Nach einer halben Stunde wird der sechsstellige Mastercode, welcher als der sicherste gilt, geknackt; hastig läuft er zum Auto und berichtet stolz: „So die Weichen wären gestellt für einen sauberen Einbruch."

„Von meiner Seite kann ich das ebenfalls bestätigen", zwinkert Caden Brendan zu. „Wenn irgendwas ist Klingel ich dich an," Brendan hält kurz eines seiner zahlreichen Wegwerf-Handys hoch und steckt es in seine Hosentasche. Wieder am Eingangstor angekommen, öffnet er problemlos das Tor. Umsichtig geht er ums Haus, um sich sorgfältig zu vergewissern, ob die Luft rein ist, unauffällig schaut er durch jedes Fenster. Alles ist dunkel, entweder ist keiner da, oder sie schlafen hoffentlich. Langsam nähert er sich der Haustür und gibt den identischen Zahlencode ein, auch diese macht er dadurch problemlos auf. So leise wie er nur kann schleicht er durch das Haus. Da er im Erdgeschoss niemanden gesehen hat, geht er zunächst in den Keller hinunter. Als erstes sieht er in den 6 offen zugänglichen Räumen nach, doch keiner befindet sich in dem Kinoraum, dem Schwimmbad, dem Spielraum, dem Gästezimmer, dem Partyraum oder dem Gäste WC. Brendan ist beeindruckt von der Größe und der luxuriösen Ausstattung der Räume, die wahrlich ein Vermögen gekostet haben müssen, doch verwundert darüber ist er nicht, schließlich hatte sein ehemaliger Chef schon immer einen gewaltigen Hang zur Übertreibung, Prunk und Protz.

Dank des gehackten Zugangscodes kann er sich auch zu den zwei gesicherten Zimmern Zugang verschaffen. Er hatte schon einiges in seinem Leben gesehen, doch als er das Licht in dem grausigen schallisolierten Raum anknipst, durchdringt ihn ein Schock bis ins Knochenmark. Diese schrecklichen Geräte regen ungewollt seine Phantasie an und der erste Gedanke der aufkommt ist die unmittelbare Flucht. Geschockt löscht er das Licht und schließt unverzüglich wieder die Tür, mit mulmigem Gefühl gibt er erneut den Zugangscode für das letzte Zimmer ein.

Respektvoll betätigt er auch diesen Lichtschalter und schaut vorsichtig hinein: Ein monströser Server sowie einige technische Geräte erwarten ihn. Gespannt setzt er sich auf einen Bonzen Sessel vor den Computer und schaltet diesen erwartungsvoll ein.

Es dauert ein wenig, bis er das ausgeklügelte Passwort überwindet, aber es ist immer gut wenn man vom Meister persönlich gelernt hat, an alles hat der Fürst der Finsternis gedacht: Soft und Hardware und Daten sind optimal verschlüsselt. Mit einigen unkonventionellen Tricks, denen sich Geheimdienstler bedienen, gelingt es ihm jedoch alles anhand des jeweiligen gehackten Wiederherstellungskennwortes zu entschlüsseln. Er durchstöbert Archive und analysiert Ordner, eine Datei sticht ihm besonders in Auge. Irritiert blickt er auf deren Namen: „W.S.F.D.P. – Worlwide Support for Disadvantaged People" der größten internationalen Menschenrechtsorganisation, die sich Weltweit für das Wohlbefinden der Menschen einsetzt. „Was hat ausgerechnet diese Person Bitteschön mit so was am Hut?" Fragt er sich, doch schon schnell wird ihm klar werden welche Richtung das Ganze geht, nachdem er die Datei öffnet:

„Sehr geehrte(r) Mr. Edwards, Mitarbeiter,

Ich bedanke mich vielmals für die erfolgreiche Beibehaltung unser vertraglich festgelegter Vorgehensweise und lobe im gleichen Zuge ihren bisherigen Beitrag, nach außen hin den Standpunkt der Überwachung und Bewertung gesundheitlicher Entwicklung, der Unterstützung medizinischer Forschung, die Soforthilfe bei Katastrophen, bessere Ernährungs- Wohn- und Arbeitsbedingungen sowie die Sicherstellung befriedigender sanitärer Verhältnisse zu vertreten.

Unser Schwerpunkt muss weiterhin auf der Kontrolle der Menschenrechte, bürgerlich sowie politisch liegen.
Weiterhin sehr beliebt und effizient ist die Darstellung des Kinder-
schutzes.

Die Bürger wünschen auch nach wie vor den Weltfrieden, wirtschaft-
liche, humanitäre und ökologische Unterstützung.
Daher ist es von außerordentlicher Relevanz diese markanten Merk-
male unserer Organisation unter Vorbehalt größtmöglicher Seriosität
zu gewährleisten.

Weiterhin freue ich mich auf unsere grandiose Zusammenarbeit.

Mit freundlichen Grüßen

James King (Vorsitzender)"

Daraufhin widmet er sich sich einigen Punktes aus dem „Vertrag über
die allgemeine Vorgehensweise des W.S.F.D.P:"

„Handhabung der Opfer:

Übermittelte Daten der „ANS" werden stets vertraulich behandelt.
Hier greift die mit der Regierung vereinbarte Verschwiegenheits-
klausel.
Opfer werden an Schwachstellen aufgesucht, und entweder
mitgenommen (freiwillige Komponente) oder abgefangen und überwältigt (erzwungene Komponente), dabei ist penibel darauf zu achten, dass keine Zeugen anwesend sind. Die Opfer werden unverzüglich zu unseren Zwischenlagern gebracht, von wo aus sie nach gründlicher Überprüfung, gesundheitlich und psychologisch

einer entsprechenden Nummer zugeordnet und auf das zu ihnen zugewiesene Zimmer gebracht werden. Mit den Opfern darf nicht über den Inhalt, welcher in irgendeinem Zusammenhang mit der Funktion unserer Organisation steht, gesprochen werden.

Auskünfte sind nur unter strikten Anweisungen von den dort. arbeitenden Ärzten, Gutachter und Psychologen oder einer ihrer Vorgesetzten legitim. Es ist stets darauf zu achten schwarze Arbeitskleidung zu tragen, dies dient der Sicherstellung von Unkenntlichkeit und gewährleistet. Sobald das Opfer übermittelt wurde, trägt der entsprechende Eigentümer die volle Verantwortung. Nach maximalen Verschleiß, sofern keine Instandhaltung gewährleistet werden kann, werden die Opfer wie folgt entsorgt: Zunächst ist auf akribische Sorgfalt der Ausrüstung und Umgebung zu achten, Abgelegene, dicht bewachsene, dunkele Orte bieten sich an, alle Gegenstände oder Kleidung werden von uns spurlos beseitigt, dennoch ist es uns wichtig, als Wertschätzung unserer Arbeit die Opfer zu markieren- auf der rechten Brust wird hierzu ein Währungszeichen eingebrannt. Falls das Opfer noch lebt, wird es durch einen Genickbruch getötet, dies ist sauber und schnell.

Die Leichen werden schön und gut sichtbar präsentiert.

Das ungesehene Verlassen eines Tatortes hat höchste Priorität.

Für den Fall, dass doch ein oder mehrere Zeugen auftauchen, werden diese umgehend mitgenommen. Um dies sicherstellen zu können, befinden sich immer so viel Personen in dem jeweiligen Transportmittel, wie es die höchste Kapazität zulässt. Des Weiteren muss immer sichergestellt werden, dass mindestens ein weiteres Transportmittel im Umkreis von 2 Kilometern zur Verfügung steht, dies ist selbstverständlich zuvor zu überprüfen."

Brendan muss schlucken, es liest sich wie eine Gebrauchsanweisung irgendeiner Sache. „Externe Rolle des W.S.F.D.P.:

-Die Repräsentative Rolle unserer Organisation muss stets bewahrt werden, Hilfsbereitschaft und Seriosität haben nach wie vor höchste Priorität, dazu ist jeder einzelne Verantwortlich und es versteht sich von selber, dass etwaige Fehler sehr hart bestraft werden.

Es wird selbstverständlich erwartet, dass die allgemeine Funktion bekannt ist, dazu werden regelmäßig Schulungen durchgeführt, in denen eine strikte Anwesenheitspflicht besteht. Zusätzlich sind sie dazu verpflichtet, sich regelmäßig mit unserer Regierung auszutauschen. Ziel ist der Ruf der Helden und Retter, um das Vertrauen der gesamten globalen Bevölkerung zu erlangen.

Interne Rolle des W.S.F.D.P.:

Geheimes Anzetteln und intakt halten von Kriegen, um sich im Zielgebiet einzuschleusen und dadurch neue potentielle Opfer zu erlangen- Abhängigkeit durch Zerstörungen und Verletzungen.

Ausbeutung von Rohstoffen, minimalste Unterstützung im Wiederaufbau des Landes und Versorgung der dort lebenden Menschen. Gestellte Szenen für die Presse, um sich optimal zu profilieren. Genaue Absprache mit der Regierung, an die sich stringent gehalten wird."

Brendans Befürchtungen hatten sich bewahrheitet: ein korruptes System welches überall seine Fangarme ausfährt, nach außen hin hochseriös und pro Bürger aber hinten rum der schlimmste, grausamste Feind den man sich nur vorstellen kann.

Wieviel Wert der Mensch in Wirklichkeit hat stellt er erschreckender Weise in den „Bestimmungen der Menschenrechte des W.S.F.D:P.", in welchem klar hervorgeht, dass der Mensch in eine Nummer umgewandelt wird, somit sei dieser kein wertzuschätzendes Wesen mehr, sondern vielmehr eine Handelsware, welche gesetzlich einer Sache gleichgesetzt wäre.

Dass die niederen Klassen sich manchmal als solches herab reduziert fühlen, ist noch verständlich, ein großen Unterschied macht es dabei jedoch, ob es schwarz auf weiß gesetzlich niedergeschrieben ist.

Weiter heißt es: „Grundsätzlich ist der Eigentümer der Ware das W.S.F.D.P. , sobald er sich diese auf verschiedenste Weise beschafft. Der Spender wird zum Eigentümer der Nummer, sobald die Transaktion erfolgreich abgewickelt wurde, bis zum Ende der gebuchten Frist. Die Handhabung der Nummer obliegt dem Eigentümer zu 100%, dabei ist allerdings zu beachten, dass der Wert der Nummer bei Verschleiß sinkt, daher bekommt der Eigentümer von unserer Organisation eine Prämie, wenn diese gut erhalten zurück

kommt. Bei Verlust der Nummer übernimmt das W.S.F.D.P. keinerlei Haftung.
Nach Vertragsschluss wird die Nummer von uns umgehend abgeholt und deren Eigentum überträgt sich wieder automatisch auf uns."

Betroffen stößt Brendan schließlich auf die „aktuelle Preisliste des W.S.F.D.P.":

„0= Körperlich/ geistig behindert, schwarz, alt   1500000 $/ Tag

1= Körperlich/ geistig behindert, schwarz, jung   3000000 $/ Tag

2= Körperlich/ geistig behindert, weiß, alt   4500000 $/ Tag

3= Körperlich/ geistig behindert, weiß, jung   6000000 $/ Tag

4= gesund, schwarz, alt   7500000 $/ Tag

5= gesund, schwarz, jung   9000000 $/ Tag

6= gesund, schwarz, attraktiv, jung   10500000 $/ Tag

7= gesund, weiß, alt   12000000 $/ Tag

8= gesund, weiß, jung   13500000 $/ Tag

9= gesund, weiß attraktiv, jung   15000000 $/ Tag

10=gesund, weiß überdurchschnittlich attraktiv, jung 16500000 $/ Tag

Erläuterung: Jung bezieht sich auf die Altersklasse 0-39, alt auf die Altersklasse ab 40.
Bei Abweichungen der festgelegten Hautfarbe (Mischlingen), wird der Haut Ton im Zweifelsfalle dem zugewiesen, welcher den oben beschriebenen am ehesten entspricht.
Sobald ihr Geld über unser internes Konto eingegangen ist, gehen sie automatisch einen Vertrag für die Dauer ein, welche der überwiesenen Summe entspricht.
Sie können die Dauer beliebig lange festlegen, verkürzen oder verlängern, darüber müssen sie uns allerdings unverzüglich in Kenntnis setzen.

Bitte haben sie dafür Verständnis, dass lediglich über ihre Unterschrift, sowie persönliche Vorstellung bei unserer Bank alle nötigen Voraussetzungen für einen erfolgreichen Vertrag gegeben sind, sofern die Summe überwiesen wurde, erhalten sie eine vertrauliche Bestätigungsmail mit der Adresse der
zuständigen Bank, als auch einen Terminvorschlag. Wichtige Anmerkung:
Nur Elite Personen der absoluten Spitzenklasse wie ihnen ist es gestattet, über unsere interne Funktion in Kenntnis gesetzt zu werden. Eine Verbreitung an die restliche Bevölkerung ist strengstens untersagt und wird im besonderen Maße geahndet."
Eigentlich möchte Brendan gar nicht weiterlesen, zu entwürdigend und tragisch sind die lieblosen Zeilen über wundervolle Persönlichkeiten, die nicht ahnen können, in welch einer skrupellosen Welt sie gefangen gehalten werden.
Doch dann entdeckt er die Bestellplattform. So viele unschuldige Seelen, die keine Perspektive, keine Hoffnung mehr in ihrem Leben haben, denen alles aus einer Laune heraus genommen wurde. Aufgebaut ist die Seite wie ein Dating Profil. Zu Beginn werden einem Bilder gezeigt, sobald man ein auserwähltes anklickt, erscheinen sehr detaillierte Beschreibungen zu dieser Person, sowie die zugeteilte Nummer. Es ist vielmehr Intuition, ein innerer Wegweiser, der ihn dazu verleitet unter der Rubrik Neuheiten zu stöbern, doch dann schreckt er gewaltig auf, als er ein bestimmtes Foto dort betrachtet: Sie haben Angelique! Keine Sekunde vergeht, da klickt er auf den „Spende Button", er hackt die Kontodaten von James Smith und überweist die Summe 495000000 auf das angezeigte Konto. Es folgt wie erwartet eine Bestätigungsmail, glücklicherweise direkt an King gerichtet, in dieser sich für die Bestellung bedankt wird, ohne nötige Vorstellung bei der Bank.
Schließlich ist King ja Vorsitzender der Dunkelheit und mag es zu Brendans großer Erleichterung eher bequem.
In der Hoffnung, dass Mitarbeiter um diese Zeit noch Mails bearbeiten, verfasst er eine, mit der dringenden Bitte Angelique unverzüglich zu liefern und sie sorgfältig an einen Baum vor dem

Zaun zu fesseln, als auch zu knebeln, danach sollten sie unverzüglich wieder fahren. dies sei ein Befehl. Die Mail wurde erfolgreich versandt. Dies reicht Brendan natürlich nicht als Sicherheit, schließlich muss sie hier sein, bevor King und die anderen Bewohner wach werden! Am Schreibtisch Ende befindet sich ein Telefon, von welchem aus er eine Servicenummer der schauerlichen Organisation wählt und so gut es geht seine Stimme verstellt, der Frau am anderen Ende scheint nichts aufzufallen, sie Fragt lediglich persönliche Daten zum Datenabgleich ab und bestätigt die unverzügliche Lieferung von Angelique. Brendan schafft es erfolgreich sie einzuschüchtern, so dass sie sich schon beim Telefonat beinahe überschlägt.

Alle nötigen Beweise zieht er sich auf sein USB Stick, schließt alle Seiten, fährt den PC wieder herunter und macht sich auf in die oberste Etage. Mit größter Achtsamkeit tippelt er auf Zehenspitzen die Treppen hinauf, schleicht weiter den Flur entlang und öffnet vorsichtig die Türen. Wieder erwartet ihn Luxus pur, ein Zimmer schöner als das andere, ein leeres Gästezimmer, sowie eines mit einem Mann, ein weiteres Bad, eine zweite Küche, als auch ein weiteres Spielzimmer. Dann öffnet er Kings Schlafzimmer, dort schnarcht der Mensch der etliche Menschen auf dem Gewissen hat, friedlich liegt er da mit breitem Grinsen im Gesicht, wenn das alles nicht auffliegen würde, verliefe sein Leben weiter so unglaublich ungerecht, sorglos und glücklich auf Kosten vieler anderer.

Am liebsten würde er eines der mannigfaltigen Kissen nehmen, es ihm so lange ins Gesicht drücken, bis der Mistkäfer aufhört zu zappeln, ihn anschließend in seine überteuerte Seidendecke einwickeln und ihn dann in den Container werfen. Hach selbst das wäre noch viel zu nett, er soll richtig bluten müssen für alles was er den unschuldigen Menschen angetan hat. Wütend aber innerlich davon überzeugt, dass die Ratte bald wieder in ihr Loch zurückkehren muss, schließt Brendan leise die Tür hinter sich und öffnet eine weitere. Dort sieht er eine junge Frau mit blonden Haaren; bei näherem Hinsehen erkennt er sie wieder: es ist Gina, die Tochter von King, er hat sie vor vielen Jahren mal gesehen, da war sie noch ein süßes liebes Mädchen, was sich inzwischen anscheinend geändert hat, denn an ihrem Bett gekettet liegt ein dunkelhäutiger Mann: „ das ist Ikem", stellt Brendan fest, „Gott sei Dank lebt er noch", fällt ihm ein riesengroßer Stein vom Herzen. Doch als er sieht wie schlecht Ikem aussieht, welche tiefen Wunden er hat, wie viele Schmerzen, Kummer und Leid er wohl ertragen musste, was ihm selbst im Schlaf einen todtrauriger Ausdruck im Gesicht verleiht, es macht Brendan einfach nur fertig. Was sind das nur für Menschen die so etwas Hässliches über ihr Herz bringen können? Langsam nähert er sich dem Bett, die größte Herausforderung wird es sein, Ikem unauffällig zu wecken und ihn von hier weg zu bekommen, da er weiß, wie gefährlich manipulativ diese Organisation arbeitet.

In seinem Studium hatte sein ehemaliger Professor mal einen Vortrag über „die Beeinflussung und gezielten Steuerung des Gehirns" gehalten, dies hat ihn damals schon enorm beeindruckt und zugleich beängstigt. Zu diesem Zeitpunkt hatte er ja keine Ahnung dass er und fast der Großteil der Bevölkerung längst Teil einer gigantischen weltweiten Studie sind. So unauffällig wie möglich weckt er ich, wobei er Ikem vorsichtshalber den Mund und die Nase zuhält. Panisch reißt Ikem die Augen auf. Als er bemerkt, dass eine fremde Hand auf seinem Gesicht gepresst ist, versucht er instinktiv zu schreien, doch nur summende Laute ertönen, die allerdings ausreichen, dass sich die Mistress regt, ihr Gesicht ausgerechnet in die Richtung der Beiden dreht und ihre Arme fest um Ikems legt. Brendan duckt sich eilig zu Ikem runter. „Pssst ich hole sie heraus, Mr. Akintola, wer ich bin erkläre ich später ausführlich, wichtig ist, dass ich nicht mit denen unter einer Decke stecke, sondern versuche diese Verbrecher Organisation hochgehen zu lassen. Wenn ich jetzt die Hand wegnehme, versprichst du mir nicht zu schreien okay? Ansonsten sind wir beide hier für immer gefangen, hast du das verstanden? Diese Leute sind höchstgefährlich!" Flüstert Brendan ihm zu. Ikem nickt zögerlich aber gibt ihm mit einem entschlossenen Blick zu verstehen, dass er Brendan vertraut. „Ich habe hier eine Büroklammer, die ich in Schlüsselposition gebracht habe, ich werde sie jetzt ganz vorsichtig in das Schlüsselloch stecken, um die Handschellen zu öffnen, das funktionierte bisher immer", versichert

Brendan in Ikems Ohr. Fast schon zeitgleich führt er seinen Plan aus, doch zuvor muss er erst mal so sanft wie nur möglich Ikem aus den Klauen des Ungeheuers befreien, was ihm nach einigen Anläufen und viel Schweiß gelingt; beinah gleichzeitig legt er ihr ein vorgewärmtes Kissen in die Arme. Schnell steckt er die geformte Büroklammer in das Schloss und in wenigen Sekunden springen die Handschellen tatsächlich auf. Ikem sieht ihm dabei beeindruckt zu, kann sich jedoch noch nicht freuen, da er schon einmal vermeintlich sicher in die Kloschüssel griff. Doch irgendwas in ihm lässt ihn vertrauen, vielleicht war es aber auch die Gefahr, den rettenden

Strohhalm nicht ergriffen zu haben, wie bereits festgestellt, was sollte ihm schon passieren? In diesem Augenblick fängt die Mistress an zu reden: „Wo willst du hin, Samuel? Warum? Bleib doch bei mir geh nicht!" Sie scheint einen äußerst lebhaften Traum zu haben, da sie sich dabei unruhig hin und her wälzt. „Folge mir und mach's genauso wie ich", instruiert Brendan in leisestem Ton und schlängelt wie eine Schlange auf dem Boden, sofort nimmt Ikem dieselbe Position ein, bis sie die Tür erreicht haben, welche sie mucksmäuschenstill schließen. „Wir müssen auch meinen Freund Peter mitnehmen, ohne ihn gehe ich nicht!" Verlangt Ikem standfest.

„Na schön aber das hast du zu verantworten, ich hoffe nicht dass er zu denen gehört, denn ich weiß nichts über ihn", prangert Brendan skeptisch an. „Und was ist mit dir? Woher weiß ich, dass ich dir vertrauen kann?" Spielt Ikem den Ball zurück. Da zückt Brendan triumphierend den Stick und wedelt ihn in der Luft herum.

„Da ist alles über diese skrupellosen Schweine drauf, ihre Vorgehensweise, Verträge, Verbindungen… einfach alles!"

„Warst du im Büro des Masters? Da war Peter auch, er hat ein Bestellportal entdeckt mit Profilen der Opfer", Gibt Ikem preis.

„Alles hier drauf, Peter scheint wohl in Ordnung zu sein, Test bestanden," zwinkert er ihm zu. Sie wecken ihn umgehend, Peter schaut sie entgeistert an. „Wir haben nicht mehr viel Zeit, wirmüssen sofort von hier verschwinden, bevor wie auffliegen," beteuert Brendan. Das lässt sich Peter nicht zweimal sagen und springt ruckartig auf. Endlich gelangen sie zur Haustür, Brendan steckt wieder, unter faszinierten Blicken Ikems, die herausgenommene Komponente des externen Teils des Schlosses hinein. Das Selbe macht er auch am Außen Tor, es gelingt ihnen somit zu verschwinden ohne Spuren zu hinterlassen- bis auf Ikems Abwesenheit. Caden atmet erleichtert auf, als er Brendan und Ikem auf sich zukommen sieht, schaut aber irritiert Peter an. Als Brendan ihm ein Handzeichen gibt, schaltet Caden umgehend wieder die Alarmanlage frei, welche zum Glück jedoch nicht in Aktion gerät.

Unter nicht anhalten wollendem Herzrasen steigen sie zu Caden ins Auto. „Super du hast ihn rausgeholt," freut sich Caden.

„Aber wer ist der andere Typ?" Möchte er wissen.

„Der andere Typ heißt Peter, ich wurde Jahrelang hier festgehalten," erklärt Peter. „Ikem und Peter sind befreit aber die haben noch Angelique! Habe sie bestellt sie müsste gleich hierher gebracht werden," erklärt Brendan aufgeregt. „Was sagst du da? Und du hast sie bestellt?" Caden schaut ihn wie ein Auto an. Brendan erklärt ihm alles, zieht gleichzeitig den wertvollsten Stick aller Zeiten aus seiner Hosentasche hervor und steckt ihn in Cadens Notebook.

Wie gelähmt sitzen sie da und starren fassungslos auf den Bildschirm. Auf einmal sehen sie Scheinwerfer, die immer näher auf sie zukommen. Sicherheitshalber ducken sich alle.

Zum Glück biegt das Auto kurz vor ihnen ab und bleibt vor dem Tor stehen. Caden hebt etwas den Kopf an, um herauszufinden, wer sich in diesem befindet. „Und? Kannst du was erkennen?" Möchte Brendan ungeduldig wissen. „Leider nein, ich werde mir die Lage mal von nahem anschauen." Gerade möchte Caden vorsichtig die Fahrertür öffnen, da steigt Brendan wie von einer Tarantel gestochen aus und huscht zwischen den Gebüschen aufgeregt hin und her.

Brendan erschrickt auf der Stelle, als er feststellt, dass der Wagen haargenau derjenige ist, jener sie verfolgte. Auch die Personen sind die gleichen. „Wie um Himmels Willen haben sie bloß geschafft, als vermeintliche Terroristen

so schnell zu entkommen?" Bereits im selben Moment beantwortet er sich

die Frage selber. Sie nähern sich langsam dem Tor. Brendan hat das

Gefühl, ihm stocke der Atem. Auf gar keinen Fall dürfen die Beiden das Haus betreten, bevor Angelique nicht sicher vorbeigebracht wurde. Diese Chance scheint gerade gegen Null zu gehen. Aber was ist das? Ein anderes Auto kommt in Windeseile um die Ecke gesaust und legt fast eine Vollbremsung vor den Zweien hin, die kurz davor waren ihr Handy aus der Hosentasche zu holen um wahrscheinlich mit James zu telefonieren. Aufgeschreckt springen sie zur Seite. Fahrer sowie Beifahrertür gehen auf und zwei weitere in Schwarz gekleidete Männer steigen aus. Einer von ihnen öffnet die Hintertüre und zerrt jemanden gewaltsam heraus. Der andere muss mit anpacken, da sich derjenige scheinbar heftig wehrt. Als sie etwas zur Seite treten wird eine weibliche Person sichtbar- es ist Angelique!

Angespannt und hilflos beobachtet Brendan die Situation.

Die Männer reden irgendwas miteinander, wobei sie lebhaft gestikulieren, sie scheinen eine Meinungsverschiedenheit zu haben. Irgendwann gehen Brendan und Cadens Verfolger wieder zu ihrem Auto und fahren weg. Scheinbar läuft nun endlich wieder alles nach Plan: Der Fahrer geht zum Kofferraum und holt ein langes robustes Seil heraus, mit welchem er sich der bereits geknebelten Angelique und dem anderen Mann nähert. Nun öffnet der eine die Handschellen, während derjenige mit dem Seil Angelique gut festhält. Im nächsten Moment bindet er sie mit einem Seemannsknoten an einen der Bäume fest, die in der Nähe des Hochspannungszauns stehen. Brendan wartet noch solange, bis ihr Wagen nicht mehr sichtbar ist und läuft schnell auf sie zu.

„Angelique ich bin so froh, dass es dir gut geht!" Fallen ihm tausend Steine vom Herzen. Schnell bindet er sie los und entnimmt ihr Knebel und Augenbinde. „Was machst du hier?" Sieht sie ihn ungläubig an.

„Komm mit mir mit ich werde dir alles erklären, das alles tut mir wirklich so unendlich leid, nur wir müssen schnellstens von hier verschwinden, sonst war alles umsonst." Drängt er nervös.

Eigentlich widerstrebte es ihr Brendan zu folgen, schließlich entstanden ihre Probleme nachdem er in ihr Leben platzte.

Doch was sollte sie anderes tun? Eine andere Wahl hatte sie in dieser Lage nicht. Auf schnellstem Wege gelangen die Zwei zu ihrem Auto, wo sie schon nervös von Caden, Peter und Ikem empfangen werden.

Angelique setzt sich neben Caden und Brendan steigt hinten ein.

Sie dreht ihren Kopf zurück, um zu schauen, wer noch alles mit im Auto sitzt:

„Wer sind sie eigentlich?" Möchte sie misstrauisch wissen. Peter und Ikem stellen sich kurz vor und berichten was ihnen widerfahren ist, demonstrativ zieht Ikem sein T- Shirt hoch, alle blicken entsetzt auf seinen misshandelten Körper, es fällt ihm sichtlich schwer darüber zu berichten und was diese Organisation ihm angetan hat. „Unglaublich, es wurde alles so perfekt inszeniert, auch mir haben sie sehr glaubhaft weiß gemacht, dies sei nur gespielt…" Betroffen erzählt sie was sie erleben musste.

„Es tut mir alles so unendlich leid, es macht mich fertig, dass du durch mich hier hineingezogen wurdest! Ich hoffe du verstehst mein Handeln, nachdem du das gelesen hast!"

Währenddessen reicht er ihr das Notebook, gespannt nimmt sie es entgegen, bereits nach kurzer Zeit wird ihr klar, welche Heldenleistung Brendan hier eigentlich abgelegt hat. Und das die ganzen unglaubhaften Dinge die er ihr damals vertraulich erzählte, wirklich wahr sind. Ihr schießen blitzartig die Tränen in die Augen:

„Ich bin froh dass du den Mut zusammengenommen hast, all diesen Menschen zu helfen und vor allem fühle ich mich geehrt eine so bemerkenswerte Persönlichkeit kennenlernen zu dürfen!"

Heißt das etwa du bist nicht mehr sauer?" Vergewissert sich Brendan vorsichtig. „Es tut mir so leid, ich dachte du wärst ein verlogener Lügner, dabei wolltest du uns alle eigentlich nur die ganze Zeit schützen und hast sogar dein Leben dafür aufs Spiel gesetzt!"

„Das verstehe ich, ich hätte es selber nicht glauben können, hätte ich es nicht selbst erlebt… Es war aber nicht richtig mich mit dir so leichtsinnig in der Öffentlichkeit zu zeigen, ich habe vollstes Verständnis dafür, wenn du mich dafür hasst," entgegnet Brendan.

„Schon gut, ich hätte dir mehr vertrauen sollen… Und ich hasse dich nicht… ganz im Gegenteil…" Angelique und Brendan sehen sich verliebt an. „Ich möchte eure Romanze hier ja nur ungern unterbrechen, aber ich glaube wir haben jetzt wichtigeres zu tun…"

Schaltet sich Caden beunruhigt dazwischen.

Beide schauen sofort verlegen weg. „Was sollen wir denn jetzt machen, die Polizei können wir nicht anrufen, die stecken damit drin", Ratlos sieht er in die Runde. „Nicht die gesamte, ich wird das regeln", im selben Augenblick zieht er sein Wegwerf-Handy aus der Tasche und kontaktiert seinen Kumpel und ehemaligen Arbeitskollegen bei der Polizei, der ebenfalls bei den verdeckten Recherchen integriert ist, dieser setzt alle Hebel in Bewegung, den größten Polizeiaufmarsch aller Zeiten zu organisieren. Kurz darauf setzen sie ihre gesamte Allianz in Kenntnis und verbreiten die fürchterlichen Daten in Sekundenschnelle.

Unabhängige Medien und die Polizei treffen fast gleichzeitig ein.

Sie stürmen das Haus und führen den Master und die Mistress in Handschellen ab. Diesen wichtigen Moment lassen sich die Fünf nicht nehmen, schadenfroh klatschen und applaudieren sie als die schändlichen Gestalten an ihnen vorbeigebracht werden.

Der Master blickt wütend zu ihnen rüber. „Dafür werdet ihr büßen!" Wütet er mit hochrotem Kopf. Hinter ihm läuft die überrumpelte Mistress, die ebenfalls hasserfüllt herüber schaut.

„Gina! Man sieht sich immer zweimal im Leben!" Ruft Angelique ihr zwinkernd zu, es fühlt sich an wie Balsam für die Seele.

Dann verschwinden sie wieder in der Dunkelheit der Nacht.

Eine befreundete Reporterin von Brendan und Caden kommt mit ihrem Kamerateam auf sie zu um sie zu interviewen, zu gerne berichten sie von den unmenschlichen Machenschaften der gefährlichen internationalen Organisation. „Bald wird es endlich Gerechtigkeit geben, denn die Liebe siegt letztendlich immer!" Mit diesen Worten schließt Brendan das Interview ab. Als es um sie wieder ruhig geworden ist , Caden, Ikem und Peter schon einmal ins Auto vorgegangen sind, nimmt Brendan sanft Angeliques Hand und schaut ihr tief in die Augen, da ist wieder dieser Blitz der ihre Körper durchschießt, wie beim ersten Kuss vor dem Hotel streicht er über ihre Wange und sie küssen sich leidenschaftlich. „Wie habe ich das vermisst, ich dachte ich hätte dich verloren," gesteht Brendan.

„Keine Sorge du wirst mich nie wieder verlieren- die Liebe siegt immer…" verspricht Angelique mit funkelnden Augen und lehnt ihren Kopf auf seine Schultern. Da geht die Sonne auf in ihren schönsten Tönen und verleiht der Umgebung wieder Farbe. Eine ganze Weile genießen sie diesen unbeschreiblichen Moment, dann steigen sie zufrieden zu den anderen ins Auto und fahren endlich wieder nach Hause. Dank der gespeicherten Daten konnten ab dieser Nacht auch alle anderen Standorte des W.S.F.D.P. , ausfindig gemacht und unzählige Menschen gerettet werden.

Kapitel 10

Die Rede

Die Regierung steht erheblich unter Druck, die zahlreichen Beweise die Brendan sichern konnte, verbreiten sich viral.

Brendans Allianz analysiert die gesamten Daten, es dauert eine Woche, bis sie die ganzen Personen und deren Zusammenhänge mit der Organisation herausfinden. Jeder Nachrichtensender berichtet davon, die ganze Welt wird davon in Kenntnis gesetzt, in den sozialen Medien wird es Millionenfach geteilt. Von überall her laufen die Menschen in Massen zutiefst aufgebracht durch die Straßen und versammeln sich vor den Regierungsgebäuden.

Es ist ein unvergleichlich historischer Moment in besonderem Ausmaß; die ganze Welt demonstriert, kaum einer der nicht aus irgendwelchen Gründen an ein Bett gefesselt ist bleibt zu Hause.

Auch der letzte Zweifler und loyaler Regierungsanhänger muss feststellen, dass das worauf sich sein Leben aufbaute und ausrichtete in Wirklichkeit nur eine korrupte Fassade ist. So lange hatte Brendan und sein Team auf diese Zeit hingearbeitet nun macht es sich endlich bezahlt. An genau diesem Tag wird sich die Welt grundlegend verändern. Brendan und einige seiner Freunde unterschiedlicher Bereiche halten heute in Kalifornien eine Rede ab, eine Rede gegen das System, eine Rede für die Liebe, den Frieden und der Gerechtigkeit. Eine große Bühne ist vor dem Parlament aufgebaut, mehrere Kamerateams und zahlreiche Dolmetscher sind anwesend, es wird in die gesamte Welt live und in allen Sprachen übertragen.

Zusätzlich zieren Gigantische Leinwände die Atmosphäre.

Immer mehr Massen strömen zu diesem unvergleichlichen Ereignis. So viele Menschen auf einem Haufen gab es selbst bei den größten Protesten in der Geschichte noch nicht. Die Sonne scheint ganz hell, so hell wie nie zuvor, der Himmel ist klar und wolkenlos; reine Luft zieht durch die Welt, auch das Klima ist angenehm, es passt einfach alles. Brendan steigt auf die Bühne hinauf, sofort jubelt, grölt und klatscht die Masse. Über Nacht hat er die gleiche Berühmtheit erlangt wie der Papst oder ein Internationaler Star. In seinen Gedanken hatte er sich schon oft genau diesen Moment vorgestellt, aber bei weitem nicht in diesem Ausmaß! Ergriffen von den Menschen schießen ihm umgehend Tränen in die Augen.

„Vielen Dank, dass ihr heute so zahlreich erschienen seit es bedeutet mir und meinen Kollegen wirklich viel!" Ruft er in die Menschenmenge, die förmlich ausrastet. Fünf ganze Minuten dauert es, bis sie sich wieder beruhigt und Brendan weiterreden kann.

„Ich bin ihnen bekannt geworden durch den Namen Brendan Johnson, so wie es die Medien berichten, doch dies ist nicht mein eigentlicher Name. Geboren wurde ich einst in Kalifornien als Jalen Miller und genau dieser bin ich ab sofort wieder!" Irritiert blicken ihn die Leute an. Er offenbart seinen gesamten Lebenslauf, wie er so wie die Mehrzahl aller Menschen, als braver rechtschaffener Bürger zu der Polizei kam und schließlich zum Geheimdienst, wo er miterleben musste, dass das Bild, welches nach außen hin präsentiert wird, nicht das eigentliche darstellt und er sich aufgrund seines hohen Gerechtigkeitssinns, als auch seiner Sensibilität dazu entschied, dieses System nicht weiter zu unterstützen, sondern es zu analysieren, aufzudecken und zu verändern. Was er damit bezahlte, seinen gut positionierten Job zu verlieren, von der Gesellschaft ausgestoßen zu werden, sofern sein Denken nicht das widerspiegelt, was von einem anständigen Bürger erwartet wird.

„Sie zwangen meine Familie und mich eine neue Identität anzunehmen und in einen anderen Bundesstaat zu ziehen, weil sie uns sonst umgebracht hätten, ich musste alles was ich mir aufgebaut hatte, was mir wichtig war hinter mir lassen.

Auch für meine Familie war das sehr schwer. Aber das schlimmste dabei ist, dass ich von Schuldgefühlen geplagt wurde gegenüber meinen Eltern und meinen Geschwistern. Ob der Preis dafür nicht zu hoch sei habe ich mich sehr oft gefragt, doch für mich gab es keine Alternative, kein Weg zurück. Es war ein harter Kampf, musste meine

Meinung verbreiten, Beziehungen aufbauen, etwas bewegen und alles so geheim wie möglich im Untergrund halten.

Zum Glück fand ich schnell Verbündete, denen sogar ein ähnliches Schicksal widerfahren ist wie mir, die auch diesen ausgeprägten Sinn für Gerechtigkeit besitzen und selbstlos einfach helfen möchten.

Einige von ihnen sind in der Politik, der Börse, den Medien, der Bank, im Rechtssystem und im Geheimdienst tätig, dies sind nur wenige Beispiele der Berufsfelder, in denen meine Kollegen auch teils Undercover arbeiten. Leider haben wir es versäumt uns in die schlimmste Verbrecherorganisation von denen einzuschleusen, woran man erkennen kann, dass diese eine wirklich gut durchdachte und erschreckend ausgeklügelte Augenwischerei verfolgen in perfektionierter Form und das erschreckendste daran ist, dass sie es endlos
so weiterlaufen lassen hätten können, wäre es nicht der Zufall und einer Reihe passender Umstände gewesen, der mich auf diese Spur brachte. Und der Kopf dieser Bande war sogar mein ehemaliger Chef... Bei unseren Recherchen konnten wir klar feststellen, dass es, je höher die Gehaltsklasse geht, und je mehr diese an Entscheidungsgewalt besitzt, umso korrupter zugeht.

Daran seht ihr, dass man in diesem System keinem Vertrauen kann der Macht und Geld hat. Die Regierung, die die Gesetze verabschiedet, die Richter, die diese überprüfen und die Polizei, die deren Einhaltung kontrolliert sind nicht auf unserer Seite, sondern agieren wie eine Marionette, dessen Fäden andere in den Händen halten, die viel mehr Geld und Macht besitzen als die solide durchschnittliche Bevölkerung, obwohl diese in der absoluten Mehrheit ist. Aber was soll man dagegen machen? Was sollen wir tun wenn dieses scheinbar gut durchdachte und faire System sich urplötzlich von einer ganzanderen Seite zeigt? Ein Verstoß innerhalb dieses Systems wäre gar kein großes Problem, da die Betroffenen nach diesem oder dem für ihr Land entsprechendes System zur Rechenschaft gezogen würden, doch wie verhält es sich wenn genau die Menschen, die dieses festlegen, selbst hochgradig korrupt sind und sich nicht an ihre Gesetze halten, die uns Bürgern widerwillig durch eine „Demokratie" oder vielleicht sogar Diktatur auferlegt wurden? Einfach diese Organisation eliminieren oder die verantwortlichen Akteure austauschen? Dann würde es nicht lange dauern, bis sie wieder ihre klebrigen, giftigen Fäden ziehen!

Die da „oben" stehen in sehr gut gepflegten Beziehungen unter ihres Gleichen, die nichts nach außen durchdringen lassen, Personen die es doch wagen, werden mundtot oder direkt Tod gemacht.

Außerdem ist alles so miteinander verworren, dass es unmöglich ist, nur eine Komponente zu entfernen oder zu erneuern. Die von der W.S.F.D.P. sitzen in der Politik, arbeiten als Ärzte oder Juristen, Polizisten, in der Pharmaindustrie, sind Manager, haben eine gigantische Firma und so weiter. Und genau da liegt das Problem! Dieses System ist so perfekt darauf abgestimmt, dass es überhaupt gar nicht möglich ist, es grundlegend zu ändern…

Die einzige Chance die uns bleibt, ist es etwas Neues zu erschaffen, etwas transparentes, fernab von Macht und Abhängigkeit. Wir brauchen Gerechtigkeit nicht nur für die „besser betuchten", die sie sich erkaufen oder verhandeln. Das was ich anstrebe ist echte Gerechtigkeit und zwar für jeden- egal ob arm oder reich, klein oder groß, behindert oder gesund, hässlich oder schön, dumm oder schlau- absolut jeder. Es darf vor allem nicht sein, dass wir in Wirklichkeit keine Rechte haben, uns wie gefügige ferngesteuerte Wesen verhalten (müssen). Ein angekettetes, gebücktes Leben ist für mich ein verlorenes Leben, da bin ich lieber Tod." Die Menschen jubeln, sie freuen sich, endlich steht da jemand öffentlich, der ihre Meinung teilt, sehr lange Zeit waren sehr viele bereits zutiefst unglücklich und haben richtig gelitten, sie dachten es wäre sinnlos, sie müssten sich fügen und immer so weiter vor sich hin vegetieren. Jalen schaut in ihre nach Hilfe suchenden Gesichter, die einen Strohhalm brauchen, etwas woran sie sich festklammern und hochziehen können, viel zu frustrierend war ihr Leben bisher. Mit seinen Worten hat er viele wahrscheinlich erst zum Nachdenken angeregt, den meisten ist dieser schlimme Zustand, der bereits schon vor Jalens Offenlegungen vorhanden war, gar nicht aufgefallen. Sobald man das grundlegende hat und man nicht selbst von starken existenziellen Ängsten erdrückt wird, oder andere Leiden davon trägt, lässt man dies eben weiter zu, es schadet ja nicht... scheinbar... Des Weiteren kennt eine Vielzahl der Menschen gar keinen Vergleich zumindest nicht intensiv über Jahre, sie wuchsen nur mit dieser Option auf.

„Und genau das ist es was sie wollen: Wenn du mit unserem System nicht klarkommst, musst du damit leben ein querdenkender Einzelgänger zu sein, oder Selbstmord begehen. Das machen sie nämlich, sie tun so, als hätte man Rechte, Freiheiten, Selbstbestimmtheit und dürfe seine eigene Meinung frei äußern.

So lange du so handelst wie von ihnen verlangt, ist dies sicherlich auch der Fall- aber wehe du bewegst dich außerhalb ihrer Vorstellungen und gefährdest womöglich damit ihre gut getarnte Maskerade. Ich frage euch hier und jetzt: Ist es das was ihr für euch, eure Kinder, Eltern, Verwandte, Freunde und all die anderen unschuldigen Menschen wollt, die wehrlos hier hineingeboren wurden?" Die Masse protestiert gewaltig und Buh Rufe ertönen aus allen Richtungen und Ecken. „Seit ihr bereit für das neue System basierend auf Liebe, Freiheit, Gleichheit, Gerechtigkeit und Gemeinschaftlichkeit?" Ein fast schon einheitliches und sehnsüchtiges Ja ertönt aus der gewaltigen Menschenansammlung, die Leute sind außer sich und können es kaum abwarten, dies kennenzulernen. „Dann spann ich euch nicht länger auf die Folter und stelle euch einen meiner wegweisenden Kollegen vor, er ist Historiker und ehemaliger Wirtschaftswissenschaftler Lennart Scott!" Jalen eilt von der Bühne und macht Platz für seinen Kollegen. Ein älterer komplett ergrauter Mann steigt gemächlich auf die Bühne. Kaum einer der Leute kennt ihn, aber sie feiern ihn jetzt schon wie eine populäre Persönlichkeit. „Vielen Dank Jalen, dass du uns heute die Möglichkeit gibst, das schon jahrelang gefeilte Utopia endlich umsetzen zu können!" Die Menge applaudiert heftig. „Seitdem begrenzt und nicht allen zur Verfügung stehende Edelmetalle als Zahlungsmittel eingeführt wurden , sind enorme Probleme entstanden, denn diejenigen die es einst einführten, an der Quelle saßen und darüber entschieden, waren natürlich auch die, die sich als erstes und reichlich damit die Tasche vollstopfen. Es waren auch die, die unsere Gesetze verabschiedeten und Löhne festlegten, natürlich zu deren

Gunsten. Das niedere Volk, welches keinen Zugang dazu hatte, war Anbeginns das schwache, arbeitende mit kaum bis gar keinem Mitspracherecht. Es zeichnete sich aus durch harte körperliche Arbeit, die schon immer wenig Wertschätzung in den oberen Reihen erlangte. Dahingegen wurde geistiges Gut hoch geschätzt, alle Akademiker und Gelehrten wurden gut bezahlt.

Damals war der Absolutismus normal, die Reichen traten stets sehr dominant auf um den Pöbel ruhig und gefügig zu machen.

Dadurch, dass das Arbeitervolk keinen Zugang zu dem Geld hatte, entstand eine Abhängigkeit und sie taten, was von ihnen verlangt wurde. Nicht endlos, wie sie alle wisse gab es auch zahlreiche Revolutionen, wo jedoch nur oberflächlich an dem Regime gefeilt wurde, die Grundstruktur blieb, sie verschleierten sie nur allmählich vor der Masse, um sie ruhig zu halten, schließlich stellt ihre Eigenständigkeit, Durchsetzungskraft und ihr Wille eine enorme Bedrohung für die Ranghohen dar. Schließlich soll die Bevölkerung ihnen hörig sein und gefälligst für sie arbeiten, damit diese weiterhin ein unbeschwertes Leben in Luxus führen können. Und dieses Bild hat seine Beständigkeit bis heute. Sogar die antifeministische Tatsache, dass Frauen aufgrund ihrer abgewerteten Funktion noch immer weniger verdienen als Männer ist eine Ungeheuerlichkeit und an bodenloser Frechheit nicht zu überbieten. Wenn du aus gutem Hause kommst, dir Reichtum quasi in die Wiege gelegt wurde, hast du ein sorgenloses Leben in Hülle und Fülle. Wurdest du aber, so wie über die Hälfte der Weltbevölkerung, in eine Durchschnittsfamilie oder gar unterste Schicht der Gesellschaft geboren, musst du ein Leben lang mühsam versuchen, die Steine die dir der höchste Stand in den Weg gelegt hat, ständig wegzuschaffen, dabei tun sie so, als wären sie auf deiner Seite und gibt es Probleme, zum Beispiel ein Burnout- Syndrom verursacht durch Überarbeitung, dann nicht wegen ihnen sondern dir, weil du dir zu viel vorgenommen hast. Auf der anderen Seite dankt es dir keiner von denen, wenn du dein ganzes Leben schwer geschuftet hast und womöglich einen hohen körperlichen Verschleiß davon getragen hast, nein es wird als selbstverständlich angesehen. Bauarbeiter muss es geben um die Villen der Superreichen zu erbauen.

Dennoch werden sie von denen bloß belächelt. Damit möchte ich nicht behaupten, alle gut betuchten seien schlechte Menschen, ich selber gehörte ja auch zu den besser verdienenden, entscheidend ist der Charakter: das Gewissen, die Aufrichtigkeit, die Empathie und vor allem der Mut sich gegen Korruption und Ungerechtigkeit zu wehren. Jetzt könnte man behaupten, jeder ist seines Glückes Schmied, ja in einem gewissen Maße und in einem bestimmten Rahmen ist da was dran, doch überlegen sie mal selber, um Reichtum zu erzeugen, muss es auch Armut geben.

Manche haben gar keine Wahl, als ihr Leben lang komplett abhängig zu sein. Wie ungerecht die Verhältnisse sind, beweist uns eine Statistik der prozentualen Verteilung des Weltvermögens auf die Weltbevölkerung: 56,6 % der Weltbevölkerung gehören 1,8 % des Weltvermögens(unter 10.000$), 32,6% besitzen 15,5% (bis 100.000$), 9,8% besitzen 38,9% bis 1 Mio.) und 0,9% genießen 43,9 % (über 1 Mio.) ,das heißt das lediglich die oberen 10 % ganze 83 % des weltweiten Vermögens besitzen und über die Hälfte der Weltbevölkerung haben demnach nicht mal 2% des Weltvermögens. Gerecht ist das Ganze nicht, schon gar nicht wenn man bedenkt, dass die Hälfte des Vermögens 20 Superreicher ausreichte, um die Armut und Hungersnot weltweit zu besiegen! Was wäre, wenn man das Geld gerecht aufteilte und einheitliche Einkommen einführte?

Auf den ersten Blick die ultimative Problemlösung aber: es wird immer gierige, korrupte, machthungrige Menschen geben, die sich versuchen an den Geldhahn zu setzen, weil es muss ja dann Personen geben, die es festlegen und verteilen. Darüber hinaus ist natürlich nicht in jedes Konto frei einsehbar, um zu überprüfen, dass wirklich eine Gleichheit besteht. Viele Menschen gönnen dem anderen nichts und/ oder beanspruchen mehr für sich, weil sie die komische Ansicht vertreten, ihr Beruf sei relevanter anstrengender oder verantwortungsvoller als die Übrigen. Dann gibt es noch die die gar nicht arbeiten, aus welchen Gründen auch immer, würden diese genauso viel bekommen wie die Arbeitenden wäre das für einige nicht gerecht, dann müssten sie weniger erhalten und dadurch steigt bei ihnen das Risiko der Beschaffungskriminalität. Sie sehen hier bereits den Ansatz für einen Haufen Konflikte, die Geld wieder mit sich trägt; selbstverständlich könnte ich das hier noch beliebig weit ausschmücken, doch mir ist es in erster Linie wichtig sie für die Problematik die unser Zahlungsmittel mit sich bringt zu sensibilisieren. Gleichzeitig ist es aber ein Trugschluss zu denken, es sei das böse Geld Schuld. Geld kann nicht denken, fühlen und handeln, es ist bloß eine Sache und wird gelenkt durch saubere oder schmutzige Hände. Die saubereren könnten mit ihm klug und fair umgehen, es gäbe keinerlei Probleme. Leider sind nicht alle Hände sauber; genug von ihnen, sehr mächtige und starke haben nichts Gutes im Sinn. Darüber hinaus ist der Rahmen, der sie dazu befähigt Unmut zu stiften, nicht ideal gewählt. Darüber hat mein Kollege, der ehemaliger Richter Robin Cloud, noch einiges zu berichten."

Mit diesen Worten verabschiedet er sich von der begeisterten ihn zustimmenden Menschenmenge und wird von einem mittelgroßen gut gebauten hell blonden Kollegen mit zuverlässigem Blick abgelöst. Sehnsüchtig und erwartungsvoll sehen die Menschen zu ihm auf, schließlich befindet er sich in einer sehr mächtigen Position dieses Systems. „Guten Tag Kalifornien, dieser Tag wird in die Geschichte eingehen, Lennart," schaut er seinem Kollegen applaudierend hinterher, alle rasten aus, tobender Beifall ertönt. Lennert zwinkert zurück und winkt ihm und den ganzen Leuten überglücklich zu, bis er nicht mehr zu sehen ist. „Jeden Tag muss ich wichtige Entscheidungen über Recht und Unrecht treffen, basierend auf teilweise fragwürdigen Gesetzen, dabei habe ich oft feststellen müssen, wie oft Richter von sehr reichen und mächtigen Angeklagten bestochen wurden, teilweise lagen Straftaten vor, die sofort fallengelassen wurden, nachdem der Name bekannt war.

Bereits im Studium kamen Zweifel auf, denn der Grund weshalb ich Jura studierte war mein schon immer sehr ausgeprägter Gerechtigkeitssinn, an dem ich letztendlich fast zu Grunde ging.

Dabei war es mein Ziel, die Welt zu einer besseren zu machen.

Jeder sollte vor dem Gesetz gleich sein, doch dass das in Wirklichkeit nicht so ist musste ich bereits früh im Referendariat feststellen, als es immer mehr Fälle gab, in denen die richterliche Neutralität, das Eintreten für freiheitlich demokratische Grundordnung, als auch die Abwehr externer Einflüsse die zur Bewahrung der Verfassungsmäßigen Ordnung völlig in Vergessenheit gerieten. Mich hat das Ganze schwer getroffen, nächtelang konnte ich nicht schlafen. Ich selbst habe auch so eine Ungeheuerlichkeit erleben müssen. Zunächst wurde ich mit einem Haufen Geld bestochen, was ich aus Gewissenskonflikten nicht annehmen wollte. Daraufhin rief die Regierung bei mir an, wenn ich meinen Job behalten wolle und meinen bis dahin guten Ruf, solle ich sie davon kommen lassen. Da wurde mir klar, dass es gar keine Gewaltenteilung gibt, sondern alles nur von der Regierung bzw. denen dahinter gelenkt wird. Das war für mich der Ausschlaggebende Punkt, meinen Beruf ad acta zu legen, was ich seitdem keine Sekunde bereue.

Der gesamte Gesetzes Dschungel wurde absichtlich so aufgebaut und verkompliziert, um die Bevölkerung zu verwirren und nicht durchblicken zu lassen, was sich dahinter verbirgt. Somit verschafft man sich einen enormen Vorteil, denn wenn nur du Kenntnis von dem hast, was unser täglichen Umgang miteinander bestimmt und festlegst, wie sich jemand verhalten soll, welche Rechte und Pflichten er hat, kannst du mit allen beliebig spielen und sie unterdrücken, du selbst weißt natürlich dann bestens Bescheid, sich da durchzuschlängeln, die anderen aber werden dadurch optimal klein gehalten. Die meisten Menschen kennen sich damit nicht aus und lassen sich schnell einschüchtern, wenn man aber selbst Jurist ist, bleibt man gelassen und hat den Fall in kürzester Zeit gelöst.

Doch die die Geld haben, bekommen eine umfangreiche Rechtsberatung, haben selber gute Beziehungen und für sie gilt das Gesetz plötzlich nicht mehr. Die da ganz weit oben haben die komplette Kontrolle über alles, sie könnten uns alles erzählen und wir würden es glauben, wir könnten uns ja eh nicht wehren...

Und dann wird es uns noch dreister weise als menschenfreundliches Rechtssystem der Demokratie verkauft, in denen jeder angeblich Mitspracherecht hat. Alleine kann keiner viel bewegen, aber geschlossen als Gesamtheit, welche eine ausführliche Aufklärung bedarf und eine extra Portion Mut, können wir Berge versetzen! Heute zeigen wir Gesicht, wir lassen uns das nicht bieten, denn wir haben begriffen, wir sind dahinter gekommen und haben sogar eine bessere Lösung!" Alle stimmen ihm zu, sie sind froh, dass sie nicht mehr weiter belogen werden, ein leises, noch etwas zurückhaltendes Aufatmen ist zu vernehmen. „Für was bitte brauchen wir dieses Rechtssystem, was auf Ungerechtigkeit aufgebaut ist, in dem ein Tier eine Sache darstellt und gleichzeitig der Mensch höher gesichtet ist als ein Tier oder Pflanzen, obwohl es sich bei allen dreien um Lebewesen handelt. Welches von denen erschaffen wurde, denen wir, sofern wir keinen wirtschaftlichen Nutzen erzeugen können oder genug Geld besitzen, vollkommen egal sind? Weiter sollte man sich fragen warum wir überhaupt Gesetze brauchen? Halten sie uns nicht dafür in der Lage uns angemessen zu verhalten? Haben Gesetze jemals einen Mörder davon abgehalten zu morden? Wem nützen Gesetze? Die die sich brav daran halten, würden auch ohne sie vernünftig handeln und das ist die Mehrheit wie aus verschiedenen voneinander unabhängigen Quellen hervorgeht.

Trennen wir uns von den Gesetzen werden wir frei und unabhängig, aber nicht automatisch skrupellos fernab jeglicher Vernunft, doch dies ist der Eindruck, den sie uns verschaffen wollen, abhängige nicht selbstständig lebende, primitive, kopflose Kreaturen die zügellos aufeinander losgehen und sich zerfleischen ohne eine „vernünftige" Führung. Selbst Kleinkindern trauen Eltern mehr zu als sie der Bevölkerung, zumal Kinder ja erwachsen werden und zu Autonomie erzogen, wir aber anscheinend nicht. Es ist wie die Natur, die sich wunderbar selbst reguliert und erst durch Menschen zerstört wird, durch sie selbigen, die uns zerstören wollen.

Gesetze sollten von der Allgemeinheit direkt und jederzeit für alle sichtbar und nachverfolgend verabschiedet, überprüft, sowie jederzeit rückgängig gemacht werden. Bei Verstoß wird derjenige human bestraft, wobei sich herausgestellt hat, dass deren Ausschluss die größte Bestrafung darstellt, es ist mit einer Freundschaft vergleichbar, solange sich beide an die nicht wirklich niedergeschriebenen Regeln halten, kann sie beflügeln und ist wunderbar, bei Verstoß ist sie zerstört und einer wird ausgeschlossen oder beide gehen getrennte Wege, was jedoch nicht unbedingt für immer sein muss, denn der Mensch ist auch unglaublich lernfähig und da ist der große Ansatz. Auch müssen alle Arten von Waffen, Bomben und jegliche Instrumente, die vordergründig zur Tötung erschaffen wurden, beseitigt und auch das Heer unbedingt abgeschafft werden, weil es besteht durch Abschaffung von Geld und gerechter Aufteilung von Besitz keine Notwendigkeit für diesen Gebrauch, da kein Grund mehr für Krieg und den begründeten Machtanspruch gegeben ist. Ich fordere eine Dezentralisierung der Macht, das heißt Abschaffung der Legislative, Judikative und Exekutive, maximale Transparenz, Einheitlichkeit, das Miteinander und absolute Gleichheit, indem allen voran die Liebe steht, aus dessen Mängel heraus es erst zu Straftaten kommt, dazu jedoch kann mein Kollege und Soziologe Alfred Winter ihnen noch viel mehr erzählen." Da erscheint schon ein ebenfalls erblondeter Mann mittleren Alters mit Brille, auch seine Körpersprache drückt Stärke, Wille und Überzeugung aus, gleichzeitig verabschiedet sich Robin von der brausenden Menge.

„Vielen Dank Jalen, dass auch ich heute
an diesem besonderen Tag dabei sein darf und meine Überzeugungen mit euch teilen darf, die unter dem wichtigsten eben genannten Stichwort, der Liebe, stehen. Wenn wir die Gesellschaft beobachten, nehmen wir meistens gestresste, leistungsorientierte Menschen wahr, die sich krampfhaft mit zunehmend egoistischer Ellenbogentechnik gegenseitig zur Seite drücken, anstatt miteinander rücksichtsvoll und gelassen durchs Leben zu gehen, denn als fremdgesteuerte, abgestumpfte und hörige Roboter Wesen stellen wir am wenigsten Gefahr für dieses System dar. Ein möglichst nicht eigenständiges Denken ist da natürlich sehr willkommen, am besten noch flexibel und jung, damit man die Person schön willenlos in alle von ihnen gewünschten Formen biegen kann und maximal für seine Zwecke gefügig erzieht. Das beginnt schon direkt bei den Kleinsten, sie schauen sich natürlich das vermeintlich richtige Verhalten ihres Umfeldes ab und setzen es um, gerade Kinder sind am lernfähigsten. Und genau dort sollte man beginnen, weil der Mensch ist ein

unschuldiges Wesen was vor allem Liebe braucht, wenn es zur Welt kommt. Eltern oder andere Erziehungsberechtigte haben daher eine ganz wichtige Schlüsselfunktion, sie sind Vorbilder und lehren das Wichtigste im Leben: die Liebe. Ohne sie werden wir kaltherzig, skrupellos und geraten auf die schiefe Bahn, es wurde sogar nachgewiesen, dass Babys starben, als man ihnen körperliche Nähe und Liebe entzog. Wir alle sollten es uns zur wichtigsten Aufgabe machen Liebe zuzulassen und zu verbreiten, denn wo Liebe ist hat der Hass und Krieg keine Chance, sie ist die stärkste Kraft.

Alles das, was man in der Kita versucht mühsam umzusetzen: ein liebevoller Umgang miteinander, die Förderung der Talente, lösungsorientiertes freies Denken, Selbstentfaltung der Persönlichkeit und Selbständigkeit, wird mit dem Schuleintritt sofort wieder über Bord geworfen. Da werden sie nach festgelegtem Lehrplan und Fächern unterrichtet, nach den Vorstellungen des Bildungsministeriums. Tanzt jemand aus der Reihe, sei es aus einer Lernschwäche, Motivationslosigkeit, oder einfach, weil ihm der vermittelte Stoff keine Freude bereitet, vielleicht auch weil die Lehrkraft persönlich beurteilt, oder inkompetent ist, wird der betroffene Schüler schlecht benotet. Das zieht sich dann weiter bis ins Berufsleben, dann ist ein womöglich begabter Mensch nicht dazu in der Lage, den für ihn perfekten Beruf auszuüben, da sein Talent nie wirklich gefördert wurde höchstwahrscheinlich lernt er niemals sein wahres Talent kennen. Jeder hat das Recht auf Bildung, darin verstehe ich allerdings auch optimale Förderung der Fähig- und Fertigkeiten, als weniger eine unpersönliche Massenabfertigung.

Sie werden da schon drauf gedrillt die besten Leistungen abzuliefern und fühlen sich immens unter Druck gesetzt, es entsteht ein Konkurrenzkampf der an die Substanz geht. Doch für wen? Für sich selber? Wohl kaum. Es reicht schon lange nicht mehr 100% zu geben, das laugt aus und frustriert enorm. Somit bleibt ihm in diesem kapitalistischen System nichts anderes übrig, als einen Beruf auszuführen, der ihm wenig bis gar keinen Spaß macht, dieses tagtägliche Aufraffen ist Gift für Motivation, Produktivität als auch Kreativität, dies führt zu erheblichem negativen Stress, der wiederum

Im Burnout endet. Dabei werden die Anforderungen und das Arbeitspensum allmählich angezogen, bis gar nichts mehr geht. Wir sind Arbeitsmaschinen die die Wirtschaft ankurbeln sollen und fleißig Steuern bezahlen, die für irgendwelche unnützen Zwecke ausgegeben werden, am wenigsten aber für unsere Interessen.

So ein Leben gefällt niemandem. Was auch dringend aufhören muss ist die Massenproduktion und dadurch erschaffener Abfall, der keinen Abnehmer findet, wir sind übersättigt, man sollte stattdessen viel bedachter und wirklich nur auf Nachfrage produzieren.

Wir sollten uns von der 40 Tage Woche verabschieden, um ein Effizienteres Arbeiten zu erzeugen, ich nenne es das Lust- Bedarfs- Prinzip. Lassen sie mich dieses Model kurz erläutern, das Bedarfs Prinzip habe ich bereits erklärt, eben auf Angebot- Nachfrage achten und nicht einfach wie verrückt die Maschinen ankurbeln und bis ins endlose laufen zu lassen. In unseren Köpfen hält sich starr das Vorurteil, dass unsere Leistung und unser Engagement mit dem wirtschaftlichen Wachstum korreliert. Dieser Gedanke ist nicht richtig, er scheint es lediglich auf den ersten Blick.

Nehmen wir einmal an, jemand ist leidenschaftlicher Sänger, Arzt oder Bäcker. Er übt dann diesen Beruf nicht vordergründig wegen des Geldes aus, sondern weil es ihm einfach Spaß macht, da er seine Talente ideal umsetzen kann, dies erzeugt bei wachsender Produktivität im schlimmsten Falle positiven Stress, der nicht schädlich ist, im Gegenteil. Würden diese Menschen immer noch ihren geliebten Beruf ausüben, wäre die Nachfrage da, aber kein Geld würde die Antwort klar ja lauten. Sie verbinden nämlich ihr Hobby mit dem Beruf. Sehen wir es mal umgekehrt, diese eben genannten Menschen würden arbeiten ohne dass es sie erfüllt, sie arbeiten nur um zu leben und sind froh, wenn der Tag vorbei ist. Ohne Geld als Motivationsspritze würden sie sofort alles hinschmeißen. Es gäbe ja keinen Grund sich weiter quälen zu müssen. Dass wir uns zurück bewegen ohne Geld ist ein Trugschluss, es würde die Menschen eher beflügeln ihre Träume zu verwirklichen. Die Forschung, Medizin und viele anderen Bereiche würden erhalten bleiben, sich eventuell durch wenige Neue ablösen, denn es liegt in der Natur des Menschen sich stets weiterzuentwickeln, es kann also gar kein befürchtetes Ende geben ohne Geld. Das Leben ginge weiter nur eben ohne Zwang und Druck. Der Mensch käme zur Ruhe, würde sich entspannen, könnte die Lebenszeit schöner gestalten, endlich das tun, was er schon immer wollte. Jeder der etwas mit Freude verrichtet, gibt es auch sehr gut an einen Lernenden weiter. Ein weiterer wichtiger Aspekt ist es, schneller einen Beruf ergreifen zu können und zu wechseln, ohne lange bindende Arbeitsverträge, oder Steife Bewerbungsschreiben, diese ganze Bürokratie die immer unerträglicher wird muss aufhören. Was bringt es einem Chef das Papier oder E-Mails zu durchforsten, wenn es doch am Ende um gute Arbeitsleistung geht? Auch das spart erheblich viel Mühe und Zeit auf beiden Seiten. Ich blicke in viele zweifelnde Gesichter, die sich dies einfach nicht oder nur sehr schwer vorstellen können, ganz ohne Geld zu leben. Sofort kommt die Frage auf wie man denn ohne Geld und ohne große Anstrengung existieren kann, dazu wird sie mein geschätzter Kollege, George Brown, Agrarwissenschaftler ausführlich informieren." „Ich finde du hast das Wichtigste bestens hervorgehoben, Alfred", bedankt sich George klatschend.

Auch die unzähligen Menschen hat er mit seinem Vortrag begeistert, jubelnd verabschieden sie ihn und begrüßen zugleich den rothaarigen schmalen George, dem es an Willenskraft nicht fehlt.

„Was kommt nach dem Geld wenn es mit solchem nicht geklappt hat? Wir reisen in die Vergangenheit und führen den Tauschhandelwieder ein." Verdutzt schauen ihn die Leute an, sie wissen nicht ganz was sie davon halten sollen. „Keine Angst, es gibt weiterhin Strom und Wasser, wir werden nicht so primitiv leben müssen wie im Mittelalter, soweit kann man sich gar nicht zurück entwickeln. Wie mein Kollege vor mir schon versucht hat zu verdeutlichen, wird der Mensch nicht aufhören produktiv zu sein, dies entspräche nicht seinem Naturell. Die Währung wird nicht mehr Geld sein, sondern Ressourcen, über die jeder einzelne durch zum Beispiel Selbstanbau verfügt. Dabei gibt es keine festen Werte, nichts ist pauschal mehr oder minderwertiger, weil niemals etwas für alle gleich wertvoll ist, für den einen ist ein Apfel wertvoller als ein Stück Gold, weil er in diesem Moment großen

Appetit darauf verspürt; doch an einem anderen Tag nimmt für den Selbigen der Wert eines Apfels deutlich ab, da er lieber Birnen essen würde. Das was ich ihnen verspreche ist keine bloße Theorie, es ist umsetzbar. Wozu eine Abhängigkeit mit der unstabilen Währung Geld beibehalten, wenn jeder einzelne selbst dazu in der Lage ist sich selbst zu versorgen? Die welche nicht dazu in der Lage sind, bekommen ausreichend Unterstützung von den Angehörigen oder anderen helfenden Menschen, denn wir sind von Grund auf zivilisierte hilfsbereite Wesen, sonst würde die Menschheit schon lange nicht mehr existieren. Insgesamt verfügen wir über eine Ackerfläche von 1,4 Milliarden Hektar, auf der Erde leben 7 Milliarden Menschen, teilt man diese Fläche durch die Zahl der Bewohner, so bekommt jede Person 2000 m².

Dort kann viel mehr wachsen, als eine Person zum Sattwerden braucht, dies zeigt die registrierte Erntemenge. Dies haben wir längst in einem Selbstversuch erprobt. Geht man von einem Kalorienbedarf von 2300 pro Tag aus, und berücksichtigt dabei die Ernährungspyramide, wird der Körper abwechslungsreich und ausreichend versorgt. Wenn man bedenkt, dass weltweit 800 Millionen Menschen hungern und doppelt so viele Überernährt sind, hätten wir die Lösung dieser Probleme längst beseitigen können.

Und ich gehe noch einen Schritt weiter und behaupte, dass diese Umstände absichtlich herbeigeführt wurden, sie hätten gar nicht erst entstehen dürfen!" Die Zuschauer sind außer sich vor Wut und zutiefst empört darüber, dass die Regierung und die dahinter stehende W.S.F.D.P. dies zulassen konnte, nur um die absolute Macht und das Geld ausschöpfen konnten! Sie buhen diese Misere aus, dabei hört man heraus, wie betroffen jeder einzelne dieser Menschen ist.

„Genauso geht es mir schon lange, nur wird man in diesem System sofort mit den gemeinsten, skrupellosesten Methoden bestraft, sofern man sich öffentlich dagegen bekennt, alles gut durchdacht. Sie bauen eine unsichtbare Mauer um sich, damit keiner es schafft diese einzustürzen! Doch wir haben bereits einen Plan, der noch viel besser ist als ihrer, vor allem ist er gerecht und basiert auf die Fähigkeit der Selbstversorgung und Selbständigkeit, die ich ihnen absolut zutraue.

Ich bin nicht gegen sie sondern für sie, ja sogar mit ihnen, denn wir sind alle gleich und gleich viel wert!

Selbstverständlich würde jeder zum Start, bemessen an der Anzahl der jeweiligen Bewohner die entsprechende Menge verschiedener Saatgut sowie ein Gewächshaus erhalten. Die Düngung erfolgt durch Tiere, die sich jeder unter Tierfreundlichen Gegebenheiten halten darf, es muss allerdings auf ausreichenden Platz und Auslauf geachtet werden, dies beugt der Massentierhaltung in unwürdigen Verhältnissen vor und verhindert einen zu hohen Fleischkonsum und unnötig hoher Schlachtungsrate. Viel Agrarfläche wird nicht optimal genutzt durch den übermäßigen Anbau von Raps und Mais, was degradierte Böden verursacht. Um fruchtbare Böden zu erzielen, müssen diese vielfältig genutzt werden und Monokulturen eliminiert werden. Auf Sandböden kann Kleegras die Böden verbessern und mit Nährstoffen anreichern. Die Früchte der Pflanzen werden für die Ernährung genutzt, die Reststoffe, um Energie zu nutzen.

Dieses Konzept habe ich mit Agrarökonomen, Landwirten, Garten und Landschaftsbauern sowie Gärtnern jahrelang vorbereitet.

Wir achten dabei auf absolute Umweltfreundlichkeit, die Häuser werden so konzipiert, dass sie sich selbst regulieren durch Wind und Wasserkraft, Solar- und Bioenergie sowie Erdwärme. Alle Maschinen können mit erneuerbarer Energie betrieben werden,

Somit minimieren wir die Schadstoffbelastung, motorisierte Fahrzeuge können durch umweltfreundliche Methoden angetrieben werden, aus Strom und $CO2$ lassen sich Gas und flüssige Kraftstoffe, Energieträger und chemische Grundbausteine gewinnen. Wir haben alle regenerativen Quellen längst erforscht, nur fehlten uns bislang die Gelder, sie wollten das natürlich bewusst nicht genehmigen, da dies eine deutlich gesündere Lebensweise für die gesamte Menschheit bedeutete. Lieber wollen sie uns krank machen, ein gesunder bringt nicht so viel Geld, hier spiele ich auf die Pharmaindustrie und die Krankenkassen an, die mit den Ärzten zusammenarbeiten, sowas ist gefährlich. Doch all diese Korruption wird demnächst aufhören, sie schwindet mit dem Geld. All dies lassen wir hinter uns, wirksame natürliche Medizin mit kaum bis gar keinen Nebenwirkungen ohne

von Laboren künstlich aufbereitet zu werden, hält die Natur ausreichend bereit. Allein schon durch die optimierte Umwelt und Ernährungsweise werden wir diverse sogenannte Volkskrankheiten bald nicht mehr kennen. Die detaillierte Anleitung für die optimal genutzte Ackerfläche, sowie ökonomische Energie habe ich hochgeladen, der Link wird gleich auf der Leinwand eingeblendet, zusätzlich werden wir es als Papierform weltweit verbreiten. Lassen sie uns diese Welt zu einer besseren machen, denn das hat sie verdient, Danke!"
Mit diesen Worten verabschiedet sich George, gefeiert von den Massen, denen er gerade all ihre Visionen wiedergegeben und die Zweifel genommen hat, so wie all diese Experten vor ihm. Sie lassen sie zurück mit Erleichterung und Hoffnung, aber auch unendlicher Wut darüber, wie man so abgebrüht und eiskalt sein kann. Entsetzt darüber, dass sie es nie erfahren sollten, als auch unendlich enttäuscht, so wertlos gewesen zu sein, schreien sie ihre aufgestauten und krampfhaft zurückgehaltenen Emotionen frei heraus.
Es ist ein mehr oder weniger stark ausgeprägtes Erwachen in der Gesellschaft, was gerade stattfindet. Manche ahnten es schon immer, wussten sich allerdings nie dagegen effektiv zu wehren, waren gar chancenlos etwas zu tun, resignierten letztendlich in völliger Frustration. Andere wiederum vertrauten in vollkommener Loyalität dem Staat, was dieser sagte und anordnete war richtig und gut durchdacht. In ihren Augen, sie legten alle Entscheidungen in deren Hände, als wären sie Gott und unfehlbar. Es ging ihnen ja gut, der Staat hatte alles bestens im Griff und sorgte mütterlich für alle und diese, welche sich unten einordnen mussten, waren schließlich selbst dafür verantwortlich. Letztere hat es am härtesten getroffen, sie sind geschockt und fassungslos, niemals hätten sie so etwas für möglich gehalten.
Zuvor belächelten und verspotteten sie die Querdenker, Zweifler, Verschwörungstheoretiker, oder schlossen sie gar aus.
Aber nicht weil sie bösartig waren, sondern es ihnen anerzogen wurde, nur erfolgreich und angesehen zu sein, wenn man hinter diesem System steht. Das Unterbewusstsein ist sehr stark und ist sehr leicht anfällig für Manipulationen, ohne dass man es bewusst erkennt, auch

zerstörten sie heimlich ein sorgenfreies Leben und suggerierten uns, sie würden es erzeugen. Da erscheint Ikem Akintola plötzlich auf der Bühne, tief berührt, mit Tränen in den Augen über die ergreifenden Reden. Als das Publikum ihn erkennt, flippen sie aus, über Nacht wurde er berühmt, ohne dies zu wollen.

Er bringt ein schluchzendes „Danke" über die Lippen, welche kurz darauf von Tropfen übergossen werden, dann muss er sich gefangen in seinen Gefühlen erst mal sammeln. Gerne würde er jetzt etwas sagen, doch kein Ton kann von seiner Kehle erzeugt werden. Die Menschen, egal ob ehemalige Staats Befürworter oder Hasser sind von diesem Moment so gepackt, dass ihnen ebenfalls die Tränen kommen. Und so weint eine Stadt, ein Land, die ganze Welt. So sehr verbunden wie in diesem Augenblick haben sie sich noch nie zuvor gefühlt. Die Luft ist erfüllt von Magie. Die Vögel singen im Hintergrund die Melodie der Liebe. Alle rücken ein bisschen näher zusammen. Nach einer ganzen Weile beginnt Ikem zu sprechen:

„Ich weiß gar nicht wo ich anfangen soll, die letzten Wochen haben mich sehr aufgewühlt, ich brauche euch gar nichts mehr darüber zu erzählen, die ganze Welt kennt meine Geschichte, das ist ein unglaubliches Gefühl. Hier heute und jetzt würde ich nicht vor euch stehen können, wenn nicht jemand seinen ganzen Mut zusammengenommen und für das einzig richtige im Leben gekämpft hätte: der Liebe. Es war ein unerbittlicher Kampf für die Freiheit, Gerechtigkeit und Wahrheit. Was Jalen da auf die Beine gestellt, was er alles in Kauf genommen, wie viel Kraft dies gekostet hat, das ist einfach unglaublich, er hat sein altes Leben dafür geopfert, um uns alle zu befreien aus einer sehr mächtigen und gefährlichen Diktatur.

Wir haben ihnen unser Leben zu verdanken- entweder wären wir durch diese Organisation gestorben oder weiterhin so unmenschlich gehalten worden, wie in einer Massentierhaltung. Die Tiere dort kennen es auch nicht besser und denken, es ginge ihnen gut und man kümmere sich um sie, weil man sie möge. Jalen und sein hervorragend gut vernetztes Team hat sich gegen ein

hochkriminelles, aber von der überwiegenden Gesellschaft akzeptiertes und angenommenes Konzept gestellt, sie haben es tapfer erforscht, analysiert und bis ins letzte Detail ausgekundschaftet, so wie die da oben es mit uns gemacht haben, und es somit mit seinen eigenen Waffen geschlagen." Auf einmal treten alle die gesprochen haben, Caden und Angelique auf die Bühne und versammeln sich um Ikem und umarmen sich gegenseitig für eine ganze Weile. Plötzlich umarmen sich alle anwesenden Menschen, auch die, die es von zu Hause aus oder bei anderen schauen. Das gab es in der gesamten Geschichte noch nie! Dieser Augenblick ist ein absolut vollkommener, in sich perfekter, nie da gewesener Gänsehaut Moment der Superlative. Die gesamte Erdatmosphäre ist aufgeladen mit purer Liebesenergie. Schließlich tritt Angelique hervor: „Mein Name ist Angelique Laurent, ich bin Schauspielerin, daher kenne ich mich bestens mit der Täuschung aus. Selbst mir ist es dennoch nicht gelungen, das Spiel auf Anhieb zu durchschauen, es ist perfekt echt inszeniert wurden, genauso wie das gesamte System in dem wir uns befanden. Bewusst entscheide ich mich für die Vergangenheitsform, denn so etwas werden wir nicht mehr dulden. Mir fehlte sogar das Vertrauen zu dem Menschen den ich am meisten Liebe, Jalen, ihn hatte ich noch als Brendan kennengelernt. Dieses System hatte es hinbekommen ihn zu hassen und mich von ihm abzuwenden, was ich mittlerweile zutiefst bedaure. Nie hätte ich es für möglich gehalten, dass die ganze Menschheit von einer in der Unterzahl befindlichen Organisation fest in den Händen gehalten, wie ein Versuchstier gehandhabt und manipulier wird, ihrer düsteren Ziele und Zwecke halber. Wir stehen heute auf dieser Bühne, um dieses alte System zu begraben und ab heute ein neues zu erschaffen." Dann reiht sie sich wieder in die Gruppe ein, welche im Chor ein Gelübde ablegt, was auf allen Leinwänden eingeblendet wird, auf welches alle Anwesenden dort und vor den Bildschirmen und Monitoren schauen und mitsprechen: „Nie wieder lassen wir uns täuschen und irgendetwas erzählen, was wir nicht selbst überprüfen und nicht 100% transparent ist! Nie wieder übertragen wir einer Person beziehungsweise Personengruppen mehr Macht und Verantwortung als uns selbst! Nie wieder lassen wir andere für uns Entscheidungen treffen, die unser Leben beeinflussen! Und nie wieder hat ein anderer das Recht sich über uns zu stellen und über unser Leben zu bestimmen, uns unbedeutender zu machen als wir es sind und uns zu unterdrücken! Von nun an leben wir alle miteinander auf Augenhöhe, voller Respekt und Achtung, egal welche Herkunft, welches Aussehen, welche Beeinträchtigung, welcher Beruf und welche Hautfarbe! Wir allesind absolut gleich und stehen auf der gleichen Stufe wie die Tiere unddie Natur, denn wir sind mit allem verbunden, ohne sie könnten wir nicht leben, doch andersherum können sie ohne uns existieren, daher müssen sie endlich die Wertschätzung bekommen die sie längst verdienen! Wie egoistisch und dreist ist es sich als Mensch auf eine höhere Stufe zu drängen, sich einzubilden man sei der Herrscher über jeden und alles um sich herum? Dankbarkeit und tiefer Respekt, wären da angebrachter. Wir sollten mit den Tieren und der Natur eine perfekte Symbiose bilden, das ist unser Ziel. Es lebe die Liebe, die Freiheit, die Einheit, die Selbstbestimmtheit und die Gerechtigkeit!" Ein tosender überwältigender Applaus dröhnt aus allen Richtungen, die Menschen feiern und jubeln ihr neues besseres Leben. Am Ende überreicht Jalen Ikem ein Feuerzeug und einem ein- Dollar -Schein. Gespannt schauen Milliarden Menschen von Nahem und aus der Ferne zu. Provokativ hält Ikem den Schein mit einer Hand hoch in die Luft und zündet diesen mit der anderen genüsslich an mit den Worten: „hiermit begrabe ich das alte, überholte, gemeine kapitalistische System!" Als dieser bis knapp vor seiner Hand abbrennt, lässt er ihn los, dabei gleitet er langsam aber sicher zu Boden, wo er schließlich als Asche endet. Demonstrativ holen die Leute, die Bargeld dabei haben dieses raus, verteilen es, so dass fast alle dieses abschließende Ritual mitmachen können. Ikem und die Menschenmasse ist gerührt, sie belohnen ihn und sich selber durch einen heftigen Beifall und motivierenden Zurufen.

Da zückt Ikem eine Tüte mit Feldsalat Samen aus seiner Hosentasche hervor, steigt damit langsam von der Bühne und schreitet zu einer Fläche mit Erde, welche sich links neben der Menge befindet. Dort wurde bereits eine grüne Gießkanne platziert; er hockt sich auf den Boden, öffnet die Tüte und verteilt die Samen mit großzügigen Abständen ca. einen Zentimeter unter dem Boden, dann klopft er die

Erde fest und begießt sie.

„Hiermit eröffne ich das neue System und nenne es Paradies"

Gemeinsam ruft die Menschenmenge: „Es lebe das Paradies!"

Kapitel 11

Utopia wird Wirklichkeit

Ein Jahr ist nach der Rede verstrichen. Auf der ganzen Welt existiert
kein Schein mehr, keine Münze blitzt heimtückisch hervor, das fiel
den Superreichen besonders schwer, doch auch sie sind dadurch
letztendlich nicht unglücklicher geworden- ganz im Gegenteil.
Die Verantwortlichen des alten Systems wurden von ihren thronen
gestoßen, es blieb ihnen nichts übrig, als sich der Mehrheit anzu-
schließen, so kamen sie auch einmal in den Genuss sich wehrlos ein-
zufügen, jedoch nur zu ihrem Besten. Sehr viele Menschen halfen
aktiv mit um die Theorie der Fachleute überall in die Praxis umzusetzen. Nun verfügt jeder über ein Haus mit ausreichend Ackerfläche, gerecht aufgeteilt, einheitlich bemessen an die Anzahl der dort
lebenden Bewohner. Die Menschen haben sich allmählich an den
neuen Zustand gewöhnt. Fruchtbare Böden durchziehen die wunder-
schöne Landschaft. Überall unterstützen sich die Menschen gegenseitig und tauschen fleißig ihre Ressourcen, denn mittlerweile baut fast
jeder selber Getreide, Obst und Gemüse an, hält sich einige Tiere o-
der hilft bei denen aus, die das selbst nicht können, entweder bekommen diese im Gegenzug etwas oder helfen gerne aus Selbstlo-
sigkeit heraus. Das gesellschaftliche Leben ist eher ein miteinander
als gegeneinander. Es gibt keine Armut, aber auch kein Reichtum
mehr, Mittelmäßigkeit hat sich durchgesetzt.
Gerecht wurde der Besitz unter den Menschen aufgeteilt, diejenigen,
die viel besaßen gaben einen Großteil ihres Hab und Gutes an welche,
die über wenig verfügten, trotzdem besaßen sie am Ende noch ausreichend. Jeder wird satt, es gibt ausreichend viele Lebensmittel und
Wasser, jedoch nicht im Überfluss wie zuvor in der Wegwerfgesell-
schaft. Insgesamt ist die Menschheit ein großes Stück näher zusam-
mengerückt. Die Gesellschaft ist aufgeschlossener,

toleranter, ausgeglichener und zufriedener geworden, was sich auch an den deutlich abgenommenen
Verbrechen und physisch sowie psychisch weniger vorhandenen Krankheiten zeigt. Alles was ihnen versprochen und prophezeit wurde, konnte erfolgreich in die Praxis umgesetzt werden. Nicht so wie die leeren Versprechen der Politiker damals, die nur ihre eigenen Interessen durch preschten und den Rest der Bevölkerung vernachlässigte. Keiner steht an der Spitze, niemand sagt was zu tun ist, sie alle sind sich selbst überlassen, es ist ein vollkommen harmonisches, sich selbst regulierendes System geworden.

Insgeheim haben sich so etwas alle gewünscht, doch kaum einer glaubte an die Umsetzbarkeit. Peter lebt nun wieder mit seiner Frau und Tochter zusammen, dank eines engagierten Ärzteteams, ist sie wieder genesen. Ikem ist wieder nach Nigeria zu seiner Familie und Ajdin gereist und sieht wohlgenährt aus. Bene wohnt nun auch bei ihnen. Dort hat er aktiv mitgeholfen, sein Land wieder aufzubauen, ganz ohne Geld und weiterer Abhängigkeiten. Angelique und Jalen haben sich verlobt und sind in ein Haus in Kalifornien gezogen, genau da, wo einst das Regierungsgebäude stand. Das Jalen unterstützt körperlich und geistig Behinderte in deren Alltag, Angelique dreht weiter Filme und tritt im Theater auf, mit noch mehr Freude und künstlerischer Freiheit, weil sie sowie die Produzenten keinen wirtschaftlichen Druck mehr haben. Ausnahmslos jeder geht völlig zwanglos einer Tätigkeit nach die ihm gefällt. Die Leidenschaft, der Tatendrang und die Begeisterung verbreiten sich zunehmend auf der Welt. Selbst die größten Pessimisten haben sich in offene Optimisten verwandelt, weil einfach alles stimmt.

Gelassenheit, gute Laune und die Lebensfreude machen sich immer mehr bemerkbar und stecken an. Hin und wieder versucht der ein oder andere die Massen für sich zu gewinnen, doch absolut keiner lässt sich nochmal darauf ein, weil sie das Paradies nun kennen und nie wieder missen möchten, es geht ihnen gut, so gut wie nie zuvor.

Gesetzte haben sich in Richtlinien umgewandelt, um das gesellschaftliche miteinander noch schöner zu gestalten, so kann man sich immer wieder an die Werte und das Wesentliche erinnern, was das Paradies ausmacht. diese wurden in Stein gemeißelt und stehen an dem Platz, wo die Rede gehalten wurde. Jeder der möchte, kann sie sich abfotografieren oder notieren, völlig zwanglos.

Diejenigen, die andere mit ihrem Verhalten schaden, werden in eine Einrichtung gebracht, um keine Gefahr mehr darzustellen, dort wird sich liebevoll um sie gekümmert, Psychologen gehen den Ursachen auf die Spur und versuchen die Menschen zu heilen mit Gesprächen, Zuwendung und Konfliktberatung, anstatt schneller Massenabfertigung und Pillen. Was auch deshalb sehr erfolgreich ist, da der Grund in den meisten Fällen mangelnde Liebe ist, außerdem üben die dort arbeitenden Menschen ihren Beruf mit voller Begeiste-rung aus, mit dem einzigen Ziel den Menschen wirklich zu helfen, vollkommen selbstlos. Viele Geheilte danken es ihnen jedoch mit Mitbringsel, weil diese durch sie wieder auf den richtigen Weg ge-bracht wurden. Jalen und Angelique treffen sich an diesem Tag nach langer Zeit wieder persönlich mit Ikem, Caden, Peter und Bene.

Die Sechs sind sehr gute Freunde geworden und stehen regelmäßig miteinander in Kontakt. Genau ein Jahr ist es her, dass sie und die anderen Redner die 10 Richtlinien auf diesem historischen Stein ver-ewigten. Sie sitzen auf einem Stück Wiese vor Angelique und Jalens Haus. Ihr Blick ist gerichtet auf die gut ausgebaute und optimal ge-nutzte Ackerfläche, dort, wo noch letztes Jahr viele frustrierte Men-schen auf Pflastersteinen standen, wurde Platz geschaffen damit sich neues Leben entfalten kann, es wächst und gedeiht nun, um Leben zu erhalten.

„Es war genau das Richtige, was wir getan haben!" Stellt Jalen über-zeugt fest, dabei zeigt er auf den Stein:

1. Sei liebevoll, achtsam und respektvoll deinen Mitmenschen, den Tieren und der Natur gegenüber.

2. Stelle dich niemals über andere Menschen, den Tieren oder der Natur.

3. Wende niemals Gewalt an, verbal oder nonverbal und tue nichts, was dem anderen schadet

4. Behalte stets dein Augenmaß und entnimm der Natur nur so viel, dass sie sich wieder regenerieren kann.

5. Liebe, Freiheit, Gleichheit, Gerechtigkeit, Gemeinschaftlichkeit sollten stets beibehalten werden.

6. Helfe so viel wie möglich, aber ohne dich dabei selbst zu überlasten.

7. Gebe jedem Menschen die Chance sich zu ändern und versuche zu verzeihen, auch wenn es schwer fällt.

8. Suche zunächst das klärende Gespräch, anstatt sofort auszugrenzen und sei offen für andere Standpunkte und Meinungen.

9. Behandele deine Mitmenschen, die Tiere und die Natur so, wie du selbst auch behandelt werden würdest.

10. Nehme niemals alles als selbstverständlich an, sondern sei Dankbar und erfreue dich an jedem einzelnen Tag.

Die anderen stimmen ihm einheitlich zu.
„Wir haben es nicht gewagt, darüber zu entscheiden, was das Beste für den Menschen ist und wie genau er sich wann und wie zu verhalten hat, wir sind ja nicht Gott.
Doch die Tatsache, dass sie sich fast alle an unsere Empfehlungen halten, zeigt uns, dass wir auf dem richtigen Weg sind, der uns alle glücklich macht."
Jalen blickt dabei in zufriedene Gesichter, die dem nichts zuzuwenden haben.
Dann wandern ihre Blicke zu einer Hasenfamilie die glücklich über

den Ackerboden hoppelt, weiter zu unbeschwert spielenden Kindern, und durch die Natur, die sich in ihren wunderschönsten prächtigsten Farben zeigt, da verspüren sie gleichzeitig tiefe Dankbarkeit im Herzen.

Sie unterhalten sich noch bis zum Sonnenuntergang angeregt miteinander beim gemütlichen Picknick, dann verabschieden sie sich herzlich voneinander und beschließen, sich nun mindestens einmal jährlich dort zu treffen.

Ikem blickt noch einmal zufrieden auf den Stein, bevor er seine lange Heimreise mit Bene antritt, wo sie liebevoll empfangen werden.

Es ist ein Leben, welches sich die Menschheit seit Anbeginn schon immer sehnsüchtig gewünscht hatte. In dem Frieden, Liebe und ein respektvolles Miteinander zur Alltäglichkeit geworden sind.

Nun existieren weder Fesseln noch Grenzen im Außen- die einzigen Verbote herrschen im Inneren, welches sich nun immer mehr der Liebe zuwenden kann. Es gibt kein Muss, kein Zwang, keine Unterdrückung, denn wo Liebe und Güte sich entfalten dürfen, hat der Hass und die Kaltherzigkeit keine Chance.

MIX

Papier | Fördert
gute Waldnutzung

FSC® C083411

Zeitfracht Medien GmbH
Ferdinand-Jühlke-Straße 7
99095 Erfurt, Deutschland
produktsicherheit@kolibri360.de